Mario Mendoza

Los hombres invisibles

Planeta

Fotografía del autor: © Ricardo Pinzón
Diseño de cubierta: © Juan Pablo Cadavid / © Óscar Abril Ortiz / ©Alejandro Amaya R.
Diseño de la colección: © Compañía

Calle 73 N° 7-60, Bogotá

ISBN 13: 978-958-42-4402-4
ISBN 10: 958-42-4402-7

Primera edición Seix Barral: abril de 2007
Primera edición en esta colección: abril de 2015
Segunda edición en esta colección: enero de 2017
Tercera edición en esta colección: septiembre de 2017
Cuarta edición en esta colección: julio de 2018
Quinta edición en esta colección: octubre de 2018
Sexta edición en esta colección: abril de 2019
Impresión y encuadernación: Carvajal Soluciones de Comunicación S. A. S.

Mi centro artístico está en mi cerebro, en ningún otro sitio,
y soy fuerte porque los demás nunca me desvían y hago
lo que siento dentro de mí… Nada impedirá que me marche,
y esta vez será para siempre…

PAUL GAUGUIN

CAPÍTULO I

Los nuevos apóstoles

¿Cuándo empieza realmente una historia? ¿En qué instante preciso la realidad parece cambiar de forma, de figura, y entonces uno sabe que ha sido lanzado a una serie de acontecimientos que le modificarán la vida para siempre? En este caso, la historia comienza con unas piezas sueltas que poco a poco fueron conformando un rompecabezas que me dejó en el borde peligroso de un abismo. En un principio no distinguí ningún dibujo en particular, pero semanas después las líneas, las curvas y los colores de las piezas me mostraron un destino extraño y salido de lo común. Y, sin planearlo, me convertí en un viajero que tuvo que recorrer parajes agrestes y pueblos desconocidos para ser testigo de uno de los secretos mejor guardados en todo el continente: la existencia de la mítica tribu de los hombres invisibles.

La primera noticia fue como un puñetazo en la nariz: mi padre me llamó por teléfono y me anunció su deseo de internarse en una casa para ancianos solitarios y desamparados. Se sentía sin fuerzas, débil, y me dijo que se aburría de ver pasar los días encerrado en su apartamento, sin amigos y sin una familia que le hiciera compañía y lo cuidara cuando tenía una gripe o un dolor de estómago.

—Me tienes a mí —dije sin mucha convicción y con algo de culpa en la entonación de la voz.

—Tú vives ocupado en tus asuntos —comentó el viejo tranquilo, sin recriminaciones de ninguna clase—. Sabes que no me gusta molestarte.

—Pero puedes contar conmigo cuando me necesites.

—Ya estoy muy achacoso. No tiene sentido esclavizar a alguien a mi lado. Prefiero pagar y que me atiendan como debe ser.

Le esgrimí dos o tres argumentos en contra de su decisión (estar entre viejos enfermos y quejumbrosos lo iba a deprimir aún más, perdería libertad y autonomía, no podría salir a tomarse un café ni meterse en una sala de cine cuando le diera la gana), pero mi padre insistió en que no podía más y en que ya tenía incluso contactada la institución en donde pensaba internarse.

—No puedo impedírtelo —dije con una tristeza que me agobiaba.

—Quería pedirte un favor. Ya tengo todo listo, sólo que no me atrevo a llegar el primer día así, como si fuera un vagabundo con mis dos maletas al hombro.

—Yo te acompaño, no te preocupes.

—¿El miércoles de la próxima semana te queda bien?

—Cuando tú digas.

—Te espero entonces el miércoles a las diez de la mañana.

Colgué y sentí que una depresión honda y amarga me invadía el cuerpo entero. Me imaginé al viejo caminando por su apartamento en bata, sin afeitar, preparándose su comida con esa parsimonia nostálgica que tienen las personas ociosas que pasan los días desde el amanecer hasta el anochecer sin hacer nada. En su juventud había sido un hombre activo, un trabajador incansable, pero con los años se había ido encerrando hasta el punto de terminar viviendo como un monje de clausura en un monasterio apartado, lejos de la humanidad, en las montañas, retirado de cualquier posible contacto con la civilización. Los libros y la televisión eran sus únicas distracciones. Él mismo lavaba su ropa, tendía la cama, cocinaba, y una vez al mes iba una empleada del servicio doméstico a limpiar los baños, barrer el piso, abrir las ventanas, sacudir el polvo y ordenar un poco el apartamento. Esa visita, quizá, era para él un acontecimiento. Lo imaginé calculando los días para la llegada de esa mujer, que seguramente le alegraba el ánimo contándole sus intimidades y pidiéndole consejos.

Yo lo visitaba muy de vez en cuando. Habíamos descubierto que cada vez teníamos menos cosas de qué hablar, y esa distancia nos dolía a ambos, nos hacía daño, pero no podíamos evitarla. En mi adolescencia y mi primera juventud había estado cerca de él, como un buen amigo, como un compinche que disfrutaba de verdad de su camaradería y su complicidad. Pero después él había bajado la guardia, se había alcoholizado, se había aburrido con la cercanía de familiares y amigos que lo querían y lo respetaban por su honestidad y su simpatía, y terminó al fin como un anacoreta, buscando el silencio y la soledad más absolutos. Semejante postura era rara pero respetable. Lo curioso es que nunca dio una explicación, nunca quiso hablar sobre ello ni comentar las causas de una decisión tan implacable. Y ahora parecía que estaba cansado y que extrañaba a sus viejos amigos y a su familia (sus hermanos, sus sobrinos, yo).

El miércoles llegué a su apartamento a las nueve y cuarto de la mañana. Tenía dos maletas listas y una caja mediana atiborrada de libros y revistas.

—¿Qué vas a hacer con esto? —pregunté señalándole el lugar.

—Lo arrendé con los muebles incluidos —aclaró, sin darle mucha importancia a la cuestión.

—¿Y los otros libros?

—Aquí se quedan. La persona que alquiló el apartamento es de la universidad. Sólo me llevo los que más me gustan.

—¿Y estás bien de plata?

—Con la pensión, más el canon de arrendamiento y los intereses de mis ahorros, tengo de sobra. No me hará falta nada.

Le eché un vistazo a ese lugar que había sido el hogar de mi padre durante los últimos años. En la atmósfera se respiraba un aire de escasez, una falta de plenitud y de generosidad consigo mismo. Mi padre había sufrido mucho a causa de la pobreza en su infancia, era uno de esos hombres que tenían detrás de sí un niño y un adolescente llenos de carencias y necesidades. Algunas de estas personas convierten la pobreza en un temor permanente, una especie de pánico que no les permite vivir en la abundancia. Confunden el ahorro con la avaricia y en consecuencia se pasan la vida gastando lo que es apenas indispensable, contando monedas, andando con los pantalones descosidos y con los zapatos rotos. No van a restaurantes jamás, ni a hoteles, ni a cine, ni a teatro, ni cogen un taxi aunque estén enfermos o accidentados. Todo eso lo consideran lujos innecesarios, gastos inútiles de dinero. Pasan años enteros con la misma ropa, los mismos pares de zapatos, el mismo reloj, y sólo cambian el cepillo de dientes cuando ya las cerdas están destrozadas y diminutas.

Recuerdo haber visitado un día la casa de un señor español de edad avanzada, uno de esos viejos sabios que han pasado media existencia metidos entre sus libros. Almorzamos un filete pequeño de carne, una porción de ensalada y una limonada. No me atreví a confesarle que estaba muerto de hambre porque supuse que el anciano pasaba por un mal momento de tipo económico. Pero cuando, por pura casualidad, entré en la alacena (confundiéndola con un baño), me quedé atónito: estaba atiborrada desde el piso hasta el techo de latas de verduras, atún, aceitunas, jamones, sardinas, fríjoles y un sinfín de alimentos más, tanto nacionales como importados. Mi profesor enrojeció y dijo a media voz:

—Uno nunca sabe cuándo vuelva a comenzar otra guerra.

Entonces lo entendí todo: él había sufrido en carne propia los rigores y las largas hambrunas de las guerras europeas, y vivía con el miedo de que ese dolor y esa penuria lo estuvieran esperando día a día a la vuelta de la esquina.

Pues bien, mi padre tenía esa forma de pensar que podríamos catalogar como «psicología de la indigencia inminente», y por lo tanto su manera de vestir, sus maletas y su casa despedían ese aire de mezquindad tan característico en esta clase de personas que por andar defendiéndose de la pobreza andan el resto de su vida como pordioseros, lo cual no deja de ser una extraña contradicción. Sin embargo, observé con algo de nostalgia sus muebles de segunda, los tapetes comprados en algún almacén de rebajas y promociones, la cama barata y de pésima calidad, y sentí que iba a extrañar esa cueva austera escondida en el centro de la ciudad. Seguramente la persona que habitara ese lugar tendría que pintarlo, remodelarlo y comprar muebles y vajilla nuevos para suprimir el aire de dejadez y de abandono que se respiraba por todas partes.

Luego tomé las maletas y bajamos las escaleras.

Llegamos a La Casa del Abuelo en cuarenta y cinco minutos: era una vieja edificación de dos pisos en la calle 127 con la carrera novena. Había cuatro ancianos (incluyendo a mi padre) y dos ancianas que vivían en las habitaciones del segundo piso, dos enfermeras permanentes (cambiaban de turno cada ocho horas), un médico que iba todos los días a revisar a los huéspedes, dos empleadas encargadas del aseo y la limpieza, el director, una cocinera y un ama de llaves que estaba pendiente de que la casa funcionara a la perfección. En el primer piso había también una sala de juegos y televisión, una biblioteca en la parte de atrás, cerca del patio, y un comedor amplio para doce personas. El sitio despedía un olor agradable, y tanto los trabajadores como los otros internos saludaron a mi padre con amabilidad e incluso con cierta íntima familiaridad. Menos mal que la escena no tuvo esas dosis de sordidez y tremendismo que suelen dejarlo a uno con el ánimo por el piso. La despedida fue muy natural:

—Bueno, tú tienes que irte, Gerardo, ya te robé mucho tiempo —me dijo mi padre apenas terminó de ordenar su ropa en el armario.

—¿Te hace falta alguna cosa?

—Nada, no te preocupes.

—¿Comentaste tu adicción al alcohol?

—Fui muy claro en ese punto. Me van a dar un ansiolítico todos los días. No sé aún cuál será la dosis.

—De cualquier modo, yo te estoy llamando por teléfono...

El viejo me abrazó con fuerza, me dio un par de palmadas en la espalda y susurró en voz baja:

—Ven a verme, no te olvides de mí.

Sentí un nudo en la garganta, asentí con la cabeza y salí a la calle. Una llovizna fina y helada me acarició el rostro mientras subía a la carrera séptima. Me pregunté por qué los tiempos nunca encajan de manera correcta entre padres e hijos. Cuando estamos pequeños y débiles, y necesitamos su comprensión y su ternura, ellos se encuentran en la plenitud de sus fuerzas, son arrogantes y déspotas y creen tener toda la vida por delante. Luego nos vamos de casa, nos alejamos, vivimos por lo general una existencia basada en confusiones y en errores, y ellos mientras tanto nos observan desde la distancia con una cierta pose de falsa superioridad y sintiéndose muchas veces culpables de nuestros fracasos. Después, cuando ya hemos adquirido la experiencia suficiente y estamos listos para compartir, ellos no dan más, se retiran del escenario o se van derecho a la tumba. Es imposible sincronizar nuestros ritmos con los de ellos. Sólo en la gestación y en la muerte estamos a su lado de verdad.

Caminé por la carrera séptima hacia el sur. La llovizna se había transformado en gruesas gotas de agua que castigaban sin clemencia lo que iban encontrando en su caída vertiginosa. Quien no ha caminado así, pegado a las montañas, melancólico, con los nubarrones encima y con un aguacero siguiéndole los pasos, no conoce el rostro más auténtico de Bogotá. Atravesé Usaquén, Santa Ana, la Escuela de Caballería y llegué al puente de la calle 100. Allí la carrera séptima se empina en una ligera subida y el viento baja de los cerros helado, glacial, cortante. Iba pensando en el miserable final que se le avecinaba a mi padre. Después de ser un hombre inteligente y simpático, fuerte y atractivo para las mujeres, había trastabillado en el camino, se había quedado cojo y estaba llegando a la meta con muchas horas de retraso y con todo su ser hecho una miseria. ¿Qué diablos le había sucedido? ¿Cómo había podido pasarle una cosa semejante? ¿De qué manera había extraviado durante la marcha su fe, su alegría y su esperanza? Me dije entonces que la vida es la actividad que exige el máximo grado de atención, de cuidado y de vigilancia. La mayoría de las veces vamos hacia adelante como empujados por las circunstancias, sin tomar decisiones, impulsados por las ideas y las acciones de los otros, sin concientizarnos del trayecto. Cumplimos con un libreto que alguien escribió para nosotros sin preguntarnos si el papel nos gustaba o no. Y cuando despertamos ya es tarde, la obra está a punto de terminarse, nos duele todo el cuerpo, tenemos mareo y no hay forma de cambiarnos de función. No basta con vivir, es preciso verse vivir y corregir cualquier movimiento en falso que realicemos. Si el rol no está escrito por nosotros mismos y no nos satisface, la solución es simple: paramos la representación, le agradecemos al público su presencia, mandamos al director al quinto infierno y nos salimos a la calle a aguantar hambre si es el caso. Porque es preferible un final trágico a uno mediocre, baboso y sin carácter.

Giré la cabeza a mano derecha y vi, por entre la neblina y los hilos de agua que seguían golpeando la ciudad con determinación, el Museo del Chicó, los lagos, las flores y los prados recién arreglados, y los columpios, las ruedas y los troncos vacíos y sin niños. Me acerqué a una cabina telefónica, introduje una moneda de doscientos pesos y marqué a la casa de mi madre. Me contestó la empleada del servicio:

—¿Diga?

—Erminda, soy yo, Gerardo.

—Siquiera llama el señor, lo he estado buscando por todas partes.

—¿Qué pasó?

—Tocó volver a internar a su mamá.

—¿Qué?

—Sí señor, se la acaban de llevar.

—Pero ¿qué fue lo que pasó?

—No pegó el ojo en toda la noche y a la madrugada se salió para el patio a esperar mensajes extraterrestres. Usted ya sabe cómo es ella.

—Pero venía bien —dije recordando una llamada y una visita que le había hecho en el transcurso de la semana.

—Sí señor, pero anoche se empeoró.

—¿Se estaba tomando la droga?

—Eso dice ella.

—Quién llamó a la clínica, ¿usted?

—Sí señor, así como la otra vez.

—¿Se la llevaron a la Montserrat?

—Hace dos minuticos, señor.

—¿Fueron necesarios los enfermeros? —dije con miedo en la voz, gritando en medio del aguacero—. ¿Utilizaron la camisa de fuerza?

—No señor, ella se subió solita.

Un pito me anunció que era necesario echar otra moneda en la ranura. Busqué pero no tenía.

—Gracias, Erminda, voy para la clínica —alcancé a decir antes de que se cortara la comunicación.

Crucé la avenida, me ubiqué en el andén oriental de la carrera séptima y tomé un taxi hacia el norte. Bajamos por la calle 134 y nos detuvimos en el semáforo de la avenida 19, justo frente a la clínica. Pregunté por mi madre en la recepción y una enfermera me dijo que tuviera paciencia, que me sentara en la sala de espera y que en unos veinte minutos me darían un informe sobre el estado de salud en el que ella se encontraba. No tuve más remedio que hundirme en un sillón de cuero hasta que alguien se acordara de mi nombre y de mi preocupación.

Entretanto bajaron de una ambulancia a una muchacha de unos dieciocho años, la entraron entre gritos y órdenes médicas a la sala de urgencias, y una señora de unos cuarenta o cuarenta y cinco años que parecía su madre se quedó en el corredor, muy cerca de mí y de otras tres personas que mirábamos la escena con estupor. Un hombre con los ojos hundidos y una barba incipiente (sentado frente a mí) le preguntó a la señora:

—¿Su hija?

—Sí señor —contestó ella limpiándose las lágrimas que le rodaban por las mejillas.

—¿Somníferos? —el tono del hombre era erudito, como si fuera un experto en suicidios y envenenamientos.

—No señor, se tomó un frasco de raticida —dijo la mujer, esta vez con la voz ahogada por el llanto.

—¿La hicieron vomitar? —siguió preguntando el tipo sin inmutarse, como si estuviera pidiendo el saldo de una cuenta corriente en una oficina bancaria.

La madre asintió con la cabeza.

—Entonces se salvará —sentenció él con seguridad—. No se preocupe.

Un señor canoso y distinguido entró con un joven de unos veinticuatro años y se sentaron en un sofá que aún permanecía libre. El joven miraba nervioso hacia los lados, se pasaba la lengua por la comisura de los labios y movía los pies en un temblor irregular que le impedía quedarse quieto y descansar. «Es la droga psiquiátrica —me dije mentalmente—. Lo deben tener intoxicado con Rispendal o con Rivotril, seguro. No podrá llevarse a la boca ni un vaso de agua». Recordé el pulso de mi madre hecho pedazos, las manchas permanentes en sus blusas y en sus sacos, las quemaduras en los dedos (de café, de sopa hirviendo), su manera de mirar angustiada y sin entender por qué las manos no le respondían y la traicionaban con esos movimientos torpes e infantiles.

Una joven que estaba en la sala antes de que yo llegara empezó a llorar en silencio, sin decir nada, sin gimotear. Las lágrimas le caían por las mejillas y ella se las quitaba, en un movimiento suave, delicado y casi cinematográfico, con el dorso de la mano derecha. Era un ataque de depresión instantáneo, súbito, que la había cogido por sorpresa y con las defensas abajo. No lloraba por nada en particular, era una caída del alma, una precipitación, un descenso vertiginoso en ese estado que algunos psiquiatras denominan «melancolía abstracta», es decir, una melancolía sin objeto, sin causa específica. En ese tipo de dolor el paciente no sufre por una separación o por la muerte de alguien cercano, no se arrepiente de nada, no se culpa, ni siquiera se angustia. Le duele el ser, el meollo mismo de su existencia.

Me acerqué a la ventana que tenía más cerca y la abrí para recibir aire fresco. ¿Qué diablos era lo que estaba pasando? ¿Qué carajo era lo que estábamos haciendo con el mundo y con nosotros mismos como para que la mayoría estuviéramos aniquilados y a punto de darnos de baja? Un artículo que había leído en alguna revista me llegó de pronto a la memoria. En él se contaba el caso de muchos ancianos europeos a los cuales se les estaban dañando sus electrodomésticos. En un primer momento se creyó que los abuelos no renovaban nunca su licuadora o su equipo de sonido, pero la investigación arrojó unos resultados asombrosos y macabros: el problema no estaba en los aparatos sino en sus dueños, que de tanto ver pasar los días y las semanas en la más absoluta soledad y sin poder compartir con nadie un café, un libro o una película, decidían entonces dañar a propósito el televisor o el horno microondas, llamar a un técnico y pasar la tarde conversando animadamente con él, entre unos vasos de refresco y unas galletas. «Mierda —pensé mientras recibía las ráfagas de aire frío a través de la ventana de la clínica—, prefiero morirme de un tiro o de una explosión, a agonizar de depresión en una bañera, con las muñecas abiertas o con un frasco de insecticida entre las manos».

Una enfermera me llamó por mi nombre:

—Señor Gerardo Montenegro.

—Sí, soy yo.

—Sígame, por favor.

La mujer me condujo por un pasillo hasta el consultorio donde me esperaba la practicante de turno, una joven con aires de grandeza, de esas que asumen la profesión con la petulancia de quien cree que se encuentra un peldaño por encima de los pacientes y de los atormentados familiares que se acercan a pedir noticias con la voz temblorosa e insegura.

—Señor Montenegro, soy Patricia Álvarez, la encargada de urgencias. Su madre está en una fase hipomaníaca severa, pero la tenemos bajo control. De todos modos, no puedo asegurarle nada definitivo por ahora.

—Sí, entiendo.

—Hay que ver cómo responde al medicamento.

—¿En qué sección está?

—En el Hostal B.

A esa parte de la clínica los pacientes la llamaban El Limbo, pues estaba a medio camino entre cuidados intensivos, un lugar donde era común escuchar a los enfermos aullar o gritar improperios durante horas seguidas y donde a veces era necesario utilizar la mano dura para controlarlos, y el Hostal A, que era El Cielo, un sitio apacible, con cuartos cómodos y una atención personalizada que se parecía más a un hotel campestre que a una institución psiquiátrica. Era obvio que yo quería tener a mi madre en las mejores condiciones. Por eso pregunté:

—¿No es posible cambiarla al Hostal A?

—Su seguro médico no alcanza a cubrir esos gastos.

—¿Y si yo pago la diferencia?

—En ese caso tiene que acercarse aquí a nuestras oficinas del primer piso —señaló unas ventanillas al fondo del pasillo— y firmar los documentos necesarios. Apenas recibamos la orden, la trasladaremos.

—Voy a hacerlo de inmediato. ¿Cuántos días estará recluida?

—Por la intensidad de la crisis, puedo asegurarle que no será menos de una semana.

Preferí alejarme y dejar atrás a esa muchachita cuyo ego, tarde o temprano, sería aplastado por las brutales leyes del dolor y la desdicha. Aún era muy joven para sospechar lo que le esperaba.

En las oficinas de la administración firmé los pagarés correspondientes para que pudieran atender a mi madre en el Hostal A, y mientras esperaba a una de las secretarias que había ido a fotocopiar mi cédula de ciudadanía, un hombre excesivamente flaco y con los ojos amarillos se hizo a mi lado y me preguntó en secreto, con la voz convertida en un susurro:

—¿A quién tiene aquí?

—A mi madre —lo miré extrañado, sin entender muy bien quién diablos era el fulano.

—Váyase de aquí rápido, fúguese antes de que la desgracia lo alcance —el hombre tragaba saliva a cada segundo y parpadeaba con rapidez.

—No, quiero pasarla al Hostal A.

—Usted aún tiene tiempo. Escápese.

—¿Por qué?

—Hay zonas donde nadie nos alcanza, territorios que están esperando por nosotros.

—No, usted se equivoca...

—Todavía hay tribus que se mantienen puras, seres como usted y como yo que sin embargo nunca serán como usted ni como yo.

—Espere...

—Es ahora o nunca, no hay tiempo.

—Creo que me está confundiendo con otra persona...

—El paraíso lo espera. No se apegue a nada, parta ahora mismo. El plan no le puede fallar. Todo está preparado pero usted no lo sabe.

—No, usted no me entiende...

—«Buscar e inventar de nuevo. Aún queda tiempo. Bien poco, es cierto, pero es menester aprovecharlo» —dijo entonces recitando, como si estuviera frente a un auditorio invisible.

En esas se acercaron dos mastodontes vestidos de blanco y agarraron al hombre por los brazos. No opuso resistencia. Uno de los enfermeros, un indígena corpulento con aspecto de guardaespaldas, me aclaró:

—Excúsenos, señor. Se nos voló de la consulta.

El tipo alcanzó a decirme, antes de que se lo llevaran a rastras:

—Soy el portador de un mensaje que le salvará la vida. He venido sólo a ayudarlo.

La secretaria me trajo mi documento de identidad, me dijo que las visitas empezaban al día siguiente de tres a seis de la tarde, y salí de la clínica agotado y con la ropa todavía húmeda y pegada a la piel.

Caminé por la avenida 19 hacia el sur un par de cuadras y luego tomé un taxi hasta mi apartamento. Apenas entré me cambié de ropa, me preparé una carne asada y unas papas a la francesa, y destapé una botella de cerveza que me fui bebiendo poco a poco, disfrutando pequeños sorbos que me iban refrescando la garganta y el esófago. Me acerqué a la ventana de la sala y contemplé la ciudad con una cierta desidia, sin concentrarme, sin ponerles mucha atención a los edificios, las calles y las personas, que parecían muñecos en miniatura decorando una maqueta de arquitectura. Pensé que el frío y las montañas bogotanas tenían algo de prisión invernal, de ensimismamiento carcelario. Las palabras del enfermo en la clínica psiquiátrica me rondaban la cabeza de manera inquietante. El timbre del teléfono me sacó de mis cavilaciones.

—¿Aló? —dije pendiente de una posible voz al otro lado de la línea.

—¿Gerardo? Quihubo, con Humberto. ¿Cómo va todo?

—Ahí van las cosas, más o menos.

—Te llamaba por lo de la audición, hombre.

Caí en cuenta de que, por andar pendiente de mis viejos, me había olvidado por completo de una audición que había hecho en una de las mejores compañías de teatro para representar el personaje de Ricardo III, de Shakespeare. Lo había practicado durante semanas por todo el apartamento: la joroba, la forma de caminar cadenciosa y repulsiva, la voz impostada y amenazadora.

—Sí, claro, Humberto, dime.

—Lo primero que quiero decirte es que tu interpretación estuvo magnífica.

—Gracias.

—Pero yo no soy el que elijo toda la gente.

—¿No eres tú el director?

—Yo tengo voz y voto para los actores de reparto, Gerardo, pero los protagonistas son elegidos de común acuerdo con los productores.

—¿Y ellos qué dijeron?

—Conocen el trabajo de Carlos Santamaría.

—Pero si él es un actor de dramatizados de televisión, tú lo sabes —la indignación y la impotencia me hacían temblar la voz involuntariamente.

—Ellos creen que su fama y su trayectoria en televisión van a convocar mucho público y van a convertir la obra en un éxito seguro.

—Shakespeare no es para tomárselo a la ligera, es para actores de profesión.

—Lo siento, Gerardo, no puedo hacer nada. Ellos ponen la plata.

—¿Es una decisión definitiva?

—Me temo que sí.

—Bueno, no hay nada más que decir, supongo.

—Créeme que lo siento, Gerardo, me encantará trabajar contigo más adelante.

Suspiré y dije con decencia y sin ganas:

—De todos modos, te agradezco la llamada.

—Preferí decírtelo yo mismo. Al fin y al cabo, ambos somos del oficio.

Colgué y sentí un agujero en el estómago, una tristeza honda que me hacía ver el apartamento como un antro oscuro y deprimente. Me terminé de beber la cerveza y un fuerte dolor de cabeza me obligó a recostarme en el sofá, cerrar los ojos e intentar relajarme para calmar los nervios y la angustia. Así, vencido y enfermo, me quedé dormido mientras afuera caía la tarde en la ciudad de Bogotá.

Había empezado a hacer teatro en la universidad a los dieciocho años de edad. La directora del grupo me advirtió una tarde después de los ensayos: «Gerardo, tú tienes talento y hay que hacer algo con él». Estábamos montando *La sal de la tierra*, una obra sobre un grupo de mineros que deciden irse a la huelga y luchar por sus derechos, y yo tenía el papel protagónico. La verdad es que me gustaba salir de mí y convertirme en otro, cambiar mi manera de vestir, de hablar, de moverme, de ser. Es un talento que se tiene o no se tiene. Hay personas cuya identidad es densa, como tallada en roca firme, y con el paso de los años se parecen cada vez más a sí mismos. No cambian, no modifican sus gustos ni sus ideas. En cambio hay otras que son maleables, mutantes, líquidas. El actor tiene que ser capaz de torcer su identidad permanentemente, de hacerla elástica y dócil, manejable a su antojo. Es un don.

Cancelé mis estudios de economía y me matriculé en la Escuela de Arte Dramático. Fueron años que pasaron volando, entre ensayos, presentaciones y páginas de autores que me sorprendían con sus personajes audaces o torpes, canallas o bondadosos, crueles o víctimas de un destino que se ensañaba con ellos. Fui creando una cierta reputación de estudiante serio y consagrado que me llevó más tarde a trabajar en los mejores grupos de teatro del país. Durante quince años pisé las tablas de escenarios nacionales e internacionales, montando obras por las cuales sentía afecto y admiración. Pero los tiempos cambiaron y la gente del oficio se fue acoplando a ellos. La televisión impuso su ley, sus cifras escandalosas y fuera de serie, y los actores se vieron en la necesidad de vender su trabajo a las cámaras de programas baratos y mediocres que, sin embargo, iban captando cada vez una mayor audiencia. Competir contra el reinado de la televisión fue un acto heroico y una estupidez. Un grupo de actores profesionales (de teatro y de cine) nos negamos a prostituir lo que más amábamos y las consecuencias de una actitud tan radical y tan propensa a la obcecación fueron desastrosas: los demás actores que tenían que trabajar en las distintas programadoras para sostener a sus familias nos odiaron por nuestras críticas virulentas y por nuestra pose de superioridad, los directores nos fueron haciendo a un lado por nuestra fama de beligerantes y problemáticos, los periodistas nos esquivaban, el público se fue olvidando de nuestros nombres, y al final nos quedamos en un *ghetto* construido por nosotros mismos, jodidos y endeudados hasta la coronilla. No era una historia muy agradable que digamos.

De todos modos, con las circunstancias en contra y con mis últimos ahorros agotándose en mi cuenta mes a mes, yo seguía amando la profesión por encima de cualquier otra cosa en el mundo. En las tardes libres (que no eran pocas), me encantaba practicar en la soledad de mi apartamento personajes de Coward o de Anouilh, o sacar mis películas preferidas y deleitarme con las interpretaciones de grandes actores como De Niro, Hoffman o Pacino. La vieja guardia del Actor's Studio, esos actores capaces de captar la presencia inquietante de un personaje y que lo encarnaban hasta perder su identidad inicial. Nunca me gustaron los actores efectistas, aquellos que sólo piensan en la imagen, en el resultado inmediato, en echarse una vaso de agua encima para simular chorros de sudor. Sólo respeté a los que tenían esa magia extraña mediante la cual un hombre desaparece ante nuestros ojos y otro se toma su cuerpo, su voz y sus ademanes. Por ejemplo, la inverosímil soledad de Travis en *Taxi Driver*, su paulatino exilio con respecto a una sociedad que ya no comprende ni estima, su transformación final en un ángel exterminador. De Niro joven, apenas un muchacho, tragándose las calles de Nueva York al volante de su cacharro amarillo como única forma de sobrellevar la amargura y la desesperación. Muchos años más tarde, Scorsese ahondaría en la imagen del marginal en *Cabo de miedo*. Otra vez De Niro encarnando el rol de un expresidiario místico que está alejado por completo de la vida rutinaria y pacífica que lleva la mayoría de la gente que lo rodea. Esta vez vemos a un personaje atlético, indestructible, una máquina de hacer daño que sin embargo, en el fondo de su conciencia, alega propósitos religiosos y morales que justifican esos actos bárbaros y sangrientos que comete a lo largo de la película. Una escena memorable: De Niro en las primeras filas de un cine, fumando un puro y atacado de la risa por lo que está sucediendo en la pantalla. Otra: De Niro haciéndose pasar por el profesor de teatro de la jovencita Juliette Lewis y sacando un cigarrillo de marihuana para intimar con ella, para entrar en confianza, para seducirla. O el papel de Pacino en *El Padrino*, el joven Michael Corleone que acaba de llegar de Vietnam y que no quiere involucrarse en los negocios turbios de la familia. Luego del atentado contra su padre, se irá convirtiendo poco a poco en la cabeza de la familia, en el hombre fuerte, en el sucesor del viejo. Y en *Perfume de mujer*, Pacino interpreta una de las escenas más conmovedoras de su carrera: la escena del militar ciego que pide las coordenadas del salón para ubicarse, y que sale con la joven a la pista a bailar tango como todo un maestro, un baile de despedida, el último adiós de un vitalista que sabe que el reloj le está marcando la hora final. Como me era imposible tener a un grupo de teatro que interpretara para mí a Miller o a Ionesco (aunque también tenía varias obras grabadas y las consultaba de vez en cuando), siempre me quedaba la opción del cine, la magnífica oportunidad de ver a actores de primera línea transformándose en mis narices las veces que yo quisiera y dándome toda una lección de transfiguración y metamorfosis (echaba marcha atrás y volvía a revisar por enésima vez la cojera de Hoffman en *Midnight Cowboy* o cómo la locura se iba tomando el rostro de Polanski en *El inquilino*).

Pero yo no había fracasado sólo en el ámbito profesional, mi vida sentimental había sido también un fiasco. Después de unas novias que llegaron y se fueron sin pena ni gloria, conocí una tarde de invierno sabanero a Julieta y desde el primer minuto supe que estaba enamorado, que me encantaba su voz, su sonrisa traviesa, su desenvoltura y su buen humor. Estuvimos saliendo juntos dos años y nos casamos por lo civil en una boda modesta, a la cual asistieron sólo nuestros familiares y dos o tres amigos cercanos. Decoramos el apartamento de común acuerdo, creamos una atmósfera amistosa en el interior de la convivencia, viajamos, hicimos planes, fuimos felices. Julieta era abogada y se había especializado en derecho penal. Era una mujer de piernas largas, delgada, de cabello negro y ojos castaños, callada, introspectiva, solidaria y afectuosa. Nos quisimos intensamente, con una sinceridad tan directa que nunca hubo espacio para traiciones ni hipocresías. Sin embargo, nuestro vínculo se agrietó cuando ella decidió, con un convencimiento radical, tener un hijo. Yo no me sentía preparado para ser padre. La sola idea me angustiaba, me ponía nervioso, me descomponía. Ella insistió durante meses sin perder la fe, argumentando una cosa y la otra, intentando entusiasmarme con la imagen de un niño o una niña rondando por todos los rincones del apartamento. Yo me seguí negando y no quise escuchar ningún reclamo. Ambos teníamos treinta y tres años. Entonces el cariño de Julieta se volvió resentimiento, odio, desprecio. Se alejó de mí, se encerró en su mundo, se volvió huraña e intratable.

Una noche en que se fue la luz en el teatro y tuvimos que cancelar los ensayos con el grupo con el cual trabajaba por aquellos meses, llegué a casa antes de tiempo y sin avisar. Apenas abrí la puerta escuché los gemidos, el ruido de los besos, los susurros amorosos camuflados en la penumbra del apartamento. Sentí punzadas que me atravesaban el cerebro y por un momento creí que me iba a desmayar. No podía ser. ¿Julieta infiel, adúltera, acostándose con su amante en nuestra propia cama? Era imposible. Caminé hasta la puerta de la habitación y los murmullos se hicieron cada vez más claros. Eran frases soeces y vulgares que dejaban a Julieta como una puta barata y sin escrúpulos. Empecé a llorar. No quise mirar el rostro del hombre que mancillaba con sus groserías lo que para mí había sido limpieza y transparencia. Me di la vuelta y salí del edificio a tomar aire. Caminé por la ciudad con las manos entre los bolsillos, deshecho, convertido en un residuo miserable de mí mismo. No sé cuántas horas estuve así, vagabundeando de una calle en otra sin darme cuenta de lo que pasaba a mi alrededor. No podía creer lo que me había sucedido. ¿Julieta humillada, postrada en la cama con un amante de pacotilla? ¿Cuánto tiempo llevaba este horror cumpliéndose a mis espaldas? ¿Era un divertimento, un ejercicio de los sentidos, un pasatiempo, un acto de amor verdadero, una venganza? ¿Quería quedar embarazada de ese hombre y luego fingir que habíamos tenido un error en nuestros métodos de planificación y decir que era mío, o separarse y emprender la fuga con un nuevo compañero y un hijo a bordo? ¿Cómo interpretar una canallada semejante? Empezó a llover y la madrugada me cogió sentado en el banco de un parque con la cabeza entre las manos. Sabía que la única salida posible era terminar por completo la relación y largarme lejos de Julieta, donde su traición no pudiera alcanzarme. Pero no me sentía con fuerzas para hacerlo. Lo que me aterraba de la situación después de unas horas no era la infidelidad que me habían restregado en mis propias narices, sino el hecho de sentirme débil, incapaz de tomar decisiones, indigno. Más allá de mi rabia y de mi orgullo herido, había una verdad que me disgustaba pero que no me podía negar: que la seguía amando, que quería estar a su lado, que la necesitaba. No tenía fuerzas para defenderme, no me sentía capaz de actuar, de reclamar decencia y una mínima dosis de respeto. No, lo que quería era su ternura, sus mimos, oírla decir con su voz dulce y melosa que yo seguía siendo el hombre de su vida, que no la dejara, que por favor, que el otro no había sido más que una aventura, que no significaba nada en su vida. Esas ideas fueron las que me señalaron el nivel tan bajo al que había caído. Por eso, aterrorizado ante tanta abyección, me agarré la cabeza entre las manos y dejé que el aguacero me cayera encima y soñé con que ojalá se llevara con él mi falta de carácter y mi envilecimiento.

Regresé al apartamento a las ocho de la mañana. No sabía qué iba a decir ni cómo me iba a comportar. Menos mal que Julieta me ahorró palabras insulsas y súplicas que nunca me habría perdonado en el futuro. Se había marchado ella y en la mesa del comedor había una carta que decía más o menos así:

Estimado Gerardo:

El portero del edificio me contó que habías venido anoche y que habías vuelto a salir descompuesto y trastornado. Incluso te preguntó si te sentías bien pero tú no lo escuchaste. Supongo que descubriste todo. Lo siento. ¿Qué puedo decirte? Yo hice lo que estuvo a mi alcance para salvar nuestro matrimonio pero tú me rechazaste, me hiciste a un lado, me trataste como si tuviera una infección y temieras contagiarte. Después de comunicarte con el amor más grande del mundo que deseaba tener un hijo tuyo, empezaste a comportarte como si yo fuera tu enemiga, como si de un día a otro me hubiera convertido en una mujer peligrosa y perversa. Desear un hijo no tiene nada de malo, Gerardo, no es un pecado ni va contra la ley. Yo no tenía por qué avergonzarme de sentir algo tan puro y sincero. Sin embargo, tuve paciencia e hice el esfuerzo de convencerte, de esperarte, de dejar que la idea madurara dentro de ti. Pero cada día que pasaba era peor: me despreciabas, me vigilabas para comprobar si yo estaba tomándome la píldora o no, me preguntabas diez veces en una semana si ya me había llegado la regla o si había algún retraso. Te volviste paranoico, huidizo, irascible. Y tú no te imaginas lo que siente una mujer cuando un hombre la rechaza como madre: es como si fuera una basura, como si no diera la talla, como si fuera poca cosa. Muchas veces me pregunté si tú no aspirabas a una mujer mejor que yo, más joven, más atractiva, más exitosa en su trabajo. Mi autoestima empezó a derrumbarse y quedó por el suelo. Y ahí llegó Germán, un compañero de trabajo, y fue reconstruyéndome paso a paso hasta devolverme íntegra la Julieta que yo había conocido antes. Primero fuimos amigos y luego pasó lo que tenía que pasar. Él me demostró que yo seguía siendo deseable, inteligente, buena compañera. Lamento que te hubieras enterado en estos términos. No quise hacerte daño ni vengarme, sólo rehacerme a mí misma. Luego nos ponemos de acuerdo para los papeles del divorcio y para la separación de bienes. Te deseo lo mejor de aquí en adelante.

Julieta

Me arrojé al suelo con la carta entre las manos y comencé a llorar como un niño desprotegido al que acaban de abandonar en un bosque lleno de fieras. ¿Qué diablos era lo que había hecho? ¿Cómo era posible que hubiera perdido de esa manera tan estúpida a la persona que más me había querido, mi mejor amiga, mi compañera inigualable? ¿Estaría ahora en brazos de ese otro tipo (¿cómo se llamaba? ¿Germán?), feliz, satisfecha de haberse librado de una pesadilla como yo?

El apartamento me pesaba, en cualquier lugar había un jarrón, un cenicero o un libro que me traía recuerdos de Julieta. Lo peor de una pérdida amorosa es la memoria, las trampas que el pasado nos pone para hacernos daño con su presencia permanente. Y el cuerpo siempre ahí, hiriéndonos, lacerándonos: los senos pequeños y duros de Julieta, sus caderas bien delineadas, sus nalgas redondas y firmes, su cuello, sus axilas, sus muslos, sus ojos, cada pedazo de piel me aplastaba el cerebro hasta las horas del amanecer, cuando salían las primeras luces y el sueño, por fin, me otorgaba el olvido. Por instantes sentía que el cuerpo de mi mujer me dolía en el mío, me maltrataba, me hería. Gemí, grité, lloré, me arrastré por el suelo como una alimaña asquerosa, y en repetidas ocasiones buscaba un rincón cualquiera, me ponía en posición fetal y el cansancio me vencía. Cerraba los ojos y así, con la ropa sudada y emitiendo quejidos y lamentos, como un prisionero al fondo de un calabozo después de una sesión de torturas, me quedaba dormido.

De ahí en adelante mi vida fue una puesta en el abismo. Vendimos el apartamento y los muebles, repartimos justo por la mitad, y yo tomé en arriendo un apartaestudio donde lo único que hice fue poner un colchón en el piso y meter dos pantalones y tres camisas en el armario (la ropa que me había regalado ella o que me había acompañado a comprar —que era casi toda— la tiré a la basura). No quise llevarme conmigo ningún cuadro, ninguna mesita, ningún vaso que me recordara mi antigua y ahora extinta felicidad conyugal. Comía cualquier sándwich, escasamente me lavaba los dientes y la cara, y me la pasaba bebiendo whisky o ginebra hasta que la borrachera me obligaba a buscar el colchón y a tirarme en él a descansar. Llevé esa vida durante meses sin esperanza alguna, torturándome con la idea de una Julieta satisfecha y gozosa en brazos de un amante apasionado. Mis amigos y mis familiares intentaron por todos los medios rescatarme de ese proceso autodestructivo, pero fue en vano, yo seguí cayendo por el despeñadero de mi propio remordimiento. Al final no pude más y sufrí una intoxicación por alcohol. Alcancé a hacer una llamada antes de desvanecerme y mi padre llegó a los pocos minutos con una ambulancia y un equipo de paramédicos. Desperté en la clínica en un estado de debilidad que me impedía hablar, medio embrutecido y con quince kilos por debajo de mi peso normal. Luego me trasladaron a una clínica de reposo y ahí pasé unas semanas caminando por los prados, leyendo, conversando de vez en cuando con los otros enfermos, recuperándome. La persona clave para mí durante todo ese proceso fue mi madre. Ella, una paciente psiquiátrica que había sufrido lo indecible con terapias, medicamentos y reclusiones en instituciones de todo tipo, no se descompuso sin embargo ni una sola vez a lo largo de mi agonía. Lo contrario, se fortaleció, se sobrepuso a su propia enfermedad y se acercó a mí para brindarme su apoyo incondicional. Fue algo muy bello y muy conmovedor. Me vio tan frágil, tan necesitado de ayuda, que su rol de madre se activó y la hizo vencer, así fuera momentáneamente, sus impedimentos neurológicos. No sé cómo sucedió aquello, pero empezó a comportarse con equilibrio y mesura, dueña de sí, brindándome su amor y su protección. Entraba en la clínica (que por cierto conocía de memoria porque había estado en ella muchas veces), saludaba a los demás internos y me buscaba en la habitación, en la sala o en los jardines, según lo que le indicaran las enfermeras. Y se estaba todo el tiempo a mi lado, acompañándome, hablando conmigo de chismes familiares, de política o de actualidad internacional, no importaba el tema sino su actitud solidaria y amorosa. No obstante, un día la vi entrar con el ceño fruncido, la mirada dura y el tono de la voz firme y sin alteraciones. Me dio un beso en la mejilla y me dijo enseguida:

—Ven, salgamos, tengo que hablar contigo.

Nos hicimos en un rincón de uno de los prados de la clínica y nos sentamos en un banco de madera. Le pregunté preocupado:

—¿Qué pasa, mamá?

Ella puso la cartera sobre las piernas, me miró de frente y afirmó:

—Mira, Gerardo, tú sabes que yo soy muy directa cuando hay que serlo. Voy a decirte las cosas tal y como son.

—Sí, mamá, claro —dije preocupado, pensando que quizá mi padre había muerto o algo por el estilo.

—Me llamó Julieta. Me preguntó si una visita de ella sería conveniente para ti. Está preocupada por tu salud.

—Ya, entiendo.

—Voy a decirte lo que pienso en tu propia cara: esa mujer no debería venir a seguirte molestando la vida. Está preñada, ya es hora de que lo sepas, y se fue a vivir con el amantucho ese que tiene.

—¿Está embarazada? —se me hizo un nudo en la garganta.

—Sí, no quiero seguirte ocultando nada. Esa es una meretriz y es bueno que lo aceptes. Ninguna mujer decente metería a otro hombre en la misma cama que su esposo.

—¿Y tú qué le dijiste?

—La verdad, que iba a hablar contigo. Pero ya es hora de que dejes de lamentarte por esa mujerzuela de medio pelo. No quiero seguirte viendo en esa posición de desvalido. Yo no traje un hijo al mundo para que dé este espectáculo denigrante.

Fue entonces, lo recuerdo bien, cuando sucedió el milagro en mi interior. Las palabras de mi madre me llegaron muy adentro y sacudieron esa parte de mí que estaba adormecida, debilitada, agónica. El dato del embarazo de Julieta, en lugar de afectarme, me obligó a aceptar lo irremediable: la había perdido, estaba con otro, iba a formar una familia lejos de mí. Me pareció apenas normal y lógico que así fuera. Sentí de pronto la suprema alegría del desapego, la serenidad que nos llega cuando nos recuperamos plenamente de una obsesión, cuando dejamos de depender de otros y volvemos a ser nosotros mismos. Abrí el corazón y la dejé partir. Se me quitó el nudo en la garganta y sonreí. Mi madre remató diciendo:

—Antes los hombres estaban hechos de buena madera, ahora son de balso. Tú siempre demostraste tu gran calidad, ya es hora de que recuerdes quién eres.

Asentí con la cabeza, miré a mi madre a los ojos y le comenté:

—Dile a Julieta que le deseo lo mejor y que ojalá sea muy feliz en su nuevo hogar. Que le agradezco su preocupación pero que no hace falta que venga. Espero salir pronto.

—¿De verdad? —mi madre me miró con una sonrisa de satisfacción que le iluminaba la cara entera.

—Sí, tenemos que hablar con el médico. Ya me aburrí de estar aquí metido. Necesito salir y trabajar, conseguir otro apartamento y comprar algunas cosas.

—No sabes la dicha que me da oírte decir eso.

En efecto, a partir de ese día empecé a reconstruír mi vida y a acostumbrarme a que ahora estaba solo y que era preciso modificar mis hábitos y mis rutinas más elementales. Un grupo de amigos me llamó para montar con ellos una obra que hacía alusión a la crisis nacional, a la guerra, la corrupción política y la criminalidad en las altas esferas del poder, y me metí de lleno en ese proyecto teatral que significaba para mí la salida definitiva de los infiernos. Así fui recobrando mis ganas de vivir, mi paz interior y mi buen humor. Pero nunca olvidé la lección de valentía y de cariño desmesurado que me había dado mi madre. Desde ese día estrechamos nuestros lazos de sangre y de amistad, y solíamos burlarnos de la situación para quitarle la poca importancia que aún podía tener. Finalmente, muchos meses después, caminando por la carrera séptima, vi a Julieta una mañana venir hacia mí con un caminador delante de ella. No la esquivé y nos encontramos de frente.

—Hola, Gerardo, ¿cómo estás? —saludó ella deteniéndose. Estaba más gorda, se había cortado el cabello a la altura de los hombros y había perdido por completo su figura esbelta y atractiva. Sentí un alivio tremendo de verla en ese estado, desarreglada, fea y envejecida prematuramente, pues en cierta medida así me liberaba del yugo más peligroso y persistente: el del deseo.

—Bien, ¿y tú? —respondí con una de mis mejores sonrisas.

—Ahí lo puedes ver, pendiente del niño.

—Me alegro —me acerqué y vi un batracio repugnante con los ojos bien abiertos—. Es muy bello, ¿cómo se llama?

—José Augusto.

—Como tu padre.

—Sí, es un homenaje a él. Murió pocos días antes de nacer el bebé.

—¿Murió don José? —pregunté recordando a un viejo encantador, amable, dicharachero y con un humor negro que era como un cuchillo de cacería entrando en la carne de cualquier conversación.

—Sí, ¿no viste los anuncios en el periódico?

—No me enteré de nada. Lo siento mucho, Julieta.

—Gracias, no ha sido nada fácil para mamá, ¿sabes?

—Me imagino.

El tono confidencial que estaba adquiriendo la conversación me desagradó. No quería intimar con ella ni mucho menos. La verdad es que me importaban un cuerno su vida y sus desgracias. Yo me encontraba ya por fuera de su zona de influencia. Lo único que me faltaba era ir a visitarla y terminar de íntimo amigo de su nuevo esposo, y de paso preguntarle si le había gustado mi cama, si el color del cubrecama había sido de su agrado o si los prefería de otra tonalidad y otro material.

—Bueno, tengo afán. Fue un placer saludarte —dije apresuradamente y levantando la mano en señal de despedida.

—Sí, claro —alcanzó a balbucear ella sorprendida por la rapidez de mi fuga.

Seguí caminando y no volteé la cabeza ni una sola vez. El sol me calentaba medio lado de la cara, empecé a silbar con alegría y el día me pareció radiante y magnífico. Nunca más volví a saber de ella.

Sin embargo, tuve conciencia en todo momento de que mi madre había sido el resorte que me había impulsado a salir y a liberarme de esa relación que de un día a otro se había transformado en un vínculo malsano y destructivo. Al comunicarme de manera despiadada el embarazo de Julieta, ella había logrado llevarme más allá del dolor y de los celos, al otro lado, donde en esos casos nos espera nuestra identidad perdida.

Por eso no quería abandonar a mi madre ahora cuando más me necesitaba (la imaginé en el Hostal B, recostada en el catre modesto con la cabeza atiborrada de sedantes mientras afuera, en el patio central, los enfermos de cuidados intensivos hablaban solos, se retorcían o se quedaban mirando un punto fijo en el vacío durante horas enteras). Después de unos años de lejanía y frialdad, habíamos vuelto a hacernos amigos y me agradaban su compañía, su humor ácido y corrosivo, su temperamento recio y lleno de ímpetu. La gente creía a veces que estaba tratando con una abuelita gorda y cariñosa, y se tropezaban de pronto con un gladiador bien armado y dispuesto a hacerlos pedazos. Y de no haber sido por esa fortaleza y esa terquedad, seguramente no habría podido aguantar los embates de una enfermedad que va minando a los pacientes poco a poco hasta reducirlos a su mínima expresión. Ella sufría de una deficiencia de litio en el cerebro que la lanzaba de estados depresivos a estados eufóricos sin previo aviso. Era una enfermedad que la había perseguido desde joven y que sólo se había podido detectar ya en la vejez, cuando ella permitió los exámenes y los diagnósticos psiquiátricos. Era increíble que hubiera aguantado tanto tiempo sola, sin ayuda médica, a la deriva. Se había separado de mi padre cuando yo tenía diez años de edad, y desde entonces su vida había sido una lucha sin cuartel contra unos estados de ánimo que iban y venían sin ningún tipo de ley ni periodicidad. En los estados eufóricos su capacidad de agresión se multiplicaba y, en consecuencia, las personas cercanas a ella terminaban lesionadas y sin deseos de volver a acercársele. Y en las semanas o los meses en los cuales el cerebro se hundía en las tinieblas, ella se encerraba y se enfrentaba a sus dolencias psíquicas sin quejarse, sin lloriqueos que pretendieran despertar lástima en sus amigos o parientes. Era admirable un comportamiento que demostraba tanta dignidad, porque el coraje, venga de donde venga, revela siempre un grado de templanza que no es fácil de encontrar.

Cuando el cerebro trabajaba a altas revoluciones, bien engrasado, lleno de combustible y con la batería en perfecto estado, mi madre se pasaba horas y horas hablando de lo que fuera, necesitaba salir a caminar, hacía planes para volverse millonaria, pasaba las noches en vela inventándose actividades que iban desde ordenar la casa de nuevo hasta revisar los álbumes fotográficos y reconstruir la historia de cada una de las personas que aparecían en las fotos, llamaba por teléfono durante horas enteras, se reía, agredía por una cosa o la otra a vecinos y conocidos (con saña, insultándolos con precisión milimétrica), andaba radiante, entusiasta, la vida estaba llena de futuro y prometía cambios favorables, y aparecía su idea más recurrente y la que ella prefería por encima de cualquier otra: viajar. La mayor parte del año era una señora tranquila y sedentaria, pero en las fases altas detestaba la quietud y la rutina de tener que pagar la administración del edificio, los servicios, el seguro médico, la comida en el supermercado. Entonces se rebelaba contra la abuelita obediente y surgía la aventurera intrépida, vendía los muebles de la sala y del comedor, empacaba en un maletín deportivo dos mudas de ropa y un cepillo de dientes, y salía a la conquista del mundo a las dos o tres de la madrugada, cuando nadie pudiera detenerla. Tomaba un taxi hasta la terminal de transportes y allí decidía ir a visitar la finca de una tía de infancia en las estribaciones del departamento de Santander o irse a hacer negocios con los ganaderos de los Llanos Orientales. Cambiaba su forma de hablar, bebía licor con esmeralderos hasta que ellos quedaban dormidos sobre las mesas, disfrutaba las fiestas populares y las verbenas en medio de las orquestas y los conciertos, y gastaba el dinero a manos llenas como si fuera un narcotraficante en plena bonanza cocalera. Tres o cuatro semanas después aparecía con el rostro amarillo, despeinada, sin bañarse, con la ropa sucia y los zapatos rotos, con ojeras, sin un centavo en los bolsillos y con sus documentos metidos en una bolsa plástica que cargaba como único equipaje. No decía nada ni daba explicaciones. Se encerraba en su cuarto, se echaba las cobijas encima y no se levantaba de la cama sino para tomar agua e ir al baño. Estaba con el tanque vacío, sin gasolina y sin aceite, con la batería fuera de servicio y con el motor fundido. Era la entrada en un agujero negro. La realidad se transformaba en una serie de imágenes amenazantes, oscuras, desagradables. Los afectos y los odios se hundían en un pozo sin fondo. La droga psiquiátrica le hacía temblar las manos y los labios, y en consecuencia llevarse a la boca una cucharada de sopa o partir un trozo de carne se volvía una acción complicada y a veces imposible. Era ahí cuando yo más la admiraba. Estaba derrotada, sí, pero con los restos de una antigua dignidad ella lograba sobreponerse a la situación y soportar con estoicismo el desmoronamiento de su mente y de su cuerpo. No llamaba por teléfono a nadie, no recibía visitas, no escribía cartas. Aguantaba sola y sus únicos contactos con el mundo exterior eran sus entrevistas conmigo, que era la persona en quien ella confiaba con los ojos cerrados y a la que le permitía sin pudores ser testigo del desplome de su personalidad. Con la empleada que en ciertas crisis la atendía apenas cruzaba palabra, y cuando lo hacía era para precisar asuntos de pagos y cuentas pendientes. Yo me preguntaba cómo hacía para resistir una depresión semejante, cómo era posible que los meses pasaran y pasaran y uno siguiera encerrado en una alcoba sin abrir las cortinas y sin querer enterarse de qué diablos le ocurría a la humanidad allá afuera. Pensaba en algunos enfermos bipolares famosos que habían preferido eliminarse para evitar el sufrimiento: Van Gogh, en medio de sus trigales bienamados, pegándose un tiro en el corazón en una tarde de verano; Hemingway metiéndose con dificultad en la boca su escopeta con la que cazaba elefantes en África y disparándose en su casa de Idaho en 1961; Virginia Woolf entrando en las aguas del Támesis con la certeza de que ya no había camino de retorno. Era mejor la muerte, la nada, que esa angustia permanente, ese derrumbamiento total de la máquina que ordena y dirige los engranajes secretos de la identidad.

Bueno, así estaban las cosas por aquella época (mi padre recluido en una casa para la tercera edad, mi madre en una clínica psiquiátrica y yo sobrellevando como podía los fracasos amorosos y laborales) cuando sonó el teléfono y reconocí la voz de una enfermera de la Clínica Montserrat:

—¿Señor Gerardo Montenegro? Soy la jefe de enfermeras de los hostales A y B de la Clínica Montserrat.

—Sí, dígame.

—Es para mí muy difícil decirle esto...

—¿Qué pasó? —intuí en un segundo la verdad que escucharía a continuación.

—Lamento comunicarle que su señora madre falleció hace unos minutos.

—¿Qué? ¿Está segura? ¡No puede ser! —estaba respirando ahogado, como si faltara el aire dentro de mi apartamento.

—Un ataque al corazón. No pudimos salvarla, lo siento.

—Ya voy para allá —susurré con un nudo en la garganta.

En efecto, mi madre había sufrido un infarto y su muerte había sido cuestión de unos breves segundos. Alcanzó a pedir ayuda, las enfermeras la auxiliaron pero no había nada que hacer: el corazón dejó de funcionar y se negó a seguir bombeando sangre. La conduje a la Funeraria Cristo Rey y me quedé con ella en la sala de velación. Llamé a mi padre y le informé lo sucedido. Por unos momentos no supimos qué decirnos en el teléfono y colgamos en silencio. Él llegó un rato más tarde, nos abrazamos y nos sentamos muy cerca del féretro. El hecho de que mi madre hubiera muerto sola, en un cuarto que no era el suyo y rodeada por desconocidos que apenas si la saludaban por los corredores, me llenaba de tristeza y desolación. Sus últimos años habían sido una admirable muestra de valentía, y aun con su cuerpo y su mente minados por la enfermedad, me había demostrado el inmenso cariño que sentía por mí. La iba a extrañar, sin la menor duda, y estuviera donde estuviera, su memoria me acompañaría hasta el día en el que yo también tuviera que entregar el uniforme y salir del campo de juego.

El entierro fue una ceremonia privada a la que asistieron unos pocos amigos de mi madre y dos o tres familiares cercanos. Mi padre y yo decidimos retirarnos pronto para evitar las frases hipócritas y los comentarios indiscretos. Lo acompañé hasta su casa de abuelos y nos despedimos en la puerta de la institución con un abrazo largo y afectuoso. Tomé un taxi en la calle 127 y me dirigí a la Clínica Montserrat. Las palabras del paciente que se les había volado a los enfermeros y con el que habíamos conversado unos breves segundos seguían grabadas en el centro de mi memoria. «Fúguese antes de que la desgracia lo alcance». De alguna manera extraña e incomprensible para mí, él había intuido la muerte de mi madre. Me había hablado de un plan de fuga, como si el tiempo estuviera corriendo en mi contra y ese destino aún pudiera esquivarse. Necesitaba hacerle un par de preguntas a ese hombre.

Las enfermeras que me reconocieron me dieron su sentido pésame y me condujeron al patio de cuidados intensivos. Me advirtieron que el paciente estaba bajo el efecto de una fuerte dosis de antipsicóticos y que apenas podía coordinar lo que decía. Así fue. Lo encontré sentado en un rincón, tomando el sol con la espalda recostada en una pared. Parecía en estado de trance, ido, ausente. Me incliné e intenté llamar su atención:

—Necesito hablar con usted, por favor.

Escasamente movió los ojos en un débil parpadeo.

—¿Se acuerda de mí? Usted me dijo que tenía que irme porque una desgracia se avecinaba.

Una lengua amarilla quiso refrescar en vano unos labios resecos y dejó en la comisura de los mismos una baba espesa y con rastros de espuma.

—Haga un esfuerzo, por favor.

Creí ver un rayo de lucidez al fondo de sus pupilas.

—Cómo lo supo, dígame.

Una voz ronca salió de su garganta, como si viniera de una caverna submarina:

—Ellos caminan por el centro de la jungla, en silencio, y de vez en cuando débiles rayos de sol atraviesan el follaje y dan de lleno sobre sus cuerpos…

—¿Cómo adivinó que mi madre moriría?

—La tribu de los hombres invisibles…

—Escúcheme, por favor.

—Busque una salida…

—¿Fue acaso una casualidad que usted me dijera eso?

—Ése es el mensaje que tengo para usted…

Suspiré. No había nada que hacer. El hombre estaba muy lejos, inalcanzable. Me erguí y lo miré sin decirle nada. Estaba a punto de marcharme cuando volví a ver ese rayo de luz en sus ojos.

—Los hombres invisibles… —balbuceó—. Ellos son los nuevos apóstoles...

—¿Quiénes?

—La tribu elegida...

Me di la vuelta y salí del patio. Le pregunté a la enfermera que me acompañó hasta la recepción de cuidados intensivos:

—¿Quién es él?

—Jesús María Castelblanco. Es un antropólogo. Se enloqueció en el Chocó, en la selva, en una expedición.

—¿Cuánto tiempo lleva aquí?

—Dos años. No tiene remedio.

Afuera, en la calle, me esperaba una vida que ya no era la mía. Sentí unos deseos incontrolables de alejarme de ese hombre que se llamaba Gerardo Montenegro. Nada de lo que había hecho valía la pena. No tenía trabajo, mi madre había muerto en malas condiciones y mi padre estaba fuera de combate. ¿Por qué no irme? El sitio era lo de menos. No le temía a la tragedia, sino a la cursilería, al punto medio, a la banalidad que convierte cualquier acción en un ejercicio de superficialidad. ¿Por qué no había reconstruido mi vida al lado de una drogadicta perdida o de una prostituta? Eso, al menos, era un hecho trágico, difícil, solemne, que recordaba a grandes artistas del pasado: Baudelaire, Van Gogh, Toulouse-Lautrec, Bellú. Pero no, tenía que ser un guión insípido e insignificante el que habían escrito para mí: la historia del hombrecito de clase media al que le ponen los cuernos y que después de esa primera lesión afectiva decide quedarse solo y resentido. Qué vulgaridad. Pensé con nostalgia en Ricardo III, en Edipo, en Prometeo. Épocas en las que el sufrimiento era algo noble, algo que valía la pena de ser vivido hasta los tuétanos. Y, jactándome de mi pretensión, me pregunté: ¿sería capaz aún de inclinar la vida hacia el riesgo, la incertidumbre y la aventura?

CAPÍTULO II

PADRE, PADRE, ¿POR QUÉ ME HAS ABANDONADO?

Una tarde me llamaron de La Casa del Abuelo para comunicarme con urgencia los resultados de unos exámenes médicos que le habían hecho a mi padre. Salí enseguida hacia el hogar geriátrico. Encontré a mi padre adaptado al nuevo lugar, leyendo en la biblioteca, y le dije que venía a enterarme de cómo habían salido los chequeos médicos que le habían ordenado. Me contestó que hablara con el director y se quedó mirando el corredor, como si yo no estuviera ahí, en las nubes. Su actitud fue desconcertante y me reafirmó en la idea de que el avaro, en un principio, atesora dinero y no quiere gastar un solo centavo en nada que no sea estrictamente necesario para sobrevivir. Pero luego su avaricia se extiende a la vida en general, al tiempo (no le gusta estar más de unos minutos al lado de nadie), a los afectos (no demuestra jamás un poco de cariño), a la camaradería (no habla con sus vecinos, es amable pero cortante, frío, cree que conversar más de dos minutos ya es intimar demasiado y entonces se despide de pronto y se aleja sin dar explicaciones). El problema de la avaricia es que se va tomando la vida entera, como una infección que no se puede controlar, y por eso el avaro termina sin familia, sin amigos de verdad, sin el amor auténtico y desinteresado de una pareja que lo acompañe en el trayecto final. Son personas que acaban con las cobijas rotas, las toallas desteñidas, las camisas descosidas, las medias con huecos en las puntas, los pantalones casi transparentes y los zapatos machacados y sin agujetas. Ese era el aspecto de mi padre. No sólo su indumentaria era un desastre, sino que ya ni siquiera le gustaba conversar, intercambiar opiniones, enterarse al menos de qué sucedía en la vida de los demás. Era como si mi visita fuera inoportuna y yo le estuviera interrumpiendo sus horas de lectura. Lo peor era que seguía guardando ese aire de suficiencia de quien se las sabe todas, y su mirada despectiva parecía pregonar: «Mírenme, estoy más allá, no me comporto como los demás mortales». Claro, porque el avaro disfraza su avaricia con la máscara del ascetismo y la austeridad. Por eso se ve a sí mismo como un virtuoso y no se da cuenta de que el asceta real no tiene nada porque se lo ha entregado todo a los demás, mientras que él lo que desea es seguir acumulando y contar cada mañana las ganancias de sus ahorros. Y nunca entiende que el problema definitivo de la existencia no es económico, sino justamente el de darle un sentido a esa existencia que parece vacía y banal.

«Bueno —pensé—, allá él con su vida. Cada quien termina como le da la gana». Me levanté, le di una palmada en el hombro y le dije:

—Voy a la oficina del director. Ahora nos vemos.

Ni siquiera se tomó el trabajo de responderme. Asintió y volvió a abrir el libro para continuar con su lectura.

La entrevista con el director no pudo ser más deprimente. En un tono impersonal, académico, me informó que mi padre tenía cáncer de médula ósea, que ya estaba muy avanzado, pero que sin embargo valía la pena intentar un tratamiento con quimioterapia a ver cómo respondía el cuerpo. También me informó que los riñones estaban fallando y que lo mejor era empezar desde ya varias secuencias de diálisis. Como era de suponer, la institución no estaba preparada para una atención semejante y era conveniente que se internara cuanto antes en una buena clínica, bajo la tutela de médicos especialistas. Le pregunté si él ya sabía y el director, un poco sorprendido por mi pregunta (casi ofendido), me contestó con su aire de conferencista docto y muy superior al público que lo escucha:

—Por supuesto. El paciente es el primero en enterarse de lo que padece. Es un derecho que le asiste.

Le agradecí la información, le prometí que trasladaría a mi padre cuanto antes a una buena clínica donde pudiera seguir un tratamiento para su enfermedad y salí cuanto antes a tomar aire al patio de la casa. Me quedé unos minutos mirando las plantas del jardín y aguantando el golpe que acababa de recibir. El viejo también se iba a morir, no había nada que hacer, lo presentía, y aunque hubiéramos estado tan lejos el uno del otro en los últimos años, ese final en medio de la soledad, la amargura y la avaricia, me dolía. Durante treinta y cinco años había sido profesor de la Universidad Nacional, y desde mis más lejanos años de infancia lo recordaba con su bata blanca recorriendo los salones de la Facultad de Veterinaria y visitando las pesebreras donde estaban los animales con los cuales solían practicar los estudiantes. Alto, trigueño, de barba y cabello negros, simpático pero al mismo tiempo serio y estricto con sus discípulos, había convertido los predios de la universidad en una especie de refugio donde el mundo de afuera no pudiera agredirlo, y donde era un hombre apreciado, reconocido e incluso admirado. Eso les había sucedido a casi todos los profesores: la universidad era como un pequeño Vaticano donde ellos, los cardenales, eran reverenciados cuando entraban a alguna oficina o se bebían un refresco en una cafetería. Eso iba creando en ellos, con el paso de los años, la certeza de que eran personas importantes, sobresalientes, y nadie se podía dirigir a ellos sin antes pronunciar el apelativo «doctor». «Buenos días, doctor Pérez», «Hasta luego, doctor González». Recordé incluso que alguna vez, de niño, me dirigí a un amigo de él como «Fandiño», y él me corrigió molesto: «El doctor Fandiño, que no se te olvide». El problema era cuando estos hombres se jubilaban y salían a la calle convertidos en individuos comunes y corrientes. Era como quitarle el hábito a un sacerdote o decomisarle el uniforme a un soldado y mandarlos a la calle con un saco y un pantalón. Por fuera del convento que era la universidad nadie los llamaba «doctor», nadie se inclinaba ante ellos cuando pasaban, nadie les daba ninguna importancia, tenían que hacer fila como todo el mundo en supermercados y entidades bancarias, y cuando preguntaban por una botella de vino o por un juego de destornilladores, los dependientes de los almacenes apenas los determinaban. Entonces venían la depresión, la sensación de ser poca cosa, el miedo al rechazo, la sospecha de haber llegado ya al final del trayecto y de no servir para nada. El paso siguiente era inevitable: los dolores en todo el cuerpo, el mareo, la tos recurrente, las visitas permanentes al médico por una punzada en el estómago o por un calambre en una pierna. Terminaban enfermando de lo que fuera y muriendo en medio de un sordo resentimiento, como si el mundo no los hubiera valorado en su justa medida, como si les debiera algo, como si los hubiera tratado mal y de modo infame cuando ya estaban viejos y apenas podían defenderse. Así, exactamente, habían sido los últimos años de mi padre. Con un agravante: se había hundido en el alcohol de manera demencial, sin medir las consecuencias, casi como una forma de suicidio lento y bien estudiado.

Todo esto lo recordé en el jardín de La Casa del Abuelo mientras cogía ánimos para regresar a su lado y hablar sobre su enfermedad y sobre la estrategia que íbamos a seguir para enfrentarla. No me sentía seguro de conversar con él con franqueza, abiertamente, pues mi padre no era un hombre extrovertido, que hablara de sí mismo con desparpajo, que pudiera explayarse sobre sus más secretas ideas y sus más recónditos sentimientos. No, él era reservado, introspectivo, pudoroso, y eludía cualquier alusión a su vida privada. Iba a ser muy difícil, entonces, hablar con él sobre el cáncer, sobre la quimioterapia y sobre las escasas posibilidades que tenía de salvación.

En efecto, como lo supuse, asumió una actitud de «no te preocupes, nada de esto es importante», y se puso la máscara del individuo seguro de sí mismo que sabe perfectamente qué es lo que tiene y cómo manejarlo. En un principio me sentí mal con él, pues yo había interpretado su frialdad como una consecuencia de su avaricia interior, y no sabía que estaba procesando la pésima noticia que acababan de darle. Pero después noté que no, que yo estaba en lo cierto, que no quería hablar conmigo, que no le interesaba saber cómo me sentía, qué me estaba pasando por la cabeza, cómo iba a reaccionar. Representó el papel del padre superior, del rey que está hablando con su súbdito, del señor feudal que, a falta de alguien mejor, se rebaja a dialogar con un siervo de la gleba. Todo era falso, una obra de teatro que no convencía a nadie, y la verdad era que estaba aterrado, muerto de pánico, y que la muerte que se le avecinaba lo tenía anonadado y nervioso. Así que trazamos un plan para el día siguiente, convenimos en que lo mejor era buscar una clínica y unos médicos especializados, y ambos fingimos que estábamos bien y que íbamos a controlar la situación.

Cuando salí a la calle empecé a llorar. Verlo ahí, recluido entre otros ancianos, solo, olvidado de la mano de Dios y sin la fuerza que lo había caracterizado cuando estaba joven, me partía el corazón. Yo lo amaba, por supuesto, y si nos habíamos alejado no había sido por falta de afecto o porque ya no nos soportáramos, sino precisamente porque mi exceso de cariño hacia él me impedía aceptar su alcoholismo, su resentimiento, su encierro, su pésima relación con el dinero, su falta de gratitud y de generosidad con un país que, en medio de la pobreza y del subdesarrollo, le había brindado una buena educación, viajes al exterior, un buen sueldo, un seguro médico y una estabilidad laboral de la que no habían podido disfrutar muchos de sus compañeros de generación. En resumidas cuentas, habíamos discutido meses atrás, los ánimos se encendieron y terminé atacándolo con toda mi fuerza para que despertara, para que cambiara de actitud, para que tomara conciencia de que se estaba hundiendo en un lodazal putrefacto, y lo único que logré fue herirlo y cortar los delgados hilos que aún nos unían.

Mi padre, desde siempre, había mantenido una sólida amistad con el alcohol. Tenía una predisposición heredada seguramente por vía paterna, y un hermano suyo a quien yo había estimado siempre por encima de los demás familiares, un tío medio loco y sinvergüenza, había tenido que pedir ayuda y refugiarse en Alcohólicos Anónimos para salvarse de sí mismo. Pero fue con la jubilación cuando el alcohol entró a la vida de mi padre de manera definitiva para llenar los múltiples vacíos que le dejaba la soledad. Empezó a beber desde las horas de la mañana, después del desayuno, y a veces, cuando lo llamaba antes del mediodía, la voz sonaba ya gangosa en el teléfono y él parecía lleno de júbilo, feliz, como si estuviera de fiesta. Uno intuía, no sin cierto pánico, que el que estaba contestando el aparato no era él, sino un doble, un extraño ser que se hacía pasar por él y que imitaba su voz y sus expresiones. Esa sensación de estar hablando con otro era espantosa, como dirigirse a un virus o a un tumor que de pronto ya han llegado al cerebro y se pueden hacer pasar por la persona infectada. Uno sabía, claro está, que esa supuesta alegría era artificial, la ficción de una armonía que escondía detrás una vida macabra, sin salida, donde empezaba a escasear el aire puro y donde era difícil detener ya a la bestia que solía apoderarse de él en los peores momentos, el animal que solía agazaparse en su conciencia y que apenas veía las condiciones óptimas saltaba y a punta de zarpazos y de mordiscos le hacía pedazos la vida. Mi padre no pudo frenar ese ser inmundo que lo habitaba y que cada mañana le pedía su dosis de alcohol para comenzar a existir. Y cuando se dio cuenta de esa maligna y perversa invasión, ya no tenía fuerzas siquiera para pedir auxilio. Fue entonces cuando decidió irse del apartamento, fugarse de un territorio donde oscuros monstruos lo vigilaban de día y de noche, y recluirse en La Casa del Abuelo y confesar su dependencia para que lo protegieran de ese vampiro que se hacía pasar por él y que le estaba chupando toda la sangre. Pero ya era demasiado tarde, su cuerpo había enfermado, la depresión lo tenía muy disminuido y recuperar a ese hombre inteligente y vital que había sido él mismo en el pasado parecía ahora una empresa imposible en medio de las diálisis, quimioterapias, inyecciones, pastillas y continuas transfusiones de sangre que se le avecinaban.

Había algo que a mí me aterraba de ese alcoholismo: que era el espejo de una información que también estaba dentro de mí. Yo no tenía inclinaciones a la bebida, pero en el aire fantasmagórico y enfermo del apartamento de mi padre reconocía una fragancia que me era familiar: la que deja la capacidad para irse en contra de sí mismo, para atacarse y hacerse pedazos, como ciertos sujetos que no le hacen daño a nadie, que no son agresivos con los demás, pero que apenas ven una navaja o un cuchillo tienen que usarlos contra su propio cuerpo, el cual dejan ensangrentado y lleno de tajos. Me aterraba ver a mi padre encerrado bebiéndose las botellas de whisky una tras otra, alejado de la manada, entre los lobos, solo en medio del bosque y detestando una vida que le era desagradable, porque en el fondo yo presentía que iba a terminar igual, porque esa misma capacidad autodestructiva estaba dentro de mí, porque yo era como él, sólo que en mi caso la bestia aún se hallaba enjaulada y bien encadenada. Pero ahí estaba, y su sola existencia me llenaba de ira, de indignación y de terror.

Mi padre fue recluido en una clínica donde en el cuarto piso funcionaba un pabellón para enfermos de cáncer, un lugar donde la mayoría de los pacientes ya había perdido el cabello y donde la atmósfera, como es de suponer, era opresiva y deprimente. Encaró los tratamientos con resignación, sin maldecir, tratando a los médicos y a las enfermeras con gran cortesía, pero la quimioterapia lo dejaba exhausto, amarillo, con los párpados caídos, como si de repente le hubieran caído veinte años más encima, con náuseas permanentes y un extraño temblor en las manos, y la mejoría no se veía por ninguna parte. Para empeorar la situación, tres veces a la semana tenía que cumplir con siete horas de diálisis y lo conectaban a una máquina como si fuera un electrodoméstico enchufado a un tomacorriente. Fue muy valiente al someterse a semejantes torturas sin protestar, sin criticar las recomendaciones médicas y sin perder el control ni el buen genio.

Una noche me atreví a preguntarle:

—¿No extrañas el alcohol?

El viejo sonrió y dijo entre dientes:

—A veces pienso que es la falta de alcohol lo que me tiene tan enfermo.

A lo largo de los meses no pude quitarme la sensación de que estaba asistiendo a la muerte de mi doble, de un otro que constituía la parte más siniestra de mi propia identidad. El viejo siempre había permanecido oculto, con miedo de mostrarse, de ponerse en evidencia, y eso hacía suponer que seguramente era atravesado por fuerzas negativas que lo asustaban y que le impedían hablar de sí con absoluta tranquilidad. Y yo intuía que ese horror psíquico también era mío: por entre las corrientes misteriosas del código genético lo había heredado y contaminaba mi vida de mala manera. Pensado en frío, yo había terminado hundido de igual modo en un pozo del que no iba a ser nada fácil escapar: mi vida sentimental era un fracaso, no tenía trabajo estable, no tenía hijos, ni discípulos, ni compañeros de trabajo, ni nada. Había vivido en vano, no había sido capaz de construir una sola estructura sólida de la que ahora, cuando más lo necesitaba, pudiera agarrarme. Y eso hacía que muchas veces, al ver a mi padre conectado a los tubos y a las mangueras de las máquinas, me viniera a la cabeza la idea de que era yo el que se encontraba agonizando en esa habitación, era la mitad de mi ser que se me estaba muriendo sin que yo pudiera hacer nada para impedirlo.

Una noche, sentado frente a la televisión para ver si podía distraerme un rato y dejar de pensar en la enfermedad de mi padre, en un informe especializado que dieron en el canal cultural, vi que unos antropólogos brasileños habían desaparecido en las cercanías de São Paulo de Olivença. Según las investigaciones que había llevado a cabo el equipo de periodistas del programa, los dos hombres, de cuarenta y tres y cuarenta y ocho años de edad, se habían internado en la selva solos y sin guías. Venían desde Boca de Acre y Boca de Moaco preguntando por una tribu indígena que, según ellos, permanecía oculta en las inmediaciones del río Amazonas. Ya llevaban dos semanas desaparecidos y los lugareños afirmaban que les habían advertido a los científicos de los riesgos que corrían, pero que ellos no habían querido escuchar los consejos. Decían también que en esa zona la selva se tragaba a las personas con facilidad, que era imposible seguir huellas en medio de una naturaleza que cambia todos los días y que por eso mismo era mejor dejar las cosas así. El presentador, en un tono tremendista, se preguntaba si no los habrían devorado los últimos caníbales que habitan todavía en esa región, o si habrían terminado en las fauces de cocodrilos o asfixiados por grandes anacondas. Yo no pude evitar el recuerdo de Jesús María Castelblanco, que había sobrevivido a su expedición y había emergido de la jungla chocoana alucinado y con la mente trastornada para siempre. ¿Por qué ese hombre se había cruzado en mi camino de una manera que yo empezaba a sentir tajante y definitiva?

Apenas comenzaron los tratamientos y las terapias de choque, reapareció en la vida de mi padre una mujer que lo había acompañado de manera intermitente durante los últimos años: la llamaré la Mendiga, pues su psicología retorcida y audaz recordaba la de esos pordioseros que no piden ingenuamente una limosna, sino que inventan todo un discurso bien elaborado, inteligente y sugestivo, que termina por convencer de tal manera al público, que éste se mete las manos a los bolsillos y les entrega a estos brillantes embaucadores todo su dinero. El limosnero profesional no pide: inventa. Dirige todas sus capacidades hacia un objetivo único: crear una realidad ficticia lo suficientemente fuerte como para atrapar en ella a la víctima elegida. Desde el primer momento en que la Mendiga se acercó a mi padre, lo hizo envuelta en una imagen de desamparo y de pobreza heroica que con el paso del tiempo le fue dando jugosos beneficios. En razón de que tenía treinta años menos que él, logró que el viejo fuera cayendo en la trampa del hombre maduro que adopta a la joven candorosa que ha sido aplastada por una sociedad injusta, y que intenta redimirla y rescatarla de las fauces de la pobreza. Para fortalecer aún más la red en la que el viejo iba a quedar inmovilizado, ella se mostró servil, sin voluntad propia, como una esclava siempre al servicio de su dueño. Para un hombre que entra en la recta final de la carrera, cuando las fuerzas empiezan a fallar y la autoestima disminuye de manera peligrosa, ver a una mujer joven rendida a sus pies, esperando cualquier orden para complacerlo y agraciarlo, es una dosis de oxígeno que lo hace rejuvenecer y recuperar la antigua y perdida confianza en sí mismo. El problema es que esas bocanadas de oxígeno escondían un veneno de efecto retardado que lo terminó enfermando cada vez más, hasta conducirlo a la tumba.

La Mendiga, como correspondía a su oficio, era flaca, de piel lechosa cubierta de pecas, el cabello corto y grasoso, los ojos saltones y la voz afectada, como intentando esconder siempre su origen vulgar, aparentando una buena educación y haciendo alarde de un vocabulario abundante. El resultado era desastroso y hasta risible: terminaba dando mil vueltas para no decir nada, como una especie de Cantinflas femenino extraviado en medio de las palabras. Su primera estrategia, como ya lo indiqué, fue presentarse a sí misma como la esclava ideal, la mujer que nunca protesta, que está diseñada sólo para obedecer, el ser que se ha robotizado y que perdió todo rastro de humanidad en el largo camino de la servidumbre. Eso produjo en el viejo la sensación de poder, de control absoluto sobre la vida de una persona, y se activó en él el rol de tirano que no permite ninguna sublevación por parte de sus súbditos, que en este caso era sólo uno. Su apartamento era un reino diminuto en el que sus órdenes se acataban sin rechistar. Para colmo de males, la Mendiga empezó a llamarlo «Príncipe» como una forma de halagarlo y de hacerlo sentir joven, hermoso, bueno e inteligente. Uno escuchaba, entonces, conversaciones en las cuales ella siempre decía lo mismo: «Sí, Príncipe, lo que tú digas»; «Claro, Príncipe, haré todo exactamente como me lo estás explicando», «Por supuesto, Príncipe, tú nunca te equivocas», e imbecilidades por el estilo. Ella pagaba los recibos de los servicios, la administración del edificio, hacía mercado, le sacaba dinero de las cuentas bancarias o le consignaba el cheque de su sueldo, averiguaba en qué iba su prima de fin de año en la universidad, le recogía las radiografías y los exámenes de laboratorio cuando él iba al médico, y lo acompañaba y dormía con él durante temporadas que nunca sobrepasaron los seis meses, porque aunque la necesitaba y se le fue volviendo indispensable, tarde o temprano el viejo terminaba por aborrecerla y por mandarla para su casa. Pero ella no se alteraba, aguantaba sin descomponerse y volvía al ataque con las fuerzas redobladas y el objetivo más claro que antes: someterlo, destruirlo y arruinarlo.

Esa dinámica me recordaba un antiguo ejercicio de teatro. Dos actores subían al escenario y tenían que improvisar dos personajes contrarios: uno era atractivo para las mujeres, simpático, inteligente, exitoso en su trabajo, adinerado, y el otro era feo, enclenque, amargado, callado, no conseguía trabajo por ninguna parte y vivía de la solidaridad de su compañero. Al comienzo el personaje fuerte dominaba la escena siempre, pero lentamente se iba debilitando, el otro tomaba el mando de la situación, y al final el personaje exitoso acababa preguntándole al débil de carácter qué se le ofrecía, si quería salir a comer, si se encontraba cómodo en el apartamento, mientras éste, con los pies sobre una mesita y con el control del televisor en la mano, sugería: «¿Por qué no preparas unas papas fritas?» El ejercicio se llamaba «la fortaleza de los débiles».

Eso fue lo que pasó entre el Príncipe y la Mendiga. Poco a poco el Príncipe empezó a envejecer, se refugió en el alcohol, se amargó, culpó al mundo por su soledad extrema, se debilitó, sintió que la antigua confianza en sí mismo lo abandonaba, bajó la guardia y pasó de victimario a víctima mientras la Mendiga crecía en potencia, le llevaba las botellas de whisky al apartamento para que siguiera envenenándose y se iba entrenando ella para gobernar en el pequeño reino. Cuando ya el Príncipe se vio convertido en esclavo y se dio cuenta de que había perdido todos sus poderes, cerró el reino y buscó refugio en una casa para ancianos. Pero ya era tarde: la Mendiga lo tenía bajo su dominio y no iba a permitir que él se le escapara de las manos.

Pocas semanas después de la quimioterapia y de las fatigantes jornadas de diálisis, mi padre, agotado, con treinta kilos menos de peso, cadavérico y sin fuerzas siquiera para levantar un vaso y llevárselo a la boca, me dijo en el hospital:

—Hazme un favor, Gerardo, intenta recuperar mi apartamento. Paga las multas que sea necesario. Quiero irme para mi casa.

—¿No piensas seguir con el tratamiento? —pregunté con la voz atragantada, conmovido de verlo en ese estado.

—No hay mejoría. Me están prolongando la vida inútilmente. No tiene sentido seguir con esto, no quiero cantidad sino calidad de vida. Necesito estar en mi casa, en mi cuarto. No aguanto más.

Intenté convencerlo de que se quedara en mi apartamento, le aseguré que contrataríamos una enfermera que lo atendiera permanentemente, pero me dijo que no, que quería estar solo, que le era urgente recuperar su privacidad, que la Mendiga cuidaría de él (la llamó por su nombre, claro está, con cierto tono de admiración en la voz, como si estuviera hablando de una santa dispuesta a sacrificarse por él). Me di cuenta de que estaba perdido y que no iba a poder hacer nada por él. Le dije que sí, que no se preocupara, que conseguiría el apartamento otra vez, que no era difícil lograrlo.

Así fue. Mi padre se negó a continuar en la clínica y regresó a su apartamento para morir en paz. Suponía que al no continuar con las diálisis, los riñones le intoxicarían el cuerpo en dos o tres semanas. Fue un cálculo errado. Duró varios meses más, descomponiéndose muy lentamente. La Mendiga asumió entonces el gobierno del reino y dejó que una atmósfera de dejadez y de penuria se extendiera desde el cuarto donde el Príncipe enfermo permanecía acostado, hasta cada uno de los rincones más remotos del antiguo apartamento recobrado. Entonces el polvo y los malos olores le fueron dando al lugar un aire de tugurio que seguramente ella disfrutaba. La mezcla del abandono de esta mujer, que combinaba a la perfección con el abandono de él, era difícil de soportar para cualquier visitante.

Una mañana de domingo desplegué el periódico y vi una noticia que me causó curiosidad: hablaba de cómo un paciente psiquiátrico de la Clínica Montserrat se había fugado a través de los campos de golf del Country Club. La policía lo había capturado trepado en un árbol, desnudo, y el hombre había dicho que estaba cazando para comer. Su nombre: Jesús María Castelblanco. En una foto pequeña un viejo delgado y de barba blanca miraba a la cámara con una expresión antigua, lejana, ancestral. Recorté el artículo y lo guardé en uno de los bolsillos de mi chaqueta. Ya llegaría el momento de volver sobre esa historia.

Empezaron los ataques al estómago, los espasmos, las convulsiones. Mi padre se doblaba a cada rato para vomitar en un tarro que le había servido antes para mezclar unas pinturas de pared. Las cobijas descosidas y polvorientas, las cajas de medicamentos arrumadas en una mesa de noche coja que permanecía inclinada hacia delante, el vaso de mermelada donde bebía agua y mojaba los labios resecos, la cama haciendo equilibrio sobre unos ladrillos, el citófono que permanecía en el suelo entre cables remendados con cinta aislante, todo indicaba que la enfermedad era mucho peor de lo esperado porque el paciente sufría además de otra patología que quizá era el origen de la primera: la mezquindad con la vida en general, la tendencia delirante y obsesiva a la ruindad y la sordidez. Sobra decir que yo esperaba que con el paso de las semanas el viejo despertara de semejante horror interior, que se diera cuenta de que había vivido en medio de una confusión y un error imperdonables. Pero no, su actitud no cambió y, aliado con la Mendiga, se atrincheró en una cloaca cuyos olores nauseabundos infectaban toda la extensión de un reino que en realidad era una oscura y subterránea alcantarilla.

Lo paradójico de su situación fue que una tarde, en uno de esos breves instantes de lucidez donde intuía los auténticos sentimientos que motivaban a la Mendiga a soportar semejante inmundicia, me confesó:

—Gerardo, aquí, en el tercer cajón del clóset, tengo en efectivo tres mil dólares ahorrados.

—¿Qué me estás insinuando? —pregunté aterrado ante la imagen de un hombre que esconde miles de dólares entre la ropa interior, mientras a pocos pasos él no puede siquiera pasar un bocado y se muere en una habitación que parece sacada de un inquilinato miserable.

—Que ese dinero es para ti.

—Si quieres, me lo llevo entonces de una vez.

Los ojos le brillaron con agresividad y la cara se le transformó en un gesto de disgusto:

—No, no, después, cuando llegue el momento.

Me pregunté, por supuesto, qué función podía tener ese dinero ahí escondido cuando él ya estaba empezando la fase final de la enfermedad. «Si la situación no fuera tan espantosa, sería cómica», pensé, como para representar una comedia absurda. Lo cierto era que no podía desprenderse de ese dinero, que quizá era la única cuerda firme que aún lo mantenía con vida. Lo imaginé sacando la plata cada noche, revisando los billetes de cien dólares uno por uno, clasificándolos, contándolos para estar seguro de que nadie lo había robado (y la Mendiga babeando de ambición). Le sugerí que gastáramos algo en comprar dos o tres muebles, un edredón nuevo, un juego de almohadas que le ayudara a recostar la espalda, vasos y recipientes plásticos donde pudiera vomitar y mezclar sus medicinas con mayor comodidad. La mueca de disgusto se acentuó y me recriminó con la voz gangosa:

—Tú eres el colmo. Yo me estoy muriendo y piensas en gastarte la plata en semejantes estupideces. Ya veo en qué va a terminar ese dinero que ahorré con tanto esfuerzo.

El giro era inteligente. Otra vez se presentaba a sí mismo como un hombre virtuoso y metódico que tenía que vivir entre gente banal que no había sufrido lo suficiente (como yo), que no conocía la estrechez y que ni siquiera se le pasaba por la cabeza el valor heroico que tenía la pobreza. Me dije entonces que no había ningún aprendizaje en él, que nada que lograba desprenderse de los bienes materiales y ponerlos en su justo lugar, que era imposible que entendiera que la pobreza obligada era una prueba, sin duda, pero que la pobreza fingida en medio de la abundancia se llamaba cicatería, que no había ningún crecimiento espiritual, que el cáncer no lograría modificar ese ego monolítico y terco, y lo peor de todo: que tanto sufrimiento, infortunadamente, era en vano.

En la medida en que iban avanzando los días y las semanas, ellos dos parecían irse amalgamando a la perfección, como si hubieran estado de acuerdo desde siempre en una especie de complot que sólo hasta ahora, cuando la enfermedad tenía al viejo ya postrado en la cama, sin cabello y con la piel amarilla, saltaba a la vista y era evidente. Ella se iba apropiando del dolor de él, administrándolo, recibiéndolo como si fuera un regalo maravilloso, y en ese sentido cumplía el papel de mujer abnegada que acepta con beneplácito un destino trágico y que llega incluso, a punta de sacrificio y de amor desinteresado, a disfrutarlo. De ahí su pose de compañera sufrida que estaba dispuesta a soportarlo todo y que lloraba en silencio esa terrible prueba que la vida le enviaba para medir su grandeza y su transparencia espiritual. Él, por su parte, mantenía su resentimiento intacto, e hizo de su apartamento un fortín para refugiarse de ese mundo injusto y desagradecido que lo había tratado tan mal durante los últimos años de su vida. Muchas veces, en infinidad de visitas, sentí que sobraba, y la sola atmósfera de mezquindad y de odio, disfrazada de abnegación y de piedad, me llenaba de indignación y de ira contenida. Me daban ganas de gritarles en la cara que dejaran el *show*, que detuvieran por favor semejante obra de teatro tan mediocre, que se apiadaran del público (yo), y que tuvieran la entereza suficiente como para decirse a sí mismos que ese final era el producto de unas pésimas decisiones tomadas durante el último tiempo, que ahí estaban las consecuencias del encierro, de la animadversión hacia los demás, del desprecio, de las ínfulas de superioridad, de la avaricia económica y moral, del alcoholismo, del rencor, y que en lugar de fingir un estoicismo pueril hicieran más bien un examen de conciencia y cada quien saldara cuentas consigo mismo y con el otro. Pero para un ajuste de cuentas se necesitaba a alguien con la fuerza suficiente como para sentar en el banquillo ese ritmo de vida que se habían inventado entre ambos, y preguntarse qué había de bueno en no ir jamás a un cine, en no comer nunca en un restaurante, en no degustar un helado por la calle, en no salir una noche a oír música y a bailar, en pudrirse todos los días entre los mismos objetos desgastados y los mismos muebles polvorientos, en pedir rebaja en las plazas de mercado a unas pobres gentes que escasamente reúnen el dinero para un plato de sopa, en juzgar a los otros por lo que hacen o dejan de hacer, en encerrarse a beber whisky todos los días hasta terminar embrutecido sobre una cama destartalada y unas cobijas remendadas. Eso era lo que ese par de falsos ascetas tenían que preguntarse, pero claro, para eso se necesitaban agallas y ninguno de los dos se caracterizaba precisamente por su valor y su carácter. Ambos eran callados, socarrones, hipócritas, cobardes, y en consecuencia habían preferido jugar a la parejita alejada e incomprendida que decide terminar unida por lazos invisibles que los demás no detectan. «Pues a la mierda con ambos», me decía muchas veces, y llegué hasta el punto de soñar con comprarme un revólver y pegarles un tiro para que dejaran de representar un espectáculo tan bochornoso.

Un día en que el viejo estaba dormido a causa de una noche terrible que había tenido que pasar entre vómitos y dolores de espalda, la Mendiga me propuso que nos preparáramos un café en la cocina. Acepté porque la otra opción era quedarme mirando la pared de la habitación y escuchando esa respiración agónica que tanto me impresionaba porque cada exhalación parecía la última. No sé por qué, quizá en un instante de debilidad, la Mendiga bajó la guardia conmigo y me confesó que desde hacía varios años era estéril porque se había mandado ligar las trompas. Le pregunté el motivo de una decisión tan radical cuando era una mujer joven que aún podía casarse y hacer una familia. Me dijo que mi padre no deseaba tener más hijos y que se lo había exigido como un requisito para continuar la relación con ella. Como siempre entre ellos, todo estaba al revés. El que tenía que haberse hecho la vasectomía era él, pero en lugar de asumir una medida razonable para un hombre de su edad, había preferido condenar a la Mendiga a una esterilidad triste que le impedía hacer un hogar y disfrutar de unos vástagos sanos. Empecé a entender los mecanismos perversos que los unían: ella quería estabilidad y la pensión de la universidad, él la castraba, ella lo alcoholizaba, él la condenaba a vivir en la pobreza de una avaricia progresiva y enfermiza, ella lo alejaba de los otros, él en el fondo la despreciaba por su falta de inteligencia y de clase, ella lo volvía dependiente, él enfermaba, ella por fin lo dominaba, él moría, ella se quedaba con la pensión pero con el cuerpo destrozado y la vida enterrada en un agujero negro. Era un libreto digno de un escritor de terror psicológico. Título de la película: *La venganza del Príncipe.*

Por primera vez en mucho tiempo, mientras la enfermedad avanzaba de manera implacable, una tarde me dio por sacar las fotos de la familia y por leer algunas cartas que nos habíamos cruzado con el viejo en el pasado. Como lo he dicho unas páginas atrás, era un hombre que lo había tenido todo para ser feliz: gracia intelectual, sensatez, belleza, dinero, simpatía. ¿Qué había hecho entonces con esa suma de virtudes y de dones? Muy simple: ahogarlos en alcohol. Las fotos mostraban a un hombre de rasgos finos, alto, con la barba bien podada, sonriente. Las cartas daban fe de su agudeza y del afecto que entonces me había tenido. No pude evitarlo, apreté esa correspondencia hasta arrugarla y convertirla en un amasijo de papel, y me dije en voz alta:

—Qué mierda, éste es el pésimo final de un gran hombre.

Aunque mi padre permanecía la mayor parte del tiempo en su apartamento, de vez en cuando, si las crisis así lo exigían, teníamos que recluirlo en la clínica dos o tres días mientras se estabilizaba de nuevo. Eran habitaciones comunales que él tenía que compartir con cuatro o cinco enfermos más que no hacían sino gemir, quejarse durante toda la noche, llorar, recriminar a sus familiares en las visitas y pelear entre ellos por el control del único televisor que había en el cuarto. Era deprimente tener que enterarse de enfermedades ajenas, de viejos rencores de sangre entre gente que uno nunca había visto en su vida, de sentimientos estrictamente personales, todo con el mayor impudor y la mayor desvergüenza. No entendía por qué mi padre, después de tantos años de trabajo en la Universidad Nacional, no tenía derecho a terminar sus días en una alcoba individual con un mínimo de privacidad. Pregunté en la clínica y la respuesta que me dieron fue muy simple: mi padre había tenido dos opciones al pagar la cuota del seguro médico cada mes, y se había inclinado desde un principio por la más barata, es decir, por la que no lo autorizaba a disfrutar de una habitación privada. Pregunté por la diferencia entre una cuota y la otra: la cifra era ridícula. Ahora ya no se podía hacer nada porque él se había jubilado en esa modalidad y no en la otra, y lo obvio era que durante años hubiera pagado un poco más, con tal de tener, en caso de enfermedad, la mejor atención y la mayor comodidad posibles. Creo que lo peor de la avaricia es eso: ver cómo una persona termina lesionándose a sí misma con el único propósito de poder acumular en un cajón del clóset dos o tres monedas más.

Un día cualquiera reapareció en la vida de mi padre una de sus antiguas amantes, Samantha, una mujerzuela vulgar e impulsiva que, cansada de llamar por teléfono y de dejar mensajes en el contestador automático, decidió presentarse una tarde en el apartamento sin avisar. El portero que la anunció me dijo cuando yo contesté el citófono:

—Don Gerardo, aquí hay una mujer que quiere visitar a su papá. Se llama Samantha y dice que no piensa irse hasta que hable con él.

—Dígale que siga, por favor —le ordené al buen hombre.

La Mendiga se puso muy nerviosa y, como yo lo había imaginado, apenas abrí la puerta las dos mujeres se enfrascaron en una discusión donde se insultaban y se agredían de lado y lado. «Bueno, se animó esto un poco», pensé mientras las dejaba atacarse de «zorra», «levantada», «mamarracho asqueroso» y demás, y alcancé a soñar con que se cogieran del pelo y se machacaran a su antojo. Pero eso ya era pedir demasiado, la boleta que había comprado no daba para tanto. Entonces las dos se callaron de repente, volteé la cabeza y vi a mi padre de pie, con su bata raída y sus pantuflas medio rotas, parado en el umbral de la habitación, enorme, flaco, huesudo, amarillo, calvo, como un Nosferatu recién llegado de otro mundo. Dijo con la voz debilitada por la enfermedad:

—Les agradecería que respetaran el estado en el que me encuentro. Voy a pedirte un favor, Samantha, y es que salgas de mi casa enseguida. Me estoy muriendo y no quiero que nadie me vea en esta situación. Espero que me entiendas. Mi hijo te avisará para que asistas al entierro, si quieres.

Se dio media vuelta y cerró la puerta. Hubo un segundo donde el frío del apartamento se hizo más evidente. Me dio tristeza que su pasado lo alcanzara de esa manera, ya al borde de la tumba. Mi padre, un hombre exitoso con las mujeres, después de la separación con mi madre siempre había elegido a las peores, a las más problemáticas, las peor educadas, las más feas, las que salieran más baratas y las más sórdidas. Le gustaban así, seres proclives al resentimiento y al mal gusto, y a quienes él pudiera deslumbrar con facilidad. El problema es que ese tipo de mujer, en la juventud, es un aprendizaje en donde tomamos conciencia de nuestras debilidades y nuestras bajas pasiones, pero en la madurez y en la vejez son aves de mal agüero que atraen la desgracia, revolotean sobre la víctima, la matan a picotazos y se quedan hasta devorarse todas las sobras. Era muy triste, por decir lo menos, ver al viejo tan enfermo espantando ese par de pajarracos carroñeros que estaban sobrevolando ya sobre su próximo sepulcro.

Samantha salió sin decir nada y nunca volvió. Unos meses después, cuando la llamé para avisarle del deceso de mi padre, tampoco apareció por la funeraria ni por el cementerio.

Lo que más me atemorizaba de este paisaje desolador era que yo me veía reflejado en la vida de mi padre, no sólo por las manías típicas de solitario, sino porque en secreto y sin que nadie se enterara, yo también había emprendido un largo camino por el mundo del descenso afectivo y sexual. Tanto antes como después de Julieta no había sido capaz de entablar una relación seria con una mujer que valiera la pena. Todas me las había buscado alcohólicas o drogadictas, dependientes afectivas o depresivas, obsesivas sexuales, cabareteras, mitómanas o con tendencias suicidas. ¿Por qué? ¿Qué extraños lazos unen la vida de un padre con la de su hijo? ¿Qué información se transmite en el código genético como para que el hijo termine convertido en un doble del padre, en una especie de procreación paralela con conductas y afectos similares? Creo que allí radica el horror de la reproducción, en procrear seres que llevan dentro de sí nuestros miedos, nuestras taras, nuestras más hondas miserias. ¿Terminaría yo también transformado en un Príncipe solitario, atrapado en las artimañas de una mujerzuela astuta? ¿No podía entenderse la famosa duda de

Hamlet (ser o no ser) desde aquí: procrear o no procrear, ser padre o no, existir más allá de la muerte o desaparecer, dar vida o negarla? ¿No era ésta la máxima avaricia posible: no ser capaz de darle la vida a otro? ¿No era el destino de todo hijo transformarse al final en un padre? Y los que no seguíamos ese camino, ¿hacia dónde nos estábamos dirigiendo? ¿Qué había entonces después de ser un hijo y no querer ser un padre, y mucho menos un abuelo? ¿En qué dimensión nos habíamos quedado suspendidos los que éramos hijos y nada más?

Otra noche, de nuevo frente al televisor intentando olvidar la pesadilla por la que estaba pasando con la agonía de mi padre, vi que el presentador de un noticiero de televisión aseguraba que en la población de San José del Guaviare, en las inmediaciones de una finca de propiedad de un ganadero de la zona, un indígena pequeño, con taparrabo y cerbatana, había salido de la selva gritando y en estado de *shock* nervioso. Nadie entendía la lengua que ese nativo hablaba. El médico del pueblo no había podido calmarlo ni siquiera con sedantes, y el hombre había muerto a las pocas horas entre convulsiones y murmurando palabras en un lenguaje desconocido. Otra vez recordé al viejo antropólogo en la sección de cuidados intensivos de la clínica e interpreté la noticia como un mensaje que me llegaba desde un mundo lejano que solicitaba por ahora sólo mi atención, y que quizá después requiriera también mi presencia. ¿Por qué no?

Al sexto mes, el aparato digestivo comenzó a atrofiarse y mi padre no podía ya comer alimentos sólidos. Fue preciso, entonces, entrar en la fase de los jugos, las compotas, el queso de untar, el puré y las sopas. Seguía bajando de peso y su cara adquirió un aspecto cadavérico que me recordaba las fotografías y las películas de los campos de concentración nazis. Parecía un prisionero judío antes de ser conducido a la cámara de gas. A veces, desesperado de ver las mismas paredes y el mismo pedazo de cielo a través de la ventana de su habitación, me pedía que lo ayudara a caminar unos minutos por el apartamento.

Pero ya las piernas apenas podían sostenerlo, temblaba, se ahogaba, le daban calambres atroces, sufría de mareos y se le iban las luces, en fin, ya el cuerpo no le respondía como antes y esa sensación de estar atrapado en una materia que no reconocía como la suya lo atormentaba y lo deprimía. Para él, el cuerpo sí era una cárcel donde su mente, lúcida y sin sufrir el menor menoscabo, tenía que ser testigo todos los días del deterioro físico y de la descomposición de unos órganos que cada vez se atrofiaban a mayor velocidad. Era el horror de tener un cuerpo.

Durante esos meses mi vida se paralizó por completo y lo único que tenía en la cabeza, de la mañana a la noche, era el estado de salud de mi padre. Lo único que existía, y cada vez con mayor contundencia, eran la agonía y el desenlace fatal del Príncipe en su reino ruinoso y maloliente.

La fase final fue sólo angustia y sufrimiento. Ya ni siquiera las compotas y las sopas le pasaban por la garganta y el esófago. Los conductos se habían cerrado y lo único que podía hacer el viejo, con gran esfuerzo e inclinando la cabeza hacia atrás para ayudarse, era beber agua.

Una tarde, con el pretexto de que quería una copia de unos exámenes médicos que le habían hecho recientemente, sacó a la Mendiga del apartamento y la mandó a la clínica y al consultorio del hematólogo que lo había atendido. Apenas nos quedamos solos, intentó sonreír y me dijo:

—Necesito que me ayudes a tomarme unas pastillas, Gerardo. No aguanto más esto.

—¿Para terminar de una vez? —pregunté sin atreverme a pronunciar la palabra «suicidio».

—Sí, sé que cuento contigo. Ayúdame.

—Claro que sí, papá.

Me emocionó mucho saber que el viejo aún confiaba en mí de esa manera y lo alcé en la cama hasta ponerlo en un ángulo ortogonal, con la espalda recta bien recostada en una almohada vertical. Él señaló el frasco de los somníferos. Lo agarré, saqué la primera pastilla y le acerqué el vaso de agua que permanecía siempre en la mesita de noche. Sólo logró tragar tres pastillas. Las otras se negaron a pasar y terminó regresándolas en medio de unos ataques que lo dejaron ahogado y con los ojos llorosos. Maceré entonces unas quince pastillas y las mezclé con el agua para que le quedara más fácil ingerirlas. Cuando me acerqué con el vaso en alto para ayudarlo a beber, me di cuenta de que tenía los ojos cerrados y que respiraba con mucha lentitud. Se había quedado dormido. Me quedé con el vaso de la muerte en la mano.

El estado de debilidad del viejo era tan extremo que las tres pastillas para dormir lo tuvieron dos días enteros fuera de combate, ido, sin poder hablar, adormilado. La Mendiga creía que ya se estaba muriendo y esperaba a cada instante la exhalación final. Me llené de tristeza al verlo así, agonizando como un animal herido en un rincón, solo, sin que nadie se apiadara de él y decidiera pegarle un tiro en la cabeza. Me prometí en silencio que no lo iba a dejar en ese estado y que le daría una mano, la última, para llegar a la otra orilla. Al día siguiente le dije a la Mendiga que averiguara posibilidades para una transfusión de sangre y con ese pretexto logré sacarla del apartamento. Como el viejo tenía al lado de la cama un tanque de oxígeno, decidí echarle, en el recipiente plástico por donde pasaba el oxígeno a través de un poco de agua, un frasco entero de morfina para intoxicarlo. Mi ignorancia en el tema era total y la morfina empezó a producir burbujas como si fuera jabón. Por entre la sonda, esas burbujas llegaban hasta la nariz y le impedían respirar normalmente. Regresé la morfina mezclada con agua al frasco, tomé una jeringa e intenté buscarle una vena para inyectársela. Los brazos eran en realidad dos líneas de huesos forradas por un pergamino amarillo. Lo pinché varias veces y no encontré una sola vena que inundara la jeringa con chorros de sangre. En un momento en que se dio la vuelta para seguir durmiendo, afirmó con una voz de ultratumba:

—Ya no me molesten más.

A partir de ese día mi padre empezó a perder las coordenadas de tiempo y espacio, y le costaba trabajo también recordar qué había hecho unos minutos antes. No sabía qué día era, preguntaba la hora a cada momento, no podía agarrar el vaso de agua porque la mano seguía derecho y no estaba seguro de si había ido ya al baño o no. Todo se le mezclaba en un maremágnum de rutinas que lo agobiaba y lo confundía.

Decidí que no era humano dejarlo morir de esa manera, y que ahora, más que nunca y por encima de todas nuestras peleas y nuestros distanciamientos, me necesitaba de verdad. Busqué en el directorio telefónico una lista de clínicas especializadas en enfermos terminales. En la Clínica Nueva me informaron que tenían un piso donde el principal objetivo era menguar el dolor de los enfermos y ayudarlos en ese trance final, suprimiéndoles los sufrimientos atroces, la desesperación y el miedo evidente que a todos nos produce morir. Les dije que debía recluir a mi padre, les di la dirección, el teléfono, mis datos personales y les insistí en que los necesitaba con urgencia. Cuando colgué, la Mendiga lo tenía abrazado (como si la agonía de ese hombre le perteneciera) y me advirtió de mal genio:

—El seguro médico no cubre el servicio de ambulancia. Tu padre me acaba de decir que él no piensa pagar esos gastos de su propio bolsillo.

—No se preocupen, los pagaré yo del mío. Pero se acabó esto, no más. Vamos a prepararle la maleta con sus efectos personales —contesté con resolución, subiendo el tono de la voz, decidido a sacarlo de ese antro a las buenas o a las malas.

Mi padre aceptó sin rechistar. Con los últimos rastros de lucidez que le quedaban, alcanzó a entregarme los dólares que tenía guardados y una lupa. Le agradecí el dinero, por supuesto, y le pregunté para qué era ese aparato.

—Para que cuando sigas comprando dólares sepas reconocer los falsos de los legales. Mira, hay unas claves que debes saber.

Y se puso a darme instrucciones sobre bandas de seguridad, figuras geométricas y dibujos que sólo se reconocían a contraluz. La escena era inverosímil: ya estaba más del otro lado que de éste,.y aun así le brillaban los ojos dándome las explicaciones y le temblaban las manos acariciando los billetes. Comprendí, entonces, que compraba los dólares en el mercado negro y que una de sus mayores satisfacciones era sacar la lupa y revisar el dinero billete por billete. Cuando se desprendió de la plata dio un hondo suspiro, se recostó en las almohadas y pareció ingresar definitivamente en esa zona intermedia en la que entran los enfermos antes de morir.

Logré que esta vez a mi padre le asignaran una habitación sólo para él. Le expliqué al médico que llevaba semanas sufriendo en su apartamento, que ya no podía comer, que los analgésicos y la morfina no le hacían efecto, que era justo ya que descansara después de tantas jornadas de dolor intenso. El médico entendió enseguida la situación y ordenó que le trajeran un sedante cuyo nombre no recuerdo. Ese será el momento que siempre perdurará en mi memoria: abracé a mi padre y le susurré al oído: «No más, viejo, se acabó el sufrimiento». Entonces ese hombre que tantas veces me había herido en la vida, ese hombre que había renegado de mí, ese hombre que en miles de ocasiones me había quitado su apoyo y su consideración, ese hombre que se había refugiado lejos de mi presencia y que había decidido llevar una vida miserable con la que yo no estaba de acuerdo, ese hombre me abrazó con una infinita ternura, me dío un beso con sus labios resecos y me dijo ahogado de emoción:

—Te lo mereces todo. Has sido un hijo maravilloso.

Y esas palabras fueron como bálsamos expandiéndose dentro de mi cerebro. Me eché a llorar mientras lo sostenía abrazado con fuerza. Mi viejo, mi complemento, mi origen, se me estaba yendo y yo no podía hacer nada para defenderlo del mundo de las sombras. Luego el médico lo sedó y se desvaneció entre mis brazos.

Duró dos días sin darse cuenta de nada. Me tranquilizaba ver una habitación limpia, unas sábanas en buen estado, unos rayos de sol entrando por la ventana. Olvidé por completo el memorial de agravios que tenía contra él, mis críticas virulentas a su conducta durante los últimos años, y a lo largo de esas horas aciagas mi mente se llenó de recuerdos gratos: las salidas, cuando yo era niño, al Crem Helado de Teusaquillo, nuestros pequeños viajes a Villa de Leiva, los recorridos que hacíamos alrededor de la Universidad Nacional, los almuerzos donde la tía Carmenza, las veces que lo vi sentado en primera fila asistiendo a los estrenos de las obras donde yo actuaba, las tarjetas de cumpleaños o de Navidad quemadas con cigarrillo por él mismo en los bordes, su humor finísimo y elegante, la manera como cocinaba (antes de que el alcohol lo aislara definitivamente), sonriente y feliz de compartir un rato con los demás, la pulcritud con la que envolvía sus regalos, su coquetería permanente con cualquier mujer que estuviera a su lado (fea o bonita, no importaba), el brillo en los ojos cuando de repente se emocionaba por algo, una despedida o algún triunfo mío con una obra de teatro, la dulzura con la que había guardado en un sobre de manila todas mis cartas y los recortes de prensa donde alguna vez, en las secciones de cultura, me habían nombrado como un actor sobresaliente. Ese era el hombre que había detrás del individuo atormentado por un alcoholismo asfixiante: un padre afectuoso del que yo no tenía un solo reproche. Era como si ese abrazo y ese beso me hubieran confirmado algo que sospechaba y que ahora me enternecía sobremanera: que más allá de los enfrentamientos y de las frases tan duras que nos habíamos dicho, el viejo siempre me había querido, pero que no había encontrado la forma de decírmelo ni de demostrármelo. Sólo en el último segundo, cuando supo que iban a bajar el telón, se la había jugado a fondo con ese abrazo, ese beso y esas palabras pronunciadas con el corazón. Y me sorprendí de saberme tan débil, tan vulnerable, tan sentimental. Yo tampoco había sabido cómo acercarme, cómo rescatarlo del alcohol y de las tenazas de la Mendiga. Pero al menos, en los segundos finales, lo había sacado de ese infierno, me había despedido de él en los mejores términos y le había brindado un cuarto y unas cobijas decentes.

Y por primera vez en mi vida, de manera extraña e irracional, sentado frente a la cama donde mi padre agonizaba, deseé tener un hijo, educarlo, sacarlo al parque a jugar, verlo crecer y amarlo como ese hombre me había amado a mí.

CAPÍTULO III

—

HAY OTROS MUNDOS

Hay personas que llegan al final de una determinada manera de vivir, agotan sus reservas, dan un giro que nadie sospechaba y vuelven a empezar como si acabaran de nacer y los esperara toda una vida por delante. Es una actitud envidiable, sin duda. Yo habría querido largarme al día siguiente, olvidarme de mí mismo y dejar atrás para siempre una identidad que me pesaba y me fastidiaba. Pero no pude, no supe para dónde coger ni qué hacer. Por esos días recobré mi vieja costumbre de caminar a lo largo de la ciudad durante horas enteras y decidí esperar a recuperarme de dos golpes que aún me tenían sin respiración y tambaleante. El entierro de mi madre y la cremación de mi padre habían sucedido en un lapso de pocos meses y yo no había tenido siquiera el tiempo de hacer un duelo cuando ya se me había venido el otro encima.

Una tarde saqué un mapa y eché una ojeada aquí y allá, pasando las páginas con lentitud infantil, soñando, imaginando un nuevo tipo de existencia en el mar Caribe, en el Amazonas o en el desierto de La Guajira. No me atreví a mirar lugares remotos porque sabía que mi presupuesto no daba para tanto. Tenía que contentarme con un viaje corto pero radical, una escapada breve pero que me dejara por fuera de las coordenadas establecidas hasta ahora. Pensé en las islas de San Andrés y Providencia, una cabaña al lado del mar, música *reggae*, una canoa para salir a pescar y una mulata voluminosa para hundirme en su cuerpo e intentar olvidar ese primer intento fallido de hombre que se había llamado Gerardo Montenegro. Luego revisé el mapa de la selva del

Amazonas y la idea de presentarme un día cualquiera en una de las comunidades indígenas de la tribu tikuna me pareció magnífica. Una choza, un río, la selva y un nuevo individuo por llegar al mundo. Consulté también los pueblos y las rancherías del departamento de La Guajira, y recordé ese desierto inmenso que llega hasta el mar y se confunde con la arena de una playa deshabitada en la que no se ven por ningún lado los acostumbrados hoteles de moda, con sus turistas ruidosos y sus actividades de recreación para retardados mentales. No, sólo desierto y mar y pájaros y salinas recorridas por indígenas silenciosos y cabizbajos. Eso era lo que yo necesitaba: estar lejos de autos y avenidas, de rascacielos y aparatos de televisión. Pero para emprender esa fuga se necesitaba dinero, así que me puse en la tarea de vender todo lo que tenía, desde los objetos más intrascendentes hasta los libros de la biblioteca. Con los tres mil dólares de mi padre había pagado el entierro y una deuda bancaria. Consulté mis ahorros, hice efectivo un certificado de depósito a término fijo que se renovaba cada mes automáticamente y que no había querido tocar porque se trataba de lo que me había correspondido por la separación de bienes de mi matrimonio, y decidí que pasara lo que pasara no me pensaba echar para atrás. Le entregué a un primo las cenizas de mi padre y le dije que luego pasaría a recogerlas.

Mientras tanto, casi como un juego y como un ejercicio para distraer mi dolor y mi aburrimiento, saqué el artículo de prensa en el que hablaban de la fuga de Jesús María Castelblanco de la Clínica Montserrat y me tomé el trabajo de llamar a la casa del antropólogo (la dirección y el número estaban en el directorio telefónico) y de pedirle una cita a su esposa, con el pretexto de que estaba haciendo una investigación sobre las actividades de su marido en la selva. Al principio fue un poco seca, displicente y me contestaba con monosílabos que cortaban la conversación. Pero luego aflojó y me dijo que me esperaba dos días después a las cuatro de la tarde, y que fuera puntual, por favor. Me di cuenta de que era una mujer educada y de clase alta, reservada y a la defensiva, como si al querer acercarme a la historia de su marido yo estuviera penetrando en la zona más oscura y desagradable de su propia vida. Tenía su voz esa entonación que delata a los que quieren olvidar una parte de su pasado para poder seguir adelante, y que saben que de no lograrlo serán entonces aplastados por unos recuerdos que los hundirán en la peor parte de sí mismos, allí donde sólo somos seres repugnantes que nos arrastramos por el suelo.

La casa quedaba en Chapinero Alto, un barrio de clase media y de calles inclinadas, situado en las faldas de las montañas bogotanas. Estaba construida en ladrillo y el techo dejaba entrever las tejas de barro características de las casas antiguas, que les dan ese aire artesanal y pueblerino sacado como de cuentos infantiles. Un antejardín con rosas amarillas, geranios y margaritas en perfecto estado permitía adivinar a una dueña que pasaba largas horas sumida (¿evadiéndose quizá?) en labores de jardinería. Toqué el timbre a las cuatro en punto de una tarde gris marcada por vientos fríos que me obligaron a cerrar la chaqueta que me protegía de un clima variable e impredecible.

La señora Carlota me recibió con una cordialidad distante, que reflejaba el evidente malestar que le causaba mi visita. No me ofreció una taza de café, ni de té, ni siquiera un vaso de agua, lo cual implicaba que quería deshacerse de mí cuanto antes y no prolongar mi visita.

—Perdone que se lo diga así de frente, señor Montenegro —afirmó con la voz templada y segura—, pero una investigación sobre los estudios de Jesús es algo muy raro. Él no publicó nada y su carrera como antropólogo fue un desastre.

La miré unos segundos en silencio. Llevaba una falda de paño gris y un saco negro de cachemir de cuello alto, el cabello recogido atrás en un moño sostenido con pinzas metálicas, y el escaso maquillaje, el único anillo en la mano derecha y la delgada cadena de oro que le colgaba del cuello mostraban a una mujer consciente de la sobriedad de su elegancia. El cabello gris, los ojos azules y su cuerpo estilizado acentuaban la dureza de un carácter que se expresaba de entrada con esa voz firme y sin alteraciones de ninguna clase.

—Lo visité en la clínica —dije pausadamente, sin dejarme intimidar—. Pero usted sabe bien el estado en el que se encuentra. No pude averiguar nada.

—Averiguar qué, señor Montenegro, si Jesús nunca se destacó en su profesión. Él no fue como otros, que escribieron libros, desenterraron culturas enteras o protegieron sociedades indígenas del exterminio racial. Ni siquiera tuvo estudiantes o discípulos, con eso le digo todo.

En ese momento no supe por dónde ingresar a la vida de un hombre que me era desconocido, pero que sin embargo, de una manera misteriosa e inexplicable, me atraía. Y fue el silencio el que me sacó del atolladero, pues la señora Carlota, al verme incómodo y nervioso, continuó:

—Y el cuento ese de los hombres invisibles y de la tribu que jamás tuvo contacto con hombres blancos era un completo disparate. Supongo que no será usted tan ingenuo de estar aquí por esa historia.

Recordé las palabras del viejo en la clínica psiquiátrica: «Los hombres invisibles... Ellos son los nuevos apóstoles... La tribu elegida». Dije con una seguridad fingida:

—Él me habló de su investigación cuando lo visité en la Montserrat...

—Qué investigación ni qué ocho cuartos —me interrumpió ella indignada—. Ensoñaciones, delirios, locuras, de eso ha vivido Jesús toda la vida. ¿No se da cuenta de que estamos hablando de un enfermo mental? Cómo se va a tomar en serio esa cantidad de alucinaciones absurdas, por Dios.

—Es posible que usted haya vivido con un genio y no lo haya notado —enterré la navaja un poco más a ver si salía sangre.

—Mire, señor Montenegro, con los años uno va descubriendo que un esposo de verdad es un hombre responsable, que no deja vencer las cuotas en los bancos, que trae mercado a la casa, que cumple con las obligaciones de sus hijos. Si es un genio o no, es lo de menos. A uno como mujer le basta con que se comporte como un adulto.

—¿Nunca creyó usted entonces en las teorías de su esposo?

—Se me está agotando la paciencia —deslizó la mano por el cabello hasta la nuca, y la dejó allí inmóvil, como si un fuerte dolor de cabeza estuviera empezando a generarse justo en ese punto—. ¿Cuáles teorías? Una cosa es investigar, hacer trabajo de campo, leer, consultar, y otra muy distinta pasarse los días echando globos e inventando mentiras y estupideces.

—Lamento mucho que sus opiniones no sean de gran ayuda en este caso —dije mirándola a los ojos de frente, provocándola.

—Lo mismo iba a decirle, señor Montenegro. Para fantasear y perder el tiempo, yo no soy la persona más indicada. Le recomiendo que hable con mi hija Cristina, ella ha sido la persona que ha estado más cerca de Jesús en los últimos años —agarró una hoja de papel de una libreta pequeña que estaba al lado del teléfono, garabateó un nombre y un número con rapidez, y me tendió la hoja con la punta de los dedos, como si temiera, al rozarme, contagiarse de una enfermedad peligrosa—. Ahora, si me disculpa, no me siento muy bien...

—Sí, claro —tomé la hoja, le di las gracias y salí a la calle sin despedirme.

La entrevista no había sido gran cosa, pero me había permitido vislumbrar la actitud de un hombre que no se sentía a gusto al lado de una mujer práctica y autoritaria, para la cual un buen esposo era una especie de mezcla entre una corporación de ahorro y vivienda y un supermercado con domicilios gratis. No era difícil imaginarse al viejo llevando la contraria, escapándose, huyendo de una rutina agobiante al lado de esa mujer que lo consideraba un mediocre y un fracasado. No sé por qué desde ese primer acercamiento a lo que había sido su mundo y su familia, sentí por Jesús Castelblanco una profunda simpatía, y me identifiqué por completo con esos sueños que lo habían sacado de una cotidianidad matrimonial en la que seguramente su mujer no sólo se había sentido siempre de mejor familia, más inteligente y más capaz, sino que además, al verse defraudada y traicionada, había decidido transformarse en un enemigo cruel que lo insultaba y lo perseguía por toda la casa, recordándole las miles de oportunidades que había dejado pasar en la vida, para terminar al final compartiendo la penuria con un perdedor.

Cristina vivía en un apartamento modesto en el barrio Teusaquillo. Era una mujer de unos veintiocho o treinta años que había intentado rebelarse contra ciertos vicios de su clase social (que sin duda había tenido que aguantar en casa por vía materna: clasismo, racismo, arribismo), pero que en lugar de liberarse y de otorgarse un espacio propio e independiente, se había marginado de sus compañeros de universidad y de trabajo, de los pretendientes que se habían acercado a ella atraídos por su impactante belleza (rasgos finos, ojos claros, cabello lacio y rubio) y del resto de su familiares (abuelos, tíos, primos) que veían en ella a la oveja descarriada que reniega de su rebaño. De ahí ese aire melancólico e introspectivo que la hacía una mujer de pocas palabras, cabizbaja y como si estuviera refugiándose a cada instante en un mundo interior cuyas puertas de entrada sólo conocía ella misma. Me recibió con amabilidad, me ofreció una taza de café y me comentó con una sonrisa traviesa que comunicaba de manera mágica sus ojos y sus labios:

—No te fue muy bien con mi mamá, ¿verdad?

—Es una persona difícil —acepté inclinando la cabeza hacia un lado.

—No soporta hablar de mi padre. Ha sufrido mucho con él.

—Pero ¿siguen juntos?

—Él se ha ido por temporadas y ha regresado, no tanto por ella, sino porque no tiene otro lugar adónde ir.

Le dije a Cristina que había conversado con el viejo en la clínica y que estaba interesado en su obsesión por una tribu alejada por completo de todo contacto con los blancos. Le expliqué también que yo había estudiado arte dramático, que era un actor profesional y que estaba a punto de iniciar un viaje que sería fundamental en mi formación humanística y teatral (en realidad, iba improvisando mientras hablaba). No descartaba, entonces, que las hipótesis de su padre pudieran conducirme quizá a una investigación profunda sobre una sociedad desconocida aún y retirada en medio de la selva. Por eso quería saber sobre Jesús Castelblanco y sus opiniones acerca de estos aborígenes.

Cristina me escuchó sin decir una palabra, mirándome con la taza de café en la mano, atenta a un discurso que yo acababa de inventar para no sentirme un embaucador entrometido. Cuando terminé de hablar ella se levantó, extrajo de la biblioteca un volumen encuadernado en cuero y me dijo con el libro todavía en la mano, de pie y con la voz apagada y triste, como si de repente una súbita depresión la hubiera hundido en una historia que le hacía daño:

—Mi padre escribió un diario durante los últimos años. Ahí consignó los sucesos más importantes de su vida. Es el testimonio de un hombre solitario y atormentado. No te lo puedo entregar por el valor evidente que tiene para mí. Pero puedo ir fotocopiando los capítulos, y te los voy dejando aquí, en la portería del edificio. Si quieres.

Le contesté que claro, que le agradecía mucho su actitud, que esas notas me iban a ser de gran ayuda para rastrear las ideas de su padre.

—No son consignaciones de antropología ni mucho menos —me aclaró en un tono suave, a media voz, como si temiera que extraños la escucharan—. Es su vida, su cotidianidad. Pero al final aparecen su viaje y su experiencia en el Chocó.

Le reiteré mi gratitud y le dije que pasaría a recoger al día siguiente la primera parte del diario. Intenté dejar algo de dinero para pagar las fotocopias, pero ella dijo que no, que no hacía falta, que era un placer compartir las vicisitudes y la forma de pensar de su padre con alguien realmente interesado en comprender el meollo de todo aquel asunto. Nos despedimos con un beso en la mejilla y salí a la calle.

Ese día, caminando por ahí, recordé otra vez la enfermedad y la muerte de mi padre. Eran imágenes que me perseguían a todas partes y que no me dejaban vivir en paz. Algo que me atormentaba era que siempre había tenido la impresión de estar hablando con un desconocido. Su concepción avara y mezquina con respecto al dinero tenía su paralelo en una prudencia exagerada que guardaba acerca de su intimidad y de sus verdaderas opiniones con respecto a sí mismo y a los demás. Tenía uno la sensación de estar siempre frente a un consumado actor que representaba a su personaje con celo profesional. Pero era imposible ir más allá, adentrarse e intimar con un hombre que temía exponerse y abrir su corazón sin restricciones ni tapujos. Me dije que era una lástima no haber podido conocer a plenitud la psicología del hombre que me había dado la vida.

Al día siguiente pasé por la portería del edificio donde vivía Cristina y, en efecto, había un sobre de manila a mi nombre con el primer paquete de fotocopias listo. Lo abrí y me encontré una nota de ella escrita a mano que decía más o menos así:

Estimado Gerardo:

Fue muy grato conversar contigo en el día de ayer. Mi padre es lo más importante para mí. Entiendo su inconformidad con el destino que lo condujo a tomar opciones que no lo hicieron feliz: el matrimonio con mi madre, el tedio de una cotidianidad sedentaria y mediocre, e incluso el hecho de haber sido padre sin saber si estaba preparado para ello o no. He intentado, entonces, ser su mejor amiga, su confidente, su cómplice en las buenas y en las malas. Y me alegro de que alguien haya notado en él un mensaje que vale la pena atender: el deseo de aventura, el sueño de salirse permanentemente de una vida confortable y repetitiva, su voluntad de llevarle la contraria a una sociedad masificada e insulsa. Espero que en estas pocas páginas comiences a entenderlo. Llámame el fin de semana y nos ponemos de acuerdo para la segunda entrega.

Chao, Cristina

Ese mismo día saqué las fotocopias y me dispuse a leer el diario de Jesús Castelblanco. De entrada me llamó la atención su caligrafía, antigua e impecable. Es evidente que hoy en día la gente ya no escribe casi nunca, sino que teclea, digita, y se ha perdido el sello personal con el que cada individuo marcaba las palabras en el papel. Y cuando por obligación tienen que hacerlo, usan entonces esa letra torpe e infantil que da la sensación de haber sido escrita por una persona que acaba de salir del analfabetismo. No era éste el caso de Jesús. Sus letras parecían dibujos inclinados que conformaran un dibujo más grande (la página), como si se tratara de esos trucos ópticos que es preciso observar varias veces hasta descubrir las imágenes secretas que esconden. Y se notaba que ese nivel de precisión y de equilibrio estaba contrapuesto a una parte de su ser sufrida y atormentada que percibí desde los primeros renglones del diario. Era un hombre que hablaba de su desadaptación social con una escritura exquisita y ordenada. Y ya en esa contradicción había un horror que enfrentaba dentro de él a dos hombres diferentes: uno que no encajaba en las conductas establecidas por su clase social, y otro que observaba con frialdad y cautela el dolor de ese primer hombre.

Jesús se había casado muy joven con una muchacha de la alta sociedad bogotana que en un principio le había dado la impresión de alguien que no se regía por las normas materialistas y consumistas de su clase. Pero esa actitud de joven descomplicada se fue desvaneciendo poco a poco, y apareció en ella la mujer que deseaba invitar a cenar a familiares y a amigos con cierta regularidad, y que por lo tanto necesitaba unos muebles vistosos, una vajilla resplandeciente, un juego de cubiertos de plata, unos vasos y unas copas de cristal, un equipo de sonido moderno, y una decoración y un menú acordes con la imagen de seguridad y de bonanza económicas que quería transmitir. En ese giro, Jesús comenzó a quedarse por fuera del juego. Fue una curva ligera y aparentemente normal, pero suficiente como para saber que él pensaba seguir derecho en busca de un camino propio que no conducía al mismo punto al que se dirigía su mujer. El aislamiento y la marginación fueron inmediatos. Muchas veces, antes de que llegaran los invitados, él salía a caminar y se quedaba por ahí recorriendo las calles al azar, con las manos en los bolsillos, escapando de unas reuniones de altos ejecutivos y de amas de casa fastidiosas que lo deprimían. Su esposa inventaba excusas de trabajo para justificar su ausencia. Él llegaba pasada la medianoche, cuando ya todos se habían marchado y las luces estaban apagadas. Se sentaba en la sala a escuchar los ruidos de la noche: el ulular de una sirena, motores de autos que pasaban en las avenidas cercanas y de vez en cuando grupos de adolescentes que caminaban por la acera del frente con sus risas estruendosas y sus voces incomprensibles. Luego tomaba aire y subía las escaleras para meterse en la cama matrimonial con movimientos cautelosos. Sabía que su esposa se hacía la dormida y en el fondo agradecía no tener que hablarle ni darle explicaciones acerca de su comportamiento. Y al final lograba quedarse dormido y buscaba en el sueño el regocijo que en la vigilia le estaba negado.

Como es obvio, una diferencia de semejante envergadura va creando odios secretos y rencores que después estallan a la menor discusión. Su vida conyugal empezó a convertirse en un campo de batalla donde él se sentía cada vez más débil y a punto de intentar una retirada. Sin embargo, en un último esfuerzo por recobrar un amor que ya no existía, prometió modificar su conducta y participar de las reuniones y ágapes organizados por su mujer. Por aquel entonces trabajaba en la

Sociedad Colombiana de Antropología y el sueldo le alcanzaba para cubrir los gastos a los cuales ella creía tener derecho por su posición social. De ese reencuentro nació su hija Cristina nueve meses después. Fue un tiempo infernal que lo acercó peligrosamente a la locura, porque para escapar de los ataques de melancolía de Carlota (en los que ella lloraba y decía que esa casa y ese barrio no le parecían los indicados para que su hija naciera y creciera), Jesús salía en busca de bares donde tomarse un trago y apaciguar la desesperación que lo embargaba. Y cuando regresaba a la casa, ella había empacado maletas y decía que prefería irse a vivir con sus padres a seguir llevando esa existencia miserable y carente del menor afecto. Él no sabía qué hacer, se recostaba en un sillón, se hundía en un sueño muy profundo y descubrió que su mente, inventando quizá un remedio para la situación, se fugaba a países lejanos y le mostraba escenas extrañas cuyo origen no comprendía. Eran imágenes oníricas que lo dejaban asombrado y lleno de miedo. Las más recurrentes eran tres:

Un atardecer en el puerto de una ciudad amurallada, y unos pescadores vestidos de negro que doblaban unas redes junto a sus botes mientras arriba, surcando un cielo azul sin una sola nube, bandadas de pájaros de distintas especies partían en busca de refugio para pasar la noche que se aproximaba.

Una caravana de mercaderes atravesando el desierto con el sol arriba, abrasador, y el peso fatigado de los camellos y los cuerpos doblados hacia adelante que reflejaban muchas jornadas de duro trayecto.

Un caserío miserable de cabañas de madera y de calles sin pavimentar, llenas de polvo. Un grupo de campesinos llegaba con machetes en la mano, y en sus rostros sudorosos y bronceados se adivinaban muchos días de trabajo y de largas caminatas. Detrás de ellos, una selva húmeda cubría toda la línea del horizonte.

¿De dónde salían esas visiones que en sueños se tomaban su cerebro? Jesús no tenía idea, pero en más de una ocasión se cayó del sillón y se quedó en el suelo uno o dos minutos, atrapado en una realidad que le llegaba de una dimensión insólita y desconocida.

En esos momentos Carlota se asustaba, dejaba sus pataletas y sus berrinches infantiles, y se acercaba a auxiliarlo.

—¿Qué te pasa? —le preguntaba levantándole la cabeza con las manos.

Jesús respiraba con dificultad y regresaba a la realidad poco a poco, jadeante y con la boca reseca.

—Tengo sed —repetía siempre apenas se despertaba del todo y podía vocalizar.

Ella iba hasta la cocina y le traía un vaso de agua. La recuperación era lenta y lo dejaba con el cuerpo descolgado y adolorido, como si hubiera estado en un gimnasio durante horas practicando ejercicios a los que no estaba acostumbrado.

En su diario anotó:

¿Quién era ese otro hombre que había decidido viajar en el tiempo y en el espacio sin consultarme? ¿Quién vivía dentro de mí agazapado esperando una oportunidad para sacarme del presente? De ahí en adelante supe que lo que llamamos identidad no es más que nuestra torpeza para entender la multiplicidad que nos habita.

La llegada de Cristina produjo una época de relativa calma, y la paternidad le enseñó a Jesús ciertas zonas de sí mismo que desconocía. Se dio cuenta, por ejemplo, de que le era difícil socializar con los adultos, pero que le encantaba pasar horas enteras jugando con su hija, empujándola, acariciándola, enseñándole dibujos o poniéndole en el equipo de sonido canciones que lo hacían sonreír. Cuando la sacaba al parque del barrio y se encontraba con otros niños que estaban allí con sus padres o con sus abuelos, Jesús se acercaba a los chiquitos y los saludaba, les hacía muecas y morisquetas, y era capaz de quedarse cantando letras infantiles toda una tarde sin percibir el paso del tiempo. En la noche se acercaba a la cuna y contemplaba esa criatura con auténtica ternura, sintiendo dentro de él un torrente de amor que lo inundaba con tal intensidad que muchas veces se le llenaron los ojos de lágrimas en medio de la oscuridad. Ese afecto desmedido hacia su hija lo hizo más tolerante y comprensivo con los demás, como si se tratara de un sentimiento expansivo que fuera involucrando lentamente otros ámbitos distintos de los de su familia. Procuró entender a sus compañeros de trabajo sin juzgarlos y sin rechazarlos, y llegó incluso a participar de la vida social de su mujer, si no con entusiasmo, al menos con una condescendencia que lo hacía parecer más amigable y menos agresivo.

Una tarde, Carlota le comentó con una sonrisa:

—Has cambiado mucho, Jesús. A veces no te reconozco.

—¿De qué hablas? —dijo él con Cristina en los brazos.

—Te noto más cariñoso y más tranquilo. La paternidad te sentó bien.

Con la llegada de la niña, la dicha de Jesús no tuvo límites. Logró hacer un buen negocio y adquirió una casa más amplia, con dos habitaciones y un estudio independiente para él. En la Sociedad Colombiana de Antropología lo nombraron como el segundo al mando de la institución, empezó a dictar clases en una universidad privada y fue, en términos generales, un tiempo de esplendor y de bienestar tanto económico como espiritual. Una especie de edad de oro que nunca más se volvería a ver.

El máximo placer lo obtuvo Jesús contándole historias a su hija durante dos lustros completos, inventando todo un mundo para ella lleno de personajes fantasmagóricos y siniestros. Solía llevarla a caminar por la carrilera a la caída de la tarde, y cuando la noche iba oscureciendo el cielo de las seis y media llegaban hasta la estación del tren (una casa antigua abandonada, con techo de teja de barro a dos aguas y gigantescos portalones de madera) y en un tono calmado y sin impostaciones teatrales narraba la historia de la loca Josefa, una mujer que no había podido tener hijos y que se había dedicado a practicar brujería encerrada en esa casa, sin volver a ver nunca más la luz del sol.

—¿Y está ahí todavía, papá? —preguntaba Cristina sin soltarle la mano a su padre.

—Claro, selló la casa y anda de un lado para otro seguida de trece gatos que son su única compañía —afirmaba él en voz baja, como si tuviera miedo de ser escuchado por la hechicera.

A veces, como producto del cambio de temperatura, la madera de la casa crujía y entonces Jesús gritaba mientras corría con ella agarrada de la mano:

—¡Nos descubrió! ¡Corre!

Otro lugar donde solía llevarla era al pueblo de Usaquén, que ya había sido devorado por la gran ciudad, convirtiéndolo en un barrio de anticuarios, talleres artesanales y bares de moda. No obstante, seguía guardando ese aire antiguo y rural tan propicio para desarrollar las historias que a Jesús le gustaba inventar para su hija: el monje sin cabeza, la llorona o el hombre que regresó después de la muerte. Así, caminando por los seminarios que colindaban con los bosques de pino en la parte alta del pueblo, donde terminaba la ciudad y empezaba la montaña, o visitando los corredores de tumbas del cementerio o vigilando los patios traseros de la iglesia, Jesús iba contándole a la pequeña relatos extraños y aterradores que le encantaban y que luego, ya instalados en la tranquilidad de la casa, recordaban los dos con una sonrisa traviesa una y otra vez.

Pero cuando Cristina entró en la adolescencia, hubo un distanciamiento con su padre que lo dejó a éste, otra vez, desamparado, en un mundo adulto en el cual nunca se había sentido a gusto. Jesús había soportado las obligaciones laborales y familiares gracias a que se había refugiado en la infancia de su hija, como quien busca protección en un universo paralelo donde no existen las restricciones ni las presiones de una realidad asfixiante como la nuestra, que sofoca a los individuos con exigencias de productividad y acumulación monetaria. La niñez de Cristina había sido un escudo que por más de una década le había permitido un equilibrio que se quebró apenas la niña empezó a sentir fastidio y vergüenza de ese trato infantil que antes la había hecho tan feliz. En un lapso muy breve (uno o dos años), Jesús se quedó solo y se dedicó entonces a sus libros y a las investigaciones de sus estudiantes.

Entre esos trabajos monográficos de la universidad, le llamó la atención que un alumno de último semestre lo eligiera para dirigir una tesis de grado que pretendía sustentar la hipótesis de que existía una tribu que había logrado mantenerse totalmente al margen de cualquier contacto con la civilización. Jesús recordó la leyenda que había escuchado desde sus primeros años universitarios: la tribu de los hombres invisibles. Según el estudiante, había suficientes indicios en diarios de viajeros, cartas y testimonios recogidos por otros antropólogos que confirmaban de sobra la presencia de una tribu nómada y salvaje. A la llegada de los españoles, esta comunidad indígena se habría internado aún más en la selva, impidiendo que los conquistadores y los misioneros dieran con ella. El estudiante aseveraba que la primera prueba contundente estaba en una misiva del bachiller Fernando Hernández, quien había remontado el Amazonas junto al alucinado Lope de Aguirre. En dos bergantines que habían construido a mano en medio de la selva, el Santiago y el Victoria, y a millares de leguas de cualquier asentamiento civilizado, los hombres de Lope de Aguirre habían viajado en condiciones desesperadas hasta alcanzar las bocas del Orinoco. Después de la toma de la isla de Margarita, el bachiller Hernández, intuyendo que Lope de Aguirre estaba endemoniado y que conduciría al infierno a todo aquel que lo secundara, decide emprender una fuga a través de pantanos, riachuelos, valles y ensenadas. De ese mismo año, 1561, es la famosa carta a Felipe II, en la que Lope de Aguirre confiesa la absurda y alocada rebelión que está llevando a cabo:

> ... y yo maté al nuevo rey, y al capitán de su guardia, y al teniente general, y a cuatro capitanes, y a su mayordomo, y a su capellán clérigo de misa, y a una mujer de la liga contra mí, y

a un comendador de Rodas, y a un almirante, y a dos alférez y a otros seis aliados suyos, y con intención de seguir la guerra adelante y morir en ella, por las muchas crueldades que tus ministros usan con nosotros, nombre de nuevo capitanes y sargento mayor, y quisiéronme matar, y los ahorqué a todos.

Mientras tanto, Hernández ya ha logrado escapar de esta orgía de sangre y deambula por la orilla del Orinoco con pedazos de carne salada metidos en alforjas, alimentos que él mismo logra proporcionarse gracias a la caza y a la pesca. Sin embargo, en precarias condiciones de salud, intoxicado por aguas ponzoñosas y picado por un sinnúmero de insectos venenosos que lo obligan a detener su marcha y a buscar refugio en una cueva natural, el bachiller se dispone a morir como si fuera una bestia herida y extraña la tropa y la expedición que habían emprendido en busca del reino del Dorado y de los omaguas. Pero no, cuando ya está a punto de entregar su alma a Dios (según sus propias palabras), unos seres de baja estatura y con taparrabos entran en la cueva, lo alzan, lo ponen sobre un jergón de hojas y de lianas, y lo transportan en silencio durante un tiempo indefinido. Ocasionalmente lo despiertan, lo hacen beber una serie de pócimas agrias cuya consistencia espesa le da ganas de vomitar, y después le permiten seguir durmiendo sobre la camilla improvisada. Así le salvan la vida estos indios diminutos, morenos, lampiños, con la cara pintada y la sonrisa franca, que hablan una lengua desconocida y que nunca le permiten el acceso a sus mujeres ni a sus hijos. Un buen día, cuando ya lo ven sin fiebre y convaleciente, lo dejan a pocas leguas de un caserío donde dos misioneros franciscanos estaban empeñados en construir una iglesia. El bachiller Hernández sobrevive y en un par de cartas que envía a España cuenta su extraña odisea al lado de «los hombrecitos de la selva», como llama a los indígenas que lo rescataron de una muerte segura. «Sin ellos —remata en las últimas páginas de la segunda carta— hubiera agonizado entre visiones espantosas, torturado por demonios perversos y alejado de la misericordia de Nuestro Señor Jesucristo, en cuyo nombre hemos venido a civilizar estas tierras inhóspitas». El estudiante de antropología aseguraba que esa era la primera noticia que podía documentarse acerca de la tribu de los hombres invisibles.

Como es apenas obvio, Jesús se dio cuenta de que el estudiante, Fabio Acevedo, había cometido un posible error: creer, de manera gratuita, sin un fundamento serio, que la tribu en mención tenía que ser la de los hombres invisibles, cuando pudo haberse tratado de cualquiera. Así se lo dijo en la siguiente reunión que tuvieron. Acevedo, sin perder la compostura, escuchó la crítica sin inmutarse y expuso a continuación sus argumentos, que no dejaron de coger por sorpresa a Jesús. Dijo que Hernández se refería a esos indígenas como «hombrecitos que recorrían la selva descalzos y semidesnudos, que cazaban simios con cerbatanas envenenadas, nómadas que evitaban cualquier contacto con seres humanos de otra raza o procedencia». Trescientos años después, en 1860, Sebastián de Palma, un naturalista criollo que había acompañado a Humboldt en varias de sus expediciones por América del Sur y que había sido un hombre clave en la recolección de muchos de los datos que el sabio alemán consignó en *Viaje a las regiones equinocciales del Nuevo Continente*, había enunciado casi intactas las palabras de Hernández en una carta a un colega suyo:

> Estoy por creer que los cazadores de simios pequeños y semidesnudos con los cuales tropezamos por azar en las inmediaciones del río Caquetá, muy cerca de Puerto Pizarro, son en realidad el pueblo nómada del que se dice que no ha querido tener ningún contacto con nuestra civilización.

Durante esos tres siglos, siguió explicando Acevedo, no había ninguna otra referencia a la tribu, pero de repente a partir de 1860 varios aventureros y comerciantes arriesgados que se habían lanzado a colonizar la selva del Amazonas (en busca de caucho, oro o más recientemente coca y amapola) vieron sin querer, y sólo por breves instantes, a estos indígenas que de un momento a otro pasaban caminando con cestos amarrados a la cabeza, callados, mirando el suelo, como si fueran fantasmas condenados a deambular por la jungla sin metas ni propósitos específicos. Y siempre, en esas cartas o testimonios, las alusiones eran muy parecidas a las que había escrito Hernández en 1561. Por eso no había motivos para creer que no se trataba de la primera prueba certificada que un hombre blanco había consignado sobre esta extraña y desconocida comunidad salvaje.

Jesús prometió revisar en detalle la documentación y le propuso a Acevedo que se reunieran dos semanas después. El estudiante, antes de salir de la oficina, con el picaporte de la puerta aún en la mano, le dijo:

—Se preguntará usted por qué lo elegí como director, doctor Castelblanco.

—Dime Jesús.

—No creo que la antropología sea una ciencia. No es lo mismo estudiar química o física que estudiar a seres humanos. Nosotros estamos más cerca del arte que de las matemáticas.

—No me digas que yo dije eso en clase.

—Los demás se limitan a repetir ideas de otros y a corroborar hipótesis de otros. Usted no. Usted sueña, imagina, viaja. Su clase es otra cosa. No se limita a esas pretendidas ansias cientificistas de sus colegas. Usted sabe que hay otros mundos y que vale la pena jugarse la vida para dar con ellos.

—No sabía que mi materia despertaba esas pasiones.

—Esa tribu existe, profesor Castelblanco, estoy seguro. Y quizá se trate del último pueblo que nos queda por descubrir en el planeta.

—Ya veremos. Lo importante es no equivocarnos durante la investigación.

—Hasta la próxima, profesor —dijo Acevedo con respeto y cerró la puerta de la oficina.

A partir de ese día, Jesús se metió por completo en la tesis de Fabio Acevedo y sus palabras le rondaban la cabeza desde la mañana hasta la tarde: «Hay otros mundos y vale la pena jugarse la vida para dar con ellos». «Quizá se trate del último pueblo que nos queda por descubrir en el planeta». Había algo hermoso en esa dedicación, en esa fe, en esas ganas de asumir la profesión como si de ella dependiera la entrada en el infierno o en el paraíso. Los estudiantes ahora eran prácticos, buscaban becas y trabajos bien remunerados, viajaban al extranjero rastreando instituciones que tuvieran buenos presupuestos para investigar y publicar, se relacionaban con los personajes indicados que los catapultaran a nivel internacional. Pero ya no había mística, ya casi no existían estudiantes como Acevedo, metidos en sus sueños, sin pensar en el dinero, ni en la fama ni en el poder que pudieran alcanzar. Por eso, Jesús decidió apoyar al joven hasta sus últimas consecuencias y trabajar para que su tesis no sufriera más adelante golpes bajos por parte de los jurados, o de posibles editores que manifestaran interés en publicarla.

Para su sorpresa, los capítulos de la monografía estaban bien organizados. Había imaginado que Acevedo tenía esa dosis de terquedad y convicción tan común en los individuos obsesivos que pierden con facilidad el principio de realidad, pero revisando con detenimiento el índice de la tesis, la introducción y el primer capítulo, se tropezó con una escritura impecable, bien estructurada, como si hubiera sopesado cada oración en su ritmo, su armonía y su seguridad argumentativa. La verdad era que la imagen de Acevedo, informal, dejada y con ese toque de abandono que parece acercar a ciertos intelectuales a la indigencia más temible, se contraponía por completo a esas páginas escritas con soltura y vivacidad. Era un verdadero placer dejarse arrastrar por una prosa tan segura de sí, y por segundos Jesús vislumbró destellos de una auténtica genialidad.

Lo primero que hacía Acevedo era adentrarse en la historia de Hernández y de su salvación providencial por parte de «los hombrecitos de la jungla». Luego revisaba la declaración de Sebastián de Palma, la ruta que había seguido este viajero a lo largo del río Caquetá, y establecía los dos primeros puntos de referencia: la orilla del Orinoco, más o menos a la altura de los 4° de latitud norte, y Puerto Pizarro, en la ribera norte del río Caquetá. También comparaba esos dos primeros avistamientos y dejaba abierta la posibilidad de que se tratara de dos tribus distintas. No había en la presentación de los hechos ningún grado de fanatismo ni de irracionalidad ensoñadora. Todo estaba ajustado a una hipótesis factible.

Jesús continuó revisando con cuidado el trabajo. La entrada en el segundo capítulo era una recopilación de tres aventuras realizadas después de la de Palma y que cubrían un período de tiempo de cien años: la de Santiago Rosero en 1890, la de Joaquín Grimaldi en 1942 y la de Oswaldo Estévez en 1959, todas ellas igualmente trágicas y con finales estremecedores.

La primera hacía alusión a un naturalista que había cursado estudios en la Universidad de Salamanca y que, influenciado por las teorías de su tiempo en el sentido de que la civilización occidental se sometía con vergüenza a la vulgaridad comercial y monetaria, y que en consecuencia era preciso buscar culturas alejadas que no estuvieran bajo el yugo del capital, había decidido regresar a la casa de sus abuelos españoles en Pasto y dedicarse a viajar por la selva amazónica estudiando comunidades indígenas que le permitieran escribir un diario de peripecias por territorios salvajes que lejos estaban de regirse por el dinero y la acumulación de bienes materiales. Tituló ese diario *En busca del Homo ludens*, pero su misma historia lo dejó tan trastornado que no alcanzó a terminarla. Rosero recorrió varios de los afluentes del Amazonas, vivió durante meses en distintos asentamientos indígenas, tomó notas sobre el uso de plantas medicinales y sobre las transformaciones animales de los chamanes durante los estados de trance, pero en 1891 su guía principal, que lo había acompañado a lo largo de dos años por cientos de poblados y caseríos selváticos, fue víctima de una intoxicación (Rosero sospechaba que lo habían envenenado a propósito como una forma de venganza por haber traicionado ciertos secretos de su gente) que lo redujo en pocas semanas a un ser que escasamente gemía desde un camastro, atrapado en alucinaciones infernales y sueños dantescos. Al fin, minado por una fiebre mortífera, había fallecido en el mes de noviembre de 1891. A partir de entonces Rosero sintió que una fuerza maligna se cernía sobre él y que una presencia poderosa, tal vez escondida en una de las muchas aldeas que había visitado, se encargaría de dar con él y de hacerle pagar su frívola curiosidad y sus pretensiones de naturalista aventurero. En efecto, en la Navidad de ese mismo año, justo en las fiestas del 24 de diciembre, a la salida de un baile en un miserable caserío junto al río Putumayo, cerca de San Vicente de los Lagos, Rosero fue mordido en la pierna izquierda por una serpiente venenosa. El centro de salud más cercano estaba a tres días de canoa río abajo. Para ese entonces ya Rosero estaría convertido en un amasijo de carne y pus irreconocible. Había que actuar de inmediato. Un yerbatero y un afilador de cuchillos, viendo cómo el veneno pudría la pierna minuto a minuto, decidieron amputársela. Lo emborracharon a punta de bebedizos naturales y aguardiente, le cercenaron la pierna y le cauterizaron la herida para evitar hemorragias. Rosero sobrevivió pero algo en su interior se quebró para siempre, como si a partir de ese momento la pierna perdida hubiera lisiado su espíritu, su mente, su voluntad, y no su cuerpo. Las muletas que tuvo que usar a partir de ese día fatídico eran una metáfora de lo que en realidad le estaba sucediendo psíquicamente: no podía avanzar, se sentía incapaz de recuperar su vida pasada, había perdido el gusto por su profesión, nada le parecía que valiera realmente la pena y por lo tanto decidió regresar a Pasto y cancelar la historia de ese fulano que había sido él mismo y con el cual ya no podía identificarse. Enterró su pierna en una ceremonia macabra cuyos únicos testigos fueron los árboles y el río, y se dijo que ese pedazo suyo de carne que la selva se había tragado era el primer escalón que tendría que descender hacia un abismo insondable. Y así fue. La fuerza negativa que lo había alcanzado y herido aún le deparaba un segundo golpe: la canoa que lo transportaba de regreso se hundió durante una tormenta y él logró aferrarse a unos troncos que bajaban impulsados por la corriente del río, y finalmente pudo poner su único pie en una de las orillas. Como le era imposible caminar a través de la maraña espesa de la selva, se quedó quieto, vigilando el río a ver si alguna embarcación escuchaba sus gritos de auxilio y se acercaba a socorrerlo. Pero no, las horas pasaban y el nivel del río en lugar de disminuir aumentaba su cauce avasallador. Ningún individuo en sus cabales navegaría en medio de una creciente semejante. Para empeorar aún más la situación, no dejaba de llover y Rosero empezó a sentir que las pocas fuerzas que le quedaban se venían abajo. Se recostó en un árbol y se dispuso a morir allí, lejos del mundo y de sí mismo, pues lo peor de todo era que ese final no tenía nada que ver con él, o mejor, con el hombre que alguna vez él había sido. Y cuando ya estaba empezando a oír que los árboles se reían de él, y que las aguas del río hacían bromas a sus espaldas y que los insectos lo miraban algunos con desdén y otros con una furia encendida en sus ojos diminutos, es decir, cuando ya estaba loco y su cuerpo no le servía para sortear las adversidades que lo estaban conduciendo poco a poco hacia una muerte segura, sintió entonces que unos brazos lo alzaban y que unos hombrecitos de baja estatura lo acostaban en una camilla hecha de ramas, lianas y tallos secos entrelazados. Lo supo porque antes de perder definitivamente el conocimiento sus manos acariciaron ese entramado vegetal sobre el cual lo habían acostado con gran delicadeza. Durante varios días, embotado y con los ojos afiebrados, vio siempre lo mismo: selva, selva y más selva. No había casas, ni gallinas, ni cerdos, ni cocinas, ni canoas. Sólo esa fortaleza de plantas y árboles que conformaban un laberinto inexpugnable. Al término de unos días que nunca supo con exactitud cuántos fueron, Rosero despertó del todo y advirtió que estaba a pocos pasos de un embarcadero construido de manera muy rudimentaria, con tablas carcomidas y amarradas con cabuya. Recordaba que unos indios lo habían salvado, pero eran recuerdos vagos, sin forma clara ni sustancia, como si se tratara de imágenes borrosas trazadas torpemente por unas manos inseguras. Una canoa de colonos lo recogió y lo llevó hasta la población más cercana. Y aquí estaba el extraño enigma de la narración de Rosero: se había accidentado a pocos kilómetros de San Vicente de los Lagos, sobre el río Putumayo, más o menos a la altura de los 73° de longitud oeste, y de repente, sin explicación alguna, había aparecido en las inmediaciones de Puerto Caimán, en el corte del meridiano de 70° de longitud oeste con el río Caquetá. ¿Cómo diablos había viajado a través de la jungla más espesa, enfermo, cojo, sin alimentos, sin agua potable, sin un machete y prácticamente enloquecido por el miedo y la debilidad? Rosero no lo sabía pero lo sospechaba: los indios habían caminado durante largas jornadas cargándolo por entre la selva. En Puerto Caimán nadie creyó su historia y el hecho de que fuera un hombre indocumentado, sin dinero, mal vestido, barbado, sucio y sin una pierna lo convertía enseguida en un bribón que quizá había inventado semejante patraña para sonsacarle algo de dinero a quien tuviera a bien escucharle. Y lo peor era que ese recelo general lo condenó, en efecto, a mendigar para poder sobrevivir, pues nadie se fiaba de él. Así, pidiendo una ayuda aquí y otra allá, atravesó la selva hasta llegar meses después a la casa de sus ancestros en Pasto. Por aquel entonces no era ni la sombra del hombre que había salido lleno de ilusiones tres años atrás y con la firme convicción de escribir un diario de viaje, *En busca del Homo ludens*, que tarde o temprano, creía él, le daría fama, prestigio académico, y quizá, con algo de suerte, también fortuna. No, lo que la selva había vomitado era un ser enclenque, famélico, medio calvo, cojo, prematuramente envejecido, inseguro y con la cabeza atiborrada de pensamientos oscuros y autodestructivos. Logró, no obstante, encerrarse en su casa y escribir a mano setenta páginas en las cuales, de manera torpe y luchando tal vez contra una locura que venía persiguiéndolo desde la muerte de su guía en 1891, contó a grandes rasgos sus desventuras. Eran setenta páginas mediocres que, aunque narraban una historia magnífica, terminaban siendo aburridas, y que tanto las revistas como las editoriales de la época rechazaron en forma categórica. Eso aumentó aún más la depresión de Rosero y lo empujó a ese abismo en el que él mismo ya sabía que se iba a precipitar sin esperanza alguna. En 1895 su único criado lo encontró ahorcado de una de las vigas que atravesaban la biblioteca de la casa. Muchos años después un historiador pastuso tuvo acceso a esas setenta páginas y hablaría de ellas en un libro cuya única edición se destinó sólo a universidades, bibliotecas públicas y academias de historia: *Selva adentro*. De ahí había extraído Acevedo algunos apartes para su tesis.

Una nota curiosa es que en el diario de Jesús, aparte de un resumen pormenorizado del trabajo de su alumno, había la siguiente acotación:

Presiento que la figura de Rosero funciona para Fabio de una manera que aún no tengo clara, como si fuera un espejo de obsesiones que a él también lo persiguen y lo atormentan. Creo que se identifica con el personaje, que se ve en él, y que por eso lo trata con tanto cuidado y deferencia, casi con cariño. ¿Qué es lo que ve en Rosero que también le pertenece? ¿No será todo este asunto una cadena de simulaciones con reflejos inconscientes, como si fuéramos actores que se van quitando sus máscaras sin hallar nunca una identidad propia? Hernández, De Palma, Rosero, Acevedo y yo: ¿un laberinto de espejos que multiplican una sola imagen deformada?

Estas líneas me parecieron de una sutileza en la que yo también quedaba envuelto. ¿Por qué el diario de Jesús me daba esa impresión de un lenguaje que se desarrollaba como los enigmas de un oráculo, como si en cada renglón y en cada párrafo estuvieran cifradas las claves de un destino del que yo no podría escapar? ¿Esa fascinación con la que Jesús había leído la investigación de su estudiante no era la misma que yo sentía al leer ese diario suyo, elaborado a partir de descripciones pulcras e impecables, como si una fuerza misteriosa nos hubiera atravesado a todos: a los aventureros evocados en el trabajo, a Acevedo, a Jesús y a mí mismo? Lo cierto es que no pude dejar de leer, que memoricé páginas enteras como si fuera un papel que tuviera que aprenderme para representar una obra de teatro invisible, y que al hacerlo tuve la certeza de que hundiéndome cada vez más en ese diario iba a encontrar por fin una salida al túnel apestoso por el que me había arrastrado durante el último tiempo. ¿Cómo la iba a encontrar? No lo sabía. Pero un ligero destello de lucidez, acaso un destello que podríamos catalogar como premonitorio, me indicaba que ahondando en el diario de Jesús iba a desembocar en una zona donde por fin se vislumbrara un rayo de luz y pudiera respirar un poco de aire fresco. Así que seguí leyendo de día y de noche, preparándome de vez en cuando un sándwich y un vaso de té helado, sin salir a la calle, sin bañarme y en varias ocasiones incluso sin dormir.

A continuación, Jesús relataba la aventura que a su vez citaba Acevedo en su monografía: el viaje salido de lo común que había realizado Joaquín Grimaldi en 1942 por la selva chocoana. Este personaje tenía un pasado oscuro en la guerra civil española. Al parecer había militado para la Falange y en 1939, cuando ya los republicanos estaban vencidos y no aguardaban la más mínima esperanza de resucitar, se había visto involucrado en unos fusilamientos extraoficiales llevados a cabo por una cuadrilla de carniceros que había azotado los alrededores de Bilbao y San Sebastián. Matones a sueldo que hacían trabajos sucios con la complacencia y la venia de mandos falangistas que nunca daban la cara ni se sabía quiénes eran. Pero finalizada la guerra, Grimaldi se convirtió en un serio problema para esos mismos mandos que lo habían contratado en secreto e intentaron eliminarlo en dos oportunidades. De ambas salió ileso gracias a su astucia y a su olfato de asesino profesional. Después del segundo atentado decidió poner tierra de por medio entre sus antiguos jefes y él, y consiguió viajar a México como asesor de seguridad de una empresa española en Cancún. Durante algunos meses estuvo a cargo de hoteles y casinos en esta ciudad, luego pasó a Guatemala y al canal de Panamá, siempre contratado por grandes empresas que necesitaban su asesoría en el área de seguridad. Así terminó bajándose en Bogotá en 1942 y recorriendo luego los alrededores de los ríos Atrato y San Juan, en el Pacífico colombiano, donde la sociedad anónima Miller Gold Company empezaba a explotar varias minas de plata y oro que les estaban dejando jugosas ganancias. Una zona tan apartada, y en la que era imposible para las autoridades ejercer un control legítimo, fue para Grimaldi el escenario perfecto para realizar todo tipo de atrocidades y dejar salir a flote la bestia sanguinaria que nunca había dejado de ser. Intimidó, expropió fincas de campesinos y de indígenas, violó esposas e hijos de aquellos a los que necesitaba atemorizar o presionar, secuestró, torturó, masacró y poco a poco se fue hundiendo en una orgía de delitos que, en lugar de generarle culpas o conflictos de conciencia, cada vez lo entusiasmaban más y lo hacían sentirse satisfecho de sí mismo. Sin embargo, lo que no alcanzó a calibrar fue el nivel de odio y de ansias de venganza que estaba generando en las poblaciones de San José del Palmar, Condoto, Istmina y el Alto Baudó. Él había exterminado las pequeñas organizaciones de mineros locales, por lo que las únicas opciones eran emigrar o trabajar para la empresa que Grimaldi representaba, siempre a cambio de sueldos miserables que apenas alcanzaban para comer y bajo un tratamiento de terror que mantenía a los obreros sumidos en la desesperación. Finalmente, varios de ellos, hastiados ya de tantos atropellos, lo esperaron en una trocha cercana a Tadó, eliminaron a sus guardaespaldas en medio de una balacera rápida donde los matones no tuvieron escapatoria, capturaron a Grimaldi y lo tajaron a machete limpio. Luego, creyendo que el hombre estaba muerto, lo tiraron por un barranco y desaparecieron sin dejar rastro. Unos minutos después Grimaldi recuperó el conocimiento y sufrió el horror de verse mutilado y descuartizado en medio de un charco de su propia sangre. Creyó que moriría desangrado en ese terraplén donde lo habían arrojado, cuando de repente vio a cuatro indígenas de baja estatura que se acercaban a él murmurando palabras que para sus oídos eran ininteligibles. Creyendo que lo rodeaban para rematarlo, Grimaldi se arrastró como pudo por la hojarasca y suplicó por su vida. Los indios lo calmaron con gestos que eran como caricias y con sumo cuidado lo acomodaron en una camilla de lianas y pedazos de arbustos entrelazados. Y la escena se repetía casi idéntica: el herido era transportado a través de la inmensidad de la jungla durante un tiempo indefinido y dejado en un lugar seguro cuando ya su vida no corría peligro y estaba a salvo. En esta ocasión el sitio elegido había sido un pequeño caserío, a dos kilómetros de Mocoa. La pregunta era obvia: ¿cómo era posible que hubieran atentado contra él en el Chocó y apareciera en Mocoa? Eso significaba que quienes lo habían recogido, de manera inexplicable, habían cuidado de él mientras atravesaban las montañas del Macizo colombiano para desembocar en Mocoa, y de allí, quizá, seguir su camino por el Putumayo hacia el Amazonas. Lo único seguro fue que Grimaldi permaneció en el hospital de Mocoa bajo la supervisión del doctor Abelardo Restrepo —médico que estaba cumpliendo con su año rural en esa población—, que contrajo la malaria, luego una hepatitis y al final una infección gastrointestinal que lo dejaron convertido en un paciente amarillento, enclenque y apergaminado que permanecía por ahí, en un rincón del hospital, como si fuera un fantasma o un zombi que ni siquiera tenía arrestos para caminar por los pasillos de la institución. Antes de morir dejó un testimonio por escrito de lo que había sido su vida, y el doctor Restrepo, intuyendo que esa confesión podía contener alguna información valiosa para ciertos investigadores que él conocía en el ámbito académico, se las remitió completa con una nota de su puño y letra en la cual explicaba quién y cómo había escrito esas páginas afiebradas y con el pulso tembloroso. Veinte años después, cuando el tema de la violencia en Colombia ocupaba un lugar destacado en las publicaciones de la época, un profesor había hecho referencia a la historia de Grimaldi en un libro titulado *Desplazamiento forzado en el departamento del Chocó*. La cita importante, claro está, no era la de su extraña salvación por parte de unos indios de procedencia desconocida, sino la de los crímenes cometidos por las grandes compañías mineras para fortalecer su presencia en la zona. De todos modos, allí la había encontrado Acevedo y enseguida se dio cuenta de la semejanza que existía entre este caso y los otros que ya había recopilado, aunque era la primera vez que la posible tribu de nómadas solitarios aparecía en un territorio al otro lado de la cadena montañosa de los Andes y tan cerca del mar.

El tercer personaje al que se hacía mención era Oswaldo Estévez, un seminarista de Medellín que había crecido educado por la Compañía de Jesús y con una vocación religiosa inquebrantable. Desde muy niño sintió el llamado de Dios y supo que dedicaría su vida a expandir el mensaje de Cristo y sus apóstoles. Mientras los demás jóvenes gozaban de su adolescencia entre parrandas que se prolongaban durante días enteros y amores frenéticos que involucraban a vecinas o compañeras de estudios, Oswaldo vivía metido entre las páginas de la Biblia, en retiros espirituales o conformando grupos de apoyo para ir a trabajar en los barrios más apartados y miserables de la ciudad. Su ideal era la renuncia a todo tipo de placer efímero que implicara un apego innecesario, bien fuera éste un apego al dinero, a bienes materiales, al poder, a los deseos de alabanza o al cuerpo femenino. Por eso no tuvo problemas con su voto de castidad y el sexo sólo le atrajo desde la mera curiosidad fisiológica y no desde la fascinación por el pecado, como les sucedió a muchos otros de sus compañeros que terminaron hundidos hasta el cuello en pasiones carnales que dieron al traste con sus vocaciones religiosas. Oswaldo siguió concentrado en su objetivo y se ordenó sacerdote sin haber sufrido ninguna crisis significativa. Lo mandaron a Florencia, en el departamento del Caquetá, a una pequeña parroquia que necesitaba la energía de un religioso joven y emprendedor como él. Por esos años (finales de los cincuenta) las pequeñas guerrillas revolucionarias estaban enfrascadas en un guerra sin cuartel contra lo que ellos consideraban gobiernos títeres de la oligarquía dominante, y Florencia estaba catalogada como una de las zonas más conflictivas del país. Sin embargo, Oswaldo no era el curita retrógrado que alertaba a sus fieles de los peligros del comunismo ni que llamaba con furia desde el púlpito a combatir a los ateos a cualquier precio. Antes bien, se dedicó a encontrar un punto medio entre su fe y las urgentes necesidades sociales de la gran mayoría de los campesinos y los trabajadores humildes que acudían en busca de su apoyo espiritual, y muy pronto se transformó en un líder que comenzó a presionar a las autoridades por servicios públicos, por vías de acceso y por servicios médicos eficientes. No conforme con las tibias respuestas que recibía por parte de las autoridades locales, escribió entonces a Bogotá, al gobierno central, quejándose por la escasa inversión social y la falta de atención que tenían que soportar los habitantes de regiones apartadas y rurales como la suya. Heredero de un pensamiento de avanzada característico de sus maestros jesuitas, se propuso impulsar a su comunidad y transformarla en poco tiempo en un polo de desarrollo para Florencia. Los políticos del departamento, suspicaces, pacatos y corruptos, empezaron a mirar esas gestiones con desconfianza y a considerarlo, más que una ayuda, como una piedra en el zapato. La situación de Oswaldo se agravó cuando una noche un estafeta de la guerrilla golpeó las puertas de la casa cural y le rogó con urgencia que por favor lo acompañara para darle la extremaunción a uno de sus compañeros que era creyente. El sacerdote no rehusó hacerlo: sabía que no podía negarse a prestarle un servicio semejante a un moribundo. Se vistió en pocos minutos, metió en un maletín los implementos necesarios, la Biblia, un frasco con agua bendita y sus prendas religiosas, montó en el caballo que el mensajero traía para él y cabalgó por trochas y caminos de herradura durante varias horas hasta que, sudoroso, hambriento y sin dormir, arribó por fin al campamento donde lo esperaba el guerrillero agonizante. Lo recibió en confesión, le dio los santos óleos y lo ayudó a bien morir. Cuando estaba amaneciendo el enfermo entró en convulsiones y, agarrado de la mano del sacerdote, falleció entre estertores que poco a poco fueron bajando de intensidad hasta que se oyó un largo suspiro y todo su cuerpo quedó inmóvil. Sus compañeros lo enterraron allí mismo, Oswaldo dijo una oración en su nombre y pusieron una cruz de madera sobre su tumba. A manera de desayuno, le brindaron al religioso un poco de caldo de carne en una totuma y una arepa de maíz, y cuando estaban reunidos alrededor del fogón y de las ollas todavía humeantes, empezaron a recibir fuego cruzado. Se atrincheraron entre los matorrales y respondieron al ataque sin amedrentarse, con una vehemencia cargada de odio y de desprecio por la tropa que los había encerrado en una trampa. Oswaldo no tuvo otra salida que quedarse boca abajo, con la cara hundida entre la maleza, hasta que el mismo hombre que lo había llevado lo levantó de un brazo y lo hizo correr hasta una enramada donde estaban descansando los caballos. Cabalgaron dando vueltas, en zigzag, retrocediendo muchas veces de modo inexplicable y buscando vericuetos intrincados entre la selva para evadir un encuentro con el ejército. Al fin, en las horas de la tarde entraron a Florencia y el guía lo dejó sano y salvo en la casa cural de donde lo había sacado casi treinta horas antes. Al día siguiente el escándalo se extendió por la zona en un voz a voz que llegó hasta el propio sacerdote: la tropa había encontrado en el campamento guerrillero el maletín con la Biblia y los efectos personales del cura, y ya estaba hablando de su próxima detención. El sacristán, un parroquiano humilde y entrado en años, le advirtió:

—Váyase antes de que lo agarren, padre. A usted no lo van a detener, lo van es a matar.

Oswaldo dudó por unos segundos qué hacer y finalmente decidió que lo mejor, en efecto, era escapar y después, desde Bogotá, y con las autoridades eclesiásticas de por medio apoyándolo, dar una explicación de por qué se encontraba en ese lugar y con esa gente justo antes de los enfrentamientos. Empacó una muda de ropa y sus utensilios de aseo personal, y cuando estaba a pocas calles de la iglesia vio un operativo militar que llegaba a rodear la casa cural. Huyó por la carretera hacia Pitalito pero a la media hora se dio cuenta de que a cierta distancia lo iba persiguiendo una patrulla militar, y para salvar al chofer y a un ayudante que lo llevaban en un *jeep* Willys de la Segunda Guerra Mundial, Oswaldo prefirió bajarse, internarse en la selva y empezar a correr hacia cualquier parte. Avanzó y avanzó sin mirar hacia atrás, paranoico, jadeante, hasta que el cansancio lo hizo detenerse y entonces, sudoroso y apoyado contra un árbol para tomar un poco de aire, notó con sorpresa que nadie lo estaba persiguiendo. Quiso darse la vuelta y desandar el camino para hallar la carretera por la que venía, pero a los pocos pasos percibió, con una cierta dosis de preocupación, que no encontraba la ruta para salir de la maraña vegetal en la que comenzaba a sentirse engullido. Deambuló durante horas con el maletín en la mano, gritando de vez en cuando para pedir ayuda, atravesando charcos y pantanos, resistiendo el ataque continuo de mosquitos y zancudos, hasta que al anochecer, sintiendo que una primera punzada de pánico le atravesaba todo su ser, se dijo que estaba perdido y que no tenía idea de cómo encontrar una finca cercana, un caserío o al menos una trocha para llegar a algún lugar habitado. Tuvo que pasar la noche acurrucado debajo de un árbol, sintiendo cómo las serpientes aprovechaban la oscuridad para cazar a su alrededor roedores y pequeños lagartos, atacado por miles de insectos que no le daban tregua y con las mejillas encendidas por una fiebre incipiente que poco a poco, en la medida en que las horas avanzaban, fue subiendo, le restó las escasas fuerzas que le quedaban y lo redujo a un estado de mareo y debilidad permanente. En las primeras horas de la mañana, cuando el sol venció el techo cerrado de la selva y unos rayos de sol alcanzaron a iluminar ese mundo exuberante y prehistórico, ya Oswaldo era un hombre tambaleante que trastabillaba por entre la hojarasca espesa, que veía las matas, las guacamayas y las gigantescas copas de los árboles deformadas por una fiebre de más de cuarenta grados. Al final de ese segundo día no pudo más, y hambriento y con los labios cuarteados por la sed, partió unas cuantas ramas, improvisó un cambuche y se metió en él, dispuesto a descansar las horas que fueran necesarias. Los insectos siguieron devorándolo a pedazos, chupándole la sangre incluso a través de la ropa, y al amanecer del tercer día no pudo levantarse y supo que iba a morir. Le pidió perdón a Dios por su falta de fe, por la poca convicción con que había enfrentado su misión y se dijo en voz alta que si ese era el castigo que merecía, estaba preparado para asumirlo con humildad y sin reclamos. Fue entonces cuando vio a los indios frente a él y no supo si eran reales o si se trataba de una alucinación producida por las altas temperaturas que habían llevado su cerebro hasta el delirio. Perdió el conocimiento y no supo cómo lo habían rescatado, ni quiénes exactamente, ni por dónde lo habían transportado, ni en qué consistían esos brebajes que debía ingerir todos los días desde el camastro de helechos en el que se la pasaba acostado, durmiendo durante horas enteras. Los hechos reales, verificables, indican que ese grupo de indígenas pequeños, de cabello liso y corto, que hablaban una lengua desconocida y llevaban cerbatanas y dardos envenenados en pequeños cestos hechos a mano, dejó a Oswaldo a pocos kilómetros de San José del Guaviare, en un caserío que estaba en la orilla sur del río Guaviare, Aguabonita, donde unos campesinos lo recibieron con afecto y respeto por su condición de sacerdote. Gracias a ellos recibió los últimos cuidados para mejorarse del todo, y con la ayuda de otro jesuita viajó a Villavicencio y de allí a Bogotá. Se puso a las órdenes de sus superiores, escribió su historia a manera de defensa y para apaciguar los ánimos de las autoridades de Florencia, que ya estaban empezando a tejer la leyenda negra de Estévez, el cura comunista que había decidido empuñar las armas y meterse a luchar al monte junto a guerrilleros y bandoleros. A Oswaldo Estévez lo enviaron a Lucerna a estudiar un doctorado en teología y su larga confesión aparecería años más tarde en una revista católica patrocinada por una corriente radical brasileña de la teología de la liberación. A mediados de los años sesenta su nombre volvería a resucitar cuando Camilo Torres, el cura guerrillero, invocó su nombre varias veces como ejemplo de lo que era el mensaje de Cristo entendido desde una perspectiva de reivindicación social de los pueblos oprimidos y subyugados del continente americano.

Estos eran los tres testimonios centrales del trabajo monográfico de Fabio Acevedo, que Jesús leyó con tanto celo y sobre el cual hizo una cuidadosa transcripción en su diario personal. A continuación, dice Jesús, Acevedo recopila una serie de testimonios sacados en su mayoría de expedientes policiales: relatos desperdigados y caóticos de traficantes de drogas capturados sobre todo en la zona de San José del Guaviare y de Miraflores, que en algún momento hablaban de una tribu nómada que vive dentro de la jungla sin tener mayor contacto con los colonos o los cultivadores de coca de la región. Según Jesús, el relato más significativo era el de un piloto chicano que había tenido que aterrizar de emergencia en un claro en mitad de la selva, a la orilla de un río y con la avioneta cargada de pasta de coca. El tipo salió ileso, pero la radio del pequeño bimotor quedó fuera de servicio y no había manera de comunicarse desde allí con nadie. Eran quinientos kilos y un cargamento de esa envergadura no se deja tirado como si fuera una nimiedad. Así que, contra su voluntad, el piloto se vio en la obligación de quedarse allí, esperando que alguien pasara a pie, a caballo o en canoa para que lo auxiliara o para mandar un mensaje a sus compinches avisándoles del accidente y ordenándoles que planearan un operativo de rescate. Con el paso de los días terminó viviendo en la avioneta, como un Robinson Crusoe de los aires que se ve sometido a acatar los oscuros designios de los seres terrestres. Un buen día apareció a pocos metros de él una fila de indígenas pequeños, seis o siete, que llevaban varios micos cazados en unos cestos que cargaban a la espalda, y que lo miraron de paso, sin fijarse en él, sin detallar la aeronave y sin sentir la menor curiosidad por lo que habría podido acontecerle. Sencillamente aparecieron y un minuto después se internaron de nuevo en la selva y desaparecieron. El piloto no supo si estaba perdiendo el sentido de la realidad y si acababa de padecer la primera alucinación de muchas más que se irían apoderando de su cerebro en los días por venir. Por fortuna para él, porque ya se encontraba muy mal de salud y tenía los nervios destrozados, tres helicópteros de las fuerzas armadas que venían de cumplir con una misión de apoyo a varios batallones de contraguerrilla divisaron la avioneta y se acercaron para echar un vistazo. El piloto agitó una camisa en el aire, gritó, se trepó al techo de la nave y saltó como un chimpancé hasta que los soldados descendieron con los fusiles apuntándole y lo arrestaron con el cargamento completo. A esas alturas ya nada de eso le importaba: sólo deseaba un plato de comida, una cama y atención médica para controlar la fiebre y unos fuertes dolores de estómago que venían atormentándolo desde hacía varios días. En el interrogatorio que le hicieron en Bogotá contó entonces que las únicas personas que había visto desde el aterrizaje forzoso al lado del río habían sido esos indígenas que pasaron sin determinarlo, pero que ya no estaba seguro de si eran seres humanos de verdad o visiones producidas por la fiebre, los nervios y la inanición.

Según el diario de Jesús, al final del trabajo Fabio analizaba estudios anteriores sobre comunidades indígenas del sur colombiano y demostraba que ninguna de ellas era una tribu nómada con las características descritas por los viajeros citados, una tribu que se desplazara desde la selva chocoana hasta el Amazonas y el Orinoco, y que no permitiera ningún tipo de contacto con ella. Las sociedades indígenas de Guainía, Vichada, Guaviare, Vaupés, Caquetá, Amazonas y Putumayo habían entrado todas en contacto con los colonos, los misioneros y los científicos de distintas disciplinas que las habían visitado para estudiar su lengua y sus costumbres. Lo mismo había sucedido en el Chocó, donde los distintos asentamientos indígenas estaban a punto de extinguirse porque la zona era considerada un territorio clave para la exportación de cocaína y heroína, y tanto los frentes guerrilleros como los paramilitares estaban empeñados en adueñarse de los corredores y las rutas para sacar la droga hasta el mar. Así las cosas, ¿quiénes eran esos seres fantasmales que aún recorrían la selva en secreto, protegidos por la inmensidad de esa naturaleza agreste y que se negaban a acercarse a nosotros, quizá porque nos consideraban animales ávidos, codiciosos y beligerantes, bestias traicioneras a las que era mejor observar desde lejos?

Jesús empezó a reunirse con Fabio dos y tres veces por semana, trazaron mapas de los avistamientos de la posible tribu, investigaron más testimonios que pudieran ser útiles para el trabajo, entrevistaron a expertos de la Universidad Nacional y de la Universidad de los Andes, y en la medida en que avanzaban en la elaboración de la tesis se iba fortaleciendo cada vez más entre ellos una amistad que los unía de una manera íntima e irracional, como si el hecho de compartir ahora una pasión conjunta los convirtiera en un equipo inseparable e indestructible. Sin embargo, más allá de esa relación afectuosa que había nacido entre los dos, y de la que Jesús era perfectamente consciente, quedaba una duda que él anotó en su diario: ¿no estaría creándose más bien una dinámica interdependiente por medio de la cual él veía en Fabio al hijo varón que nunca había tenido, y Fabio, a su vez, veía en él al padre que había perdido cuando era apenas un niño? ¿Más que un profesor y un estudiante que buscaban al único pueblo que se había mantenido al margen de cualquier influencia de la civilización occidental, no eran ellos más bien un padre y un hijo que se buscaban mutuamente para completar un ser bicéfalo que los hacía sentirse plenos y poderosos? Pero Jesús no tuvo tiempo de continuar ahondando en estas disquisiciones porque de un momento a otro, sin avisarle a nadie de una decisión tan intempestiva y radical, Fabio desapareció de buenas a primeras sin dejar ningún rastro. En el casillero de profesores de la universidad, Jesús encontró un cuaderno y una nota escrita a mano en la hoja de una libreta escolar, cuya lúcida sobriedad le causó una profunda desazón:

Profesor Jesús:

Desde la muerte de mi padre, cuando yo era un niño de siete años, descubrí que la vida no tenía ningún sentido. Si al final nos espera esa escena tan desagradable que es la muerte, significa que hagamos lo que hagamos no nos podremos salvar de un desenlace sucio y aterrador. Entonces, si la vida es una novela que siempre termina mal, ¿qué sentido tienen los capítulos iniciales e intermedios? ¿Para qué esforzarse en tejer una existencia amable y llena de vitalidad, si después la vejez y la enfermedad nos pisotearán todo el edificio? Haga lo que haga no me siento a gusto en ningún lado, profe, no encajo, y es una sensación que ya no soporto. Le dejo mi libro de poemas, guárdelo. Y gracias por meterse de cabeza en mi tesis con tanta fe y tanto afecto. No sé cómo pagarle esa actitud tan generosa. Quizá más adelante nos volvamos a ver.

Lo abraza, su discípulo,

Fabio

Sobra decir que Jesús se hizo añicos cuando leyó la nota de su alumno. Ese guiño de cariño antes de desaparecer indicaba que el trabajo monográfico había sido el único piso seguro que durante algún tiempo lo había atado al mundo, y que en consecuencia lo había defendido con la conciencia de que al hacerlo estaba defendiendo también su propia vida. Por eso, más que un profesor, Fabio lo había considerado un cómplice, un amigo que le había ayudado a defender una esperanza que al final la muerte del padre había hecho añicos, como seguramente había hecho añicos cada una de las esperanzas que el muchacho había intentado construir a lo largo de su corta vida.

Jesús llamó a la madre de Fabio y se tropezó con una mujer sensible pero muy dueña de sí. Pensó que ella sabía de la nota y del cariño que el muchacho le tenía a él, y que el hecho de no haberse despedido de su madre la excluía, la dejaba al margen de una complicidad que sólo existía entre su maestro y él. En cierta forma, la tristeza de esa mujer la dejaba intacta y no le producía sentimientos autodestructivos. Era un sufrimiento frío, racional, casi matemático.

Como lo había anunciado en la nota, Fabio dejó en efecto un libro de poemas entre el casillero de su profesor. Cuando Jesús tuvo fuerzas para abrirlo y leerlo, se sorprendió del tono literario de su alumno. El no era un experto en la materia, pero había sido un buen lector de los clásicos y reconocía la diferencia entre unos versos cursis y melodramáticos y otros íntimos, extraños, a veces herméticos. Y era increíble que Fabio, que parecía que no había tenido ninguna formación literaria, hubiera sido capaz de trazar unos poemas rítmicos y llenos de fuerza. El libro se titulaba *El hijo de Jesús* y se abría con las siguientes líneas:

El que aquí se presenta
con la boca reseca
para dar su testimonio
es el hijo del Hijo
el nieto de Dios
quien en el camino
ya perdió todo rastro de divinidad.

Fabio había escrito la obra en dos partes: en la primera hablaba de lo que significaba haber estado tan cerca del Verbo encarnado, ser el hijo del Hijo de Dios, crecer al lado de un hombre que es también una divinidad que armó un mundo a punta de palabras. En un tono sagrado se refería a la caída del Padre, al odio que su mensaje había producido entre los demás, a su crucifixión, a esas misteriosas palabras que había dicho en la cruz («Padre, Padre, ¿por qué me has abandonado?». Y el nuevo hijo se preguntaba entonces en un verso: «Abuelo, Abuelo, ¿por qué nos abandonaste a mi padre y a mí?»), y a su muerte inevitable en manos de sus enemigos. La segunda parte del libro, siguiendo la tradición de los poetas malditos del siglo XIX y de ciertos músicos de los años sesenta como Jim Morrison, expresaba la soledad de quien se sabe alejado de todo contacto con la divinidad, apartado del Hijo (que es el padre) y del Padre (que es el abuelo), vagando por un mundo desacralizado y sin sentido («Soy un antiguo dios que se ha quedado a la deriva»). Durante días y semanas interminables Jesús leyó y releyó los poemas de Fabio, intuyendo en el fondo de ellos una complejidad que no alcanzaba a descifrar del todo. No comió, no se afeitó, faltó al trabajo en varias ocasiones, bajó de peso, dejó de dormir y se pasaba las noches en vela recitando versos de memoria, y al final llegó incluso a no bañarse y a no cepillarse los dientes, lo cual creaba alrededor de su figura un aspecto de indigente que daba pena. Sus compañeros de trabajo intentaron rescatarlo del agujero en el que había caído, pero él siguió en las mismas, hundiéndose poco a poco en una culpa cuyo peso le doblaba las rodillas y lo aplastaba contra la tierra sin darle tregua alguna.

Una tarde Cristina, que ya estaba ingresando en la adolescencia, lo encontró sentado en una butaca de la cocina contemplando el suelo con la mirada perdida. Parecía uno de esos mendigos que de tanto estar consigo mismos olvidan incluso pedir limosna y se quedan por ahí, en un rincón, suspendidos en la nada.

—¿Qué diablos te está pasando, papá? —le dijo ella poniéndole una mano en la espalda.

—¿Eh? —Jesús levantó la cabeza como si acabara de despertarse de un largo y pesado sueño.

—No puedes seguir culpándote de esa manera.

Él suspiró y se frotó los párpados. Ella continuó:

—Tú no tienes responsabilidad en esto. La desaparición de tu estudiante es algo relacionado con él y con su familia, no contigo.

—Es tan joven y tan talentoso... Le falta tanto por vivir...

—Fue su decisión, papá, no la tuya.

—Es una injusticia lo que está pasando.

Cristina se arrodilló frente a él y le puso las manos sobre las piernas:

—No puedes permitir que un hecho así te acabe la vida, papá. Más adelante él regresará y arreglará sus asuntos, tanto los académicos como los personales. La gente necesita tiempo para pensar, eso es todo.

—Hablas como si supieras mucho de la vida, como si tuvieras una gran experiencia.

—Tu alumno tiene miles de problemas. Si necesita distancia para solucionarlos es justo que los demás le den esa distancia, que no lo juzguen, que lo dejen maniobrar.

—Lo dices como si hubiera sido bueno lo que pasó.

—Nunca lo sabremos. Por lo que tú me has contado de él, parece un joven de esos que jamás podrá llevar una vida normal. No nos digamos mentiras, papá. Si se queda aquí, entre los demás, intentando aparentar que es una persona normal, quizá termine realmente mal: drogadicto, en clínicas de desintoxicación, con psiquiatras, llevando una vida miserable en las calles, entrando y saliendo de distintas cárceles... Tal vez él vio todo eso y decidió irse antes, tal vez vio el sufrimiento que iba a causar y prefirió evitarles a sus amigos, sus maestros, su familia y a sí mismo tanto dolor.

—No es fácil verlo de ese modo.

—Lo que sí es claro es que no es sano lo que tú estás haciendo. No puedes destruir tu vida de esta manera.

Cristina se levantó y salió de la cocina diciéndole en voz baja, como si fuera un secreto pronunciado en el silencio de un confesionario: «Tú no eres él».

El estado de Jesús no mejoró. Siguió precipitándose en los recuerdos y los remordimientos que le generaba la evocación cotidiana de su alumno. Los objetos que guardaba de él (el primer borrador de la tesis, las correcciones hechas a los distintos capítulos, los mapas, las fotocopias sacadas en la biblioteca de la universidad, el libro de poemas, la nota de despedida) se volvieron fetiches intocables, como si una parte de la existencia de Fabio permaneciera de algún modo dentro de sus antiguas pertenencias. El grado de derrumbamiento psicológico llegó incluso a extremos como escucharlo abrir la puerta de la oficina o subir las escaleras de la facultad de dos en dos hasta el salón de clase. En medio de esas alucinaciones auditivas, nervioso, expectante, Jesús solía preguntar:

—Fabio... ¿eres tú, muchacho?... ¿estás ahí?...

Un día cualquiera lo llamó la madre de Fabio y le dijo que habían encontrado en el morral que llevaba su hijo a la universidad un rollo de fotografía con un rótulo que decía: «Lugares sagrados». Suponía que se trataba de material para la tesis de grado, así que se había tomado el atrevimiento de remitírselo a él a la universidad. Jesús se lo agradeció mucho y colgó.

Apenas llegó el material, se dirigió de inmediato a un estudio de revelado y pagó un precio adicional para que se lo entregaran enseguida, sin la menor demora. Cuando tuvo las fotos en las manos, se dio cuenta de que se trataba de un registro de los lugares preferidos de su discípulo para estar solo y meditar: iglesias, parques de barrio, cafeterías con escasa clientela, cementerios y callejones con poco tránsito de vehículos y personas. Recordó las palabras del libro:

Los desesperanzados
los perpetuos extranjeros
los pesimistas irredentos
preferimos los rincones solitarios
para reconciliarnos con los dioses
que olvidaron nuestros nombres.

Se le hizo un nudo en la garganta y las lágrimas le brotaron de los ojos, sin importarle la forma como lo miraban de reojo las otras personas que estaban a su lado. Uno de los dependientes, conmovido por la escena, le preguntó:

—¿Puedo ayudarle en algo, señor?

—Lo siento... —murmuró Jesús pasándose la palma de la mano derecha por ambos ojos.

—¿Se siente bien?

—Son fotos de mi hijo —mintió con la voz ronca—. Desapareció después de tomarlas.

—Lo siento mucho, señor.

Jesús suspiró, salió al andén y estuvo deambulando por las calles sin fijarse en qué barrio estaba exactamente y sin tomar conciencia de adónde se dirigía. De vez en cuando sentía la necesidad de mirar las fotografías y entonces las sacaba y volvía a contemplarlas mientras cruzaba las avenidas y los semáforos como un autómata, sin estar atento al peligro que corría cuando los autos le pitaban y lo esquivaban para no atropellarlo. Le parecían una constancia del paisaje interior de su alumno, una especie de radiografía de sus ideas y sus afectos. Además, todas las habían tomado más o menos a la misma hora del día, después de las cinco de la tarde, cuando la luz disminuye y el crepúsculo crea un teatro de fantasmagorías que se extiende a lo largo de la ciudad. Imaginó a su estudiante solo, sin tener la casa de un amigo o de una novia adónde ir, cargando su libro de poemas, su cámara fotográfica y su tesis en el morral, fumándose un cigarrillo de marihuana o bebiéndose media botella de brandy para apaciguar esa constante sensación de alejamiento e incomunicación que le impedía estar en paz consigo mismo y con los demás.

Hubo una foto que le llamó la atención porque la habían tomado a la entrada de una casa miserable en el centro de la ciudad. El techo de teja de barro, el sobrio diseño de la fachada, las ventanas y el portalón de madera indicaban una casa vieja, ubicada quizá en las inmediaciones de la plaza de Bolívar. Observando en detalle la placa que estaba en la parte de arriba de la puerta, Jesús alcanzó a descifrar el número 12-08 o 12-09. Había dos opciones: que se tratara del número de la carrera, es decir, de las vías que formaban la cuadrícula de la ciudad de sur a norte, o que el número se refiriera a la calle, esto es, a las avenidas trazadas de oriente a occidente. En un principio revisó la calle doce desde arriba, desde el barrio Egipto, en la parte alta del centro de la ciudad, muy cerca de los bosques y los matorrales de las montañas, y fue bajando mientras ojeaba los números carrera por carrera. Cruzó La Candelaria, la plaza de Bolívar y la carrera décima sin encontrar la casa de la fotografía. Pero al llegar al mercado de San Victorino tuvo la impresión de que las construcciones tenían un aire familiar con la vivienda que buscaba. Por todas partes se veía a los comerciantes anunciando sus productos, seduciendo a los transeúntes con electrodomésticos baratos, con utensilios de cocina, con trapos, vajillas y cubiertos importados de China a precios irrisorios; mostrando en el andén, o en mitad de la calle, cómo funcionaba un pelador de papas o un exprimidor de naranjas; también, entre la multitud, había payasos con altavoces transmitiendo a voz en cuello el menú de los restaurantes populares del sector o vendedores de ungüentos y pomadas que aseguraban que sus cremas eran milagrosas y que curaban desde ulceraciones menores hasta cáncer de piel o quemaduras graves, y entre ese maremágnum de caminantes desprevenidos, compradores y anunciantes que se disputaban un espacio libre en las aceras, Jesús reconoció a esos hombres delgados y de nariz afilada que parecían aves de rapiña y que estaban listos para saltar sobre cualquier peatón despistado y robarle la billetera, el reloj o el paquete que acababa de comprar. Estaba en medio de la fauna del mercado público de San Victorino, uno de los sitios más vivos de la ciudad, que palpitaba y al que casi podía oírsele respirar entre el zumbido de los motores de los buses, los pitos de los carros y las melodías que escupían ciertos equipos de sonido destartalados de negocios de ropa interior o de miscelánea. Al llegar a la calle doce con carrera doce, esta intuición se acentuó aún más. Decidió entonces seguir las pistas de la carrera y no las de la calle, y caminó hacia el sur revisando la nomenclatura de cada domicilio. Al fin dio con la casa en la calle décima. La dirección exacta era calle 10 Nº 12-08, pero una parte del último número estaba borrada y parecía de lejos un nueve. Era una edificación destartalada y mugrienta que daba la impresión de venirse abajo en cualquier momento. No sabía cuál era la relación que había entre ese lugar nauseabundo y la vida de su alumno, pero si había llegado hasta allí era porque tenía que averiguarlo. Golpeó la puerta con los nudillos y se quedó esperando en la acera mientras muy cerca de él, casi rozándolo, seguían pasando transeúntes e individuos sospechosos que lo miraban con desconfianza, como si no estuvieran seguros de si el hombre que tenían en sus narices era un intruso sobre el que podían abalanzarse sin problemas y dejarlo incluso sin zapatos, o si era uno de los suyos, un azotacalles que venía a saludar a algún amigo o a cerrar algún negocio de objetos de segunda o robados.

Una anciana mal vestida, con el cabello recogido atrás en una trenza blanquecina, abrió la puerta y preguntó de mal humor:

—¿Qué quiere?

Jesús no supo qué responder. Respiraba con dificultad y miraba a la señora pasmado, sin saber por dónde comenzar a explicarle la situación.

—¿Es policía? —preguntó otra vez la anciana con el ceño fruncido.

—No, no —dijo Jesús moviendo la cabeza hacia los lados—. Vengo a preguntar por un estudiante. Solía venir aquí.

—Ahora no hay nadie. Abrimos más tarde —el rostro de la mujer se había suavizado.

—No, señora, él está desaparecido.

Unos segundos de silencio le bastaron a la vieja para medir el desconcierto y la angustia de Jesús. Le volvió a preguntar, esta vez en un tono maternal y comprensivo:

—¿Qué es lo que quiere saber?

Él tragó saliva, se pasó la lengua por la comisura de los labios y dijo:

—Se llama Fabio, tiene veintitrés años —sacó la fotografía de uno de los bolsillos de su chaqueta y se la enseñó a la abuela con la mano temblorosa—. Tomó esta foto. No sé a qué venía a este lugar.

—El poeta... —susurró la anciana evocando la presencia del muchacho con los ojos fijos en la fotografía.

—Sí, escribía poesía —confirmó Jesús intentando una sonrisa que se quedó en una mueca amarga que le desfiguró el rostro.

La mujer endureció de nuevo la expresión y su voz se hizo otra vez seca, cortante, como si estuviera hablando con un vendedor inoportuno:

—Venía a lo que vienen todos, señor, a buscar trago. Esto es un bar. Unos días beben poco y al otro se quedan dormidos sobre las mesas. Así son estos lugares, qué le vamos a hacer.

—¿Por qué tomó la foto?

—No tengo ni idea. Era un buen joven. Nos caía bien. Pagaba sus cuentas sin problemas. Lamento mucho lo que le sucedió.

—¿Qué consumía él?

—Tengo cosas que hacer, no puedo quedarme aquí hablando todo el día.

—¿Puedo entrar y conocer el bar?

—No, señor, lo siento. Ahora, si me disculpa, tengo que cerrar.

Y la puerta se fue cerrando poco a poco hasta que la figura de la vieja desapareció por completo. Jesús se quedó quieto unos segundos, suspiró y, mirando la fachada, recordó los versos del libro:

buscamos sitios miserables
y bajos menesteres
para limpiar los privilegios de nuestra casta.

Se dio media vuelta y caminó hacia el occidente hasta que llegó a la avenida Caracas. Echó un último vistazo a la imagen de desolación que se veía desde allí, con los pájaros negros revoloteando en los postes de luz cercanos y sus tribus de recicladores nómadas reconociéndose unas a otras, y recitó en voz alta las palabras de Fabio:

Hay tanta belleza
en la belleza como en la fealdad…

Las consecuencias por ese comportamiento relajado de Jesús no se hicieron esperar: en una nota escueta le comunicaron que lamentaban tener que retirarlo de la institución, pero que el país necesitaba en ese cargo a una persona de dedicación completa y que los últimos sucesos indicaban que quizá lo mejor para él era estar alejado del trabajo y más cerca de su familia. Le cancelaron sus cesantías en orden y le enviaron a la casa en dos cajas los objetos personales y los libros que tenía en la oficina. Lo peor de todo fue que Jesús agradeció en su interior la pérdida del puesto. No le entusiasmaba en absoluto tener que regresar a una rutina oficinesca que lo aburría y que lo obligaba a representar el papel de un hombre que ya no era él. El dinero que le habían pagado le alcanzaba para vivir unos meses sin trabajar, y después ya vería qué hacer. La verdad es que no tenía ánimos ni siquiera para alarmarse.

Con Carlota, su esposa, las cosas fueron a otro precio. Lo trató de fracasado, de perdedor, de cobarde, y le advirtió que si no conseguía pronto un empleo tendrían que vender la casa para comer e irse a la calle a vivir en arriendo. Jesús dejó pasar los ataques sin una sola voz de protesta y se refugió aún más en ese mundo secreto donde los poemas, las fotografías, la investigación monográfica y los recuerdos de su discípulo eran su única compañía. Carlota interpretó esa actitud como una provocación y decidió entonces convertir el hogar en un campo de batalla donde los insultos y las frases venenosas iban y venían todos los días. Y Cristina, que había quedado atrapada en el medio sin saber qué hacer, se convirtió en una adolescente callada e introspectiva que buscaba en el estudio un refugio para esconderse del infierno en el que se había convertido su casa. Jesús se trasladó al cuarto del servicio en la primera planta, colindando con la cocina, y acomodó allí como pudo su ropa y sus zapatos. Se bañaba una vez a la semana en un baño diminuto que no tenía agua caliente y comía sin ganas lo que robaba ocasionalmente de la alacena cuando no había nadie. Se volvió un paria en la que antes había sido su casa y no le fue posible encontrar el camino de regreso a ese padre y esposo feliz que algún día había sido Jesús Castelblanco.

Ahora, si la desaparición de Fabio Acevedo había producido una catástrofe en la familia de Jesús y reveló que los lazos internos que aparentemente unían a sus integrantes no eran tan fuertes, generó sin embargo un efecto positivo en Cristina:

se hizo mujer de un día para otro, maduró y en medio de su adolescencia empezó a asumir responsabilidades dentro de la casa que ninguna de sus compañeras de colegio tenía. Si bien es cierto que era una muchacha silenciosa que pasaba los fines de semana encerrada en su habitación leyendo, haciendo sus tareas o viendo televisión, también es verdad que era la encargada de hacer el mercado una vez por semana, que pagaba los servicios de la casa en los bancos y que vivía pendiente del aseo y de la administración de los recursos de la alacena. Carlota fue delegando funciones en ella cada vez más, hasta que se desentendió por completo de sus obligaciones como ama de casa y se dedicó a cultivar sus odios con una amargura que la fue convirtiendo, con el paso de los días, en una mujer que siempre miraba con dureza y que se dirigía a los demás con frases cortantes que delataban todo el resentimiento que la consumía.

Jesús, por su parte, continuó persiguiendo las huellas de su estudiante en un esfuerzo inútil por atrapar un fantasma que había construido a punta de retazos inmateriales. Lo que más le dolía era que Fabio parecía la encarnación de ese costado de su personalidad que tantos problemas le había traído, como si la vida, en una broma siniestra, se hubiera encargado de recordarle a las malas quién había sido y quién era en realidad. Y ahora, después de aceptar la lección, ya no le importaba nada y se dejó invadir por un torrente de alucinaciones que lo lanzaron a la calle a vagar de día y de noche en busca de un pasado inexistente.

Otra de las fotografías de Fabio mostraba un parque de barrio con una iglesia humilde en reparación, con unos obreros trepados en andamios pintando una de las paredes laterales y un par de feligreses saliendo por la puerta principal. Frente a un muro lleno de grafitis multicolores, un grupo de jóvenes con el pelo largo fumaba con actitud contemplativa y escuchaba música en una grabadora que estaba justo en la mitad, entre las piernas forradas con jeans ajustados y los tenis sucios y descoloridos que apenas permitían ver la marca de la fábrica. Sin mucho esfuerzo, Jesús reconoció la iglesia y el parque de La Perseverancia, un barrio popular que quedaba en la parte alta del centro de la ciudad, en las estribaciones de las montañas. Se acercó al lugar un viernes en las horas de la tarde, cuando los muchachos terminan la semana de colegio y salen a reunirse en el parque del barrio. El ambiente del lugar era idéntico al que reflejaba la fotografía, sólo que los trabajos de la iglesia ya estaban terminados y no había rastros de obreros ni de andamios por ninguna parte. De una grabadora salía una música que Jesús reconoció como de uno de los grupos de rock que escuchaba su hija, con solos de guitarra eléctrica y una batería que sobresalía por la percusión intensa que producía ecos en los rincones del parque. Se quedó sentado en unas graderías de cemento, escuchando las risas y los comentarios jocosos de los jóvenes que bebían de una botella de brandy sorbos esporádicos. Algunos de ellos fumaban con parsimonia y Jesús no pudo constatar si se trataba de cigarrillos de tabaco o de marihuana, pues el viento soplaba en una dirección que alejaba el humo de él. Pensó que muchas veces Fabio debió acercarse a esos chicos en busca de un poco de compañía y que quizá entre ellos encontraba la camaradería que era imposible hallar en la universidad. Observándolos de reojo, con cierta prudencia, reconoció gestos, actitudes y modos de hablar que eran característicos de su alumno. Por un instante tuvo la sensación de que Fabio estaba ahí, entre ellos, disfrutando de un atardecer capitalino con una botella de brandy en una mano y un cigarrillo de marihuana (imaginó) en la otra. Suspiró y se pasó las dos manos por la cara y la cabeza, preguntándose por qué carajo había tomado Fabio una decisión tan brutal, por qué no había tenido confianza en una vida que cambia las condiciones y permite innovar, crear y transformar nuestra existencia a cada paso.

Uno de los jóvenes lo reconoció y se acercó a él con las manos en los bolsillos. Llevaba el pelo largo, sobre los hombros, y unas gafas oscuras impedían saber de qué color y cuál era la expresión de sus ojos. Le preguntó con la voz reposada, en cámara lenta, como si las palabras salieran de su boca anestesiadas:

—¿Usted es el profesor de Fabio, verdad, el que le estaba dirigiendo la tesis?

Jesús asintió y se quedó en el mismo sitio contemplando al chico sin decir nada.

—Una vez estuve en su oficina, profesor. Acompañé a Fabio a la tutoría para la tesis —sus gestos y su dicción seguían en un ritmo diferente, como si la realidad estuviera en proceso de desaceleración y fuera a detenerse en cualquier instante—. Fabio lo estima mucho, me lo dijo varias veces.

—No creo que eso me sirva de consuelo.

—Sí, entiendo.

La amargura de Jesús detuvo el entusiasmo del muchacho. Se escuchó decir con la voz pastosa, como si estuviera enfermo de la garganta:

—¿Venía mucho Fabio por acá?

—Casi todos los días, profe.

—¿Cómo lo conociste?

—Aquí mismo. Nos caímos bien desde el comienzo.

—¿Sabías sobre qué estaba investigando en la tesis?

—Claro, profe. Él no hablaba de otra cosa. Decía que el día menos pensado se largaría detrás de la tribu de los hombres invisibles y que no lo volveríamos a ver.

—¿Todos ellos eran amigos de él? —señaló al grupo mientras preguntaba.

—Algunos. Los que estábamos en el proyecto.

—¿Qué proyecto?

—Queríamos hacer un grupo de rock. Estábamos en eso.

—¿Con Fabio?

—Era la voz principal. El mejor de todos.

—No sabía que cantara —lo dijo con auténtica tristeza, lamentándose, consciente de que se había perdido de una parte importante de la vida de su alumno.

—Tenía una voz parecida a la de Ian Anderson, el cantante de Jethro Tull.

Jesús retuvo el nombre en la memoria. Unos días después lo buscaría en una tienda de discos y lo escucharía hasta el cansancio. Imaginaría a Fabio en un escenario cantando sus poemas con el cabello revuelto y el micrófono temblándole en la mano.

—¿Las letras eran de él? —preguntó sabiendo de antemano la respuesta.

—Él era el que componía, sí. Para rearmar el grupo tenemos que conseguir de nuevo cantante y compositor.

Una ráfaga de viento agitó la cabellera del muchacho. Jesús preguntó en un tono paternal:

—¿Cómo te llamas?

—Alberto, profe, pero todo el mundo me dice Beto.

—Hagamos un trato, Beto.

—Dígame.

—¿Ya tienen nombre para el grupo?

—Tenemos varias opciones.

—Llámenlo La Tribu.

—¿La Tribu?

—En honor de Fabio.

Alberto seguía allí parado, con las manos en los bolsillos y los últimos rayos de sol reflejándose en sus gafas oscuras. Parecía no entender nada de lo que decía el profesor de su amigo desaparecido. Jesús aclaró:

—En homenaje a esos hombres que están lejos de todo, y en homenaje a ustedes mismos, pues ser una tribu es compartir un destino común.

—Ahh...

—¿No te suena?

—Tendría que consultarles a los otros.

—A cambio les doy todas las letras que Fabio escribió. Yo pensé que eran sólo poemas. Ahora sé que también son canciones, y que el libro es más de ustedes que mío.

Alberto se quitó las gafas y por primera vez Jesús pudo observar unos ojos negros y profundos que reflejaban una personalidad demasiado firme y segura de sí para la escasa edad que tendría el chico.

—¿Usted tiene las letras?

—Aquí están —sacó el librito y se lo entregó a Alberto en un gesto descomplicado y aparentemente intrascendente, como si le estuviera pasando un cigarrillo o una caja de fósforos.

—No puede ser... —Alberto observaba el libro abrumado, con una actitud casi religiosa—. Fabio no permitía que los demás pusieran las manos encima de esto. Decía que toda su vida estaba aquí. Empezamos a practicar tres o cuatro canciones. No más. Pero sabíamos que aquí había material para varios discos —hablaba más rápido ahora, como si acabara de salir de un estado de duermevela—. Estuvimos a punto de llamarlo, profe, y de preguntarle si sabía algo de este material. Pero no nos atrevimos, nos dio vergüenza. No era el momento para una cosa así.

—Cuando llegué aquí no sabía muy bien por qué había venido. Ahora ya lo sé.

—No se imagina lo que significa esto para nosotros. Respetaremos el nombre de Fabio como autor de las canciones, se lo aseguro.

—Acuérdate de proponerles el nombre del grupo.

—No recuerdo ninguna banda que se llame así. Ahora mismo se lo voy a decir.

—Fue un placer conocerte, Beto —se puso de pie y le estrechó la mano al muchacho.

—Lo mismo digo, profe. Por aquí estamos a la orden.

Jesús dio media vuelta y empezó a caminar hacia la carrera quinta. Era la primera vez en muchas semanas que se sentía bien, a gusto, haciendo algo que a Fabio lo habría llenado de entusiasmo. Ahora estaba seguro de que el libro era de esos jóvenes que habían compartido con su discípulo muchas horas de sueños e ilusiones. Quizá ellos habían sido el único remanso de tranquilidad en la vida de Fabio. Y notó que le hacía falta hablar del joven poeta con alguien que lo extrañara tanto como él. Por unos minutos se había sentido menos solo.

Bueno, hasta aquí llegaban las fotocopias que Cristina me había entregado. Más que un diario, era una narración pormenorizada y con lujo de detalles de lo que habían significado para Jesús Castelblanco la investigación académica y la futura desaparición de su estudiante. Me sorprendió que su escritura fuera tan ágil, tan descriptiva, y la verdad es que lo leí de una sola sentada, sin parar, disfrutando de los comentarios y los análisis que hacía él sobre la tesis de su alumno, sobre su alumno, sobre su propia vida y la de su familia. Luego lo releí con más calma y me detuve en aquellos apartes que me habían llamado la atención. Marqué el número de Cristina varias veces pero no la encontré. Quería continuar cuanto antes con la lectura, pero no fue posible, ella nunca estaba en casa y no contestaba a mis llamadas. Así que me quedé en el aire, suspendido, esperando un aviso para escapar y abandonar la vida que hasta entonces cargaba como un fardo y una condena. Y ese mensaje me llegaría, en efecto, en el paquete siguiente de fotocopias, como si las palabras de Jesús fueran la confirmación inevitable de un destino que ya estaba escrito para mí.

CAPÍTULO IV

—

El llamado de la oscuridad

Revisando lo que había sido mi vida después de la muerte de mis padres, me di cuenta de que la depresión había estado a punto de acabar conmigo. En lugar de beber licor hasta intoxicarme o de dedicarme a probar drogas y a andar por las calles como un vagabundo harapiento, actitudes extremas pero explicables en cualquier otra persona en circunstancias similares, yo me había encerrado en el apartamento sin abrir siquiera las cortinas (metáfora del ataúd) y había invertido los días y las noches en leer y releer el diario de Jesús, el cual, por supuesto, me servía de espejo para mi propia experiencia. Por aquel entonces me obsesionaba de una manera extraña la relación padre e hijo. En mi caso se trataba de un hijo en busca de la imagen de su padre, y en el de Jesús era exactamente lo opuesto: un padre que rastreaba la verdadera vida de un estudiante que era su hijo espiritual. Pero ambos, desde orillas diferentes, teníamos la sensación de haber perdido algo que constituía buena parte de nuestro ser, las raíces más fuertes y secretas de nuestra auténtica identidad.

Recuerdo que los días siguientes a mi lectura del diario de Jesús fueron días invernales, helados, pasados por aguaceros torrenciales que caían sobre la ciudad desde la mañana hasta el atardecer. Era necesario salir a la calle bien abrigado, con sacos y chaquetas que lo protegieran a uno de los vientos húmedos que recorrían la ciudad de un lado a otro y que hacían inclinar los árboles y las antenas de televisión sobre los tejados de las casas.

Me sentía solo, como si hubiera acabado de llegar de una guerra y todos mis parientes y mis amigos estuvieran muertos y enterrados. Mi vida me parecía triste, sin sentido, un recorrido lamentable para llegar a ninguna parte, una carrera absurda en la que había ido perdiéndolo todo y en la que no se veían la meta, ni los otros competidores, ni la recompensa final. Lo peor era que esa sensación de fracaso me llevaba a tener compasión de mí mismo, y me disgustaba ese sentimiento en el que yo desempeñaba un doble papel: el del pobre impotente que ve a otro sufrir y no puede hacer nada por él, y el del hombre humillado por las circunstancias que es incapaz de sobreponerse a ellas. Era horrible esa división malsana en dos individuos infelices, porque era una forma esquizofrénica de duplicar mi desdicha. Me sentía mal con mi vida inmediata y me sentía mal contemplando mi falta de astucia para iniciar un proyecto que me rescatara del abismo y de la depresión.

En esas estaba cuando una corporación cultural me llamó para dictar una conferencia en Armenia, en pleno eje cafetero. Como Cristina no aparecía ni daba señales de vida, y yo me aburría con ese encierro continuo que minaba cada vez más las pocas fuerzas que me quedaban, acepté la invitación en un esfuerzo por rescatarme del agujero negro en el que había caído.

Apenas llegué a Armenia, me sorprendieron la belleza y la impecabilidad de sus calles. La ciudad había sido destruida unos años atrás por un terremoto de gran intensidad, y yo esperaba encontrarme con unas ruinas abandonadas y con unos transeúntes melancólicos sobre los cuales pesaran aún los rastros de la tragedia. No fue así. La gente caminaba por las aceras sonriente, disfrutando de la brisa cálida y de la frescura ambiental que bajaba de las montañas cercanas. La estación de bomberos, la gobernación, el palacio episcopal, las entidades bancarias y los barrios de todas las clases sociales habían sido reconstruidos con una tenacidad admirable. Me gustó tropezarme con una firmeza de semejante envergadura.

Dicté mi conferencia sobre los problemas del actor en un mundo contemporáneo que ha perdido el contacto directo con lo dramático, y que se ha contentado miserablemente con lo que la televisión le brinda en sus espacios melosos y mediocres. Hablé con resentimiento, lleno de ira, haciendo la defensa de ciertas sociedades antiguas en las que los hombres asistían al teatro para reconciliarse con lo más sagrado que había en sus propias vidas. Al término de mi charla, el escaso público se puso de pie y aplaudió durante varios minutos. Una de las organizadoras me sacó de allí inventando pretextos a las personas que se me acercaban para preguntarme alguna duda o para intercambiar sus opiniones conmigo. Fue una fuga relámpago, imprevista. Nos subimos en su auto y ella manejó a toda velocidad por una carretera que salía de la ciudad y que conectaba los pueblos cercanos en una especie de circunferencia que yo intentaba dibujar en mi mente infructuosamente. Le pregunté con una sonrisa que procuraba disimular mi sorpresa:

—Qué es esto, ¿un rescate o un secuestro?

Sin mirarme, concentrada en la carretera, ella contestó:

—Un viaje veloz en busca de los dioses que partieron.

Era rubia, alta, delgada, con una piel ligeramente bronceada, y llevaba unas sandalias que permitían ver las uñas de sus pies pintadas del mismo color que llevaba en los labios: anaranjado. No sé por qué ese detalle me conmovió y me llenó de alegría. En Bogotá, tierra fría por excelencia, jamás vemos los pies de nuestras mujeres expuestos así, maquillados y dispuestos para una caricia. Se llamaba Isabel y las ráfagas de aire que entraban por su ventanilla le agitaban la melena sobre los hombros.

—¿Adónde vamos? —la miraba de reojo, emocionado con la escena de una mujer hermosa raptándome sin explicación alguna.

—Lo importante es que lleguemos a tiempo.

Pasamos por la entrada del parque del Café y vi que el velocímetro marcaba ciento veinte kilómetros por hora. Más que una diosa de la antigüedad clásica cumpliendo una misión extraña al lado de un mortal desconocido, Isabel me recordó a Hermes intentando llevar un mensaje urgente a las deidades del Olimpo. Al fin llegamos a un mirador que había sido acordonado por unos árboles que tejían sus enramados a unos tres metros de altura, como si hubieran construido un techo de ramas y de hojas alrededor del lugar. Parqueó el auto de afán, dejó la puerta abierta y me ordenó:

—Rápido, no hay tiempo.

Me tomó de la mano y me condujo al borde del mirador, una plataforma recortada que permitía ver la serpenteante figura de un río y de un valle cultivado de cafetales y matas de plátano. Me abrazó desde atrás y me dijo:

—Cierra los ojos.

Obedecí. Los brazos de ella apretando los míos me producían una emoción que no había sentido antes, era algo así como un temblor que me subía por la columna y que me hacía cosquillas en la nuca y en la parte trasera de la cabeza.

—Ahora huele —volvió a decir ella.

Inhalé con fuerza y el olor que me entró por la nariz me resultó muy conocido, estaba seguro, pero no pude precisarlo con exactitud.

—¿Sabes lo que es? —me preguntó Isabel rozándome la oreja con los labios.

—Me es muy familiar pero no, no lo reconozco.

—Es el olor de la caña de azúcar en los trapiches. Aquí abajo hay una finca donde hacen panela.

Sí, apenas lo dijo me pareció evidente. Era un aroma dulzón, con un ligero toque a quemado, como cuando se ha quedado una torta unos minutos de más en el horno y la masa comienza a tostarse. Y mientras yo divagaba sobre el olor de la panela y abría los ojos para contemplar las matas de café, las de plátano, los guaduales sólidos e inmensos, las flores, el enramado que estaba encima de nosotros, las montañas, el cielo azul y el prado que bajaba por el terraplén como un tapete verde de excelente calidad, Isabel cambió de posición, se hizo frente a mí y me besó con una pasión controlada, suavemente, pasándome sus manos por la espalda de arriba abajo. Fue un instante mágico, irrepetible, y mientras yo me abandonaba a la situación y la abrazaba y le hundía la lengua en su boca jugosa y con sabor a mandarina, otro hombre dentro de mí contemplaba la escena y estaba a punto de echarse a llorar de física alegría. Fue una epifanía, una revelación: la realidad, en un solo instante, hacía alarde de toda su generosidad y me regalaba un segundo de plenitud para resucitarme, para inyectarme una vez más la fuerza y la confianza en el mero hecho de estar vivo. Y quitándose de pronto, Isabel gritó entonces:

—Ya, ya, fíjate bien —y me señaló hacia el valle, justo por los sembradíos por los que cruzaba el río.

El espectáculo no podía ser más sobrenatural: la luz de un sol rojo que se hundía en la línea del horizonte se desplazaba a lo largo del valle y daba de lleno exactamente sobre las aguas del río. En consecuencia, atravesando los pastizales, los potreros de bambú, los cultivos, los matorrales que crecían a ambas orillas y las palmas de cera gigantescas, se veía una serpiente roja con chispas de oro y plata, como si un cúmulo de estrellas brillara en la fantasmagórica piel del animal. El efecto visual era fantástico y sobrecogedor. Isabel dijo en voz baja:

—Las huellas de los dioses.

—Sí —confirmé mientras seguía absorto en la imagen.

—El camino de los hombres invisibles —comentó Isabel sin dejar de mirar hacia el frente.

La frase me sacó de mi contemplación y me hizo voltear para observarla cara a cara.

—¿Qué? —le pregunté con un gesto que debió atemorizarla, porque enseguida me dijo:

—¿Por qué me miras así?

—Repite lo que dijiste.

—¿Qué te pasa?

—Por favor, di de nuevo lo que dijiste ahora.

—Dije «el camino de los hombres invisibles». ¿Cuál es el problema?

—¿De dónde sacaste eso?

—Qué, ¿la idea?

—Sí, sí.

—Se la escuché un día a Martha, la directora del Museo Quimbaya.

—¿Qué fue lo que dijo ella?

—Nada, es una vieja tradición popular que habla de una tribu que nunca ha permitido el contacto con los hombres blancos. Eso es todo.

—¿Y qué tiene que ver eso con el río?

—La que me trajo aquí por primera vez fue Martha. Ella me contó que entre algunas comunidades indígenas existe un relato en su tradición oral que dice que los hombres invisibles seguían esta ruta, la del río, para llegar al océano Pacífico. ¿Por qué?

—¿Dónde leyó ella sobre esa tribu?

—Yo qué sé, Gerardo, no tengo ni idea.

Me quedé callado. La luz había caído y el resplandor sobre el río había desaparecido. Las aguas habían vuelto a tomar su acostumbrado color grisáceo y me di cuenta de que el efecto duraba apenas un par de minutos. Isabel volvió al ataque:

—¿Me puedes explicar, por favor, qué es lo que pasa?

—Nada, nada —dije yo evasivo, sin ganas de prolongar esa conversación.

—Te transformaste apenas nombré lo de la tribu.

—Déjalo así.

Nos subimos al carro y regresamos a Armenia en silencio, sin hacer alusión al incidente. Era obvio que yo había echado a perder el mejor momento que había tenido en el último tiempo, pero no me sentía con ánimos de ponerme a hablar de Jesús, de la extraña desaparición de su estudiante y de mi propia vida miserable y sin sentido. Así que dejé que se hundiera la atracción mutua que habíamos sentido con Isabel, y no defendí lo que quizá habría podido ser una relación afectiva que me devolviera la ilusión amorosa y la confianza en mí mismo.

Antes de volar a Bogotá pasé por el Museo Quimbaya y le pregunté a la directora por el famoso mito de los hombres invisibles. No me dijo nada nuevo: que sólo se trataba de un relato oral que se repetía en algunas tribus de los departamentos del Cauca, del Caquetá, del eje cafetero y del Chocó, que era un rumor entre historiadores y antropólogos al que nadie había hecho caso, que ningún investigador serio podía darle crédito a algo que era una invención y nada más, y que ella creía que el objetivo de esa historia era soñar con unos indígenas que habían logrado lo que los otros habían deseado y no habían podido conseguir, esto es, mantener a raya al hombre blanco. Le agradecí a la directora los minutos que me había brindado, salí para el aeropuerto y tomé mi vuelo de regreso a Bogotá.

Apenas llegué, llamé a Cristina y tuve la suerte de conseguirla en su apartamento.

—Te estuve llamando pero nunca te encontré —le dije en un tono de reproche que me mortificó apenas terminé la frase.

—He estado muy ocupada —su voz era fría, insípida, como si yo hubiera interrumpido alguna actividad para la que necesitara toda su concentración.

—Quería conversar contigo sobre tu padre —le dije con alegría al recordar las páginas que el viejo había escrito—. El diario me encantó.

—Lástima que no tenga tiempo.

—¿No puedes sacar un rato esta semana?

—Tengo exceso de trabajo, lo siento.

—Además, quería contarte algo que me sucedió en Armenia. Tiene que ver con Jesús.

—En otra oportunidad. Te dejé el siguiente paquete de fotocopias en la portería. Puedes recogerlo cuando quieras.

No tuve más remedio que agradecerle, despedirme y colgar. La actitud cortante de Cristina era inexplicable. No entendí por qué había sido tan amable al comienzo y por qué ahora, sin motivo alguno, asumía esa pose de ejecutiva ocupada a la que le disgustaba cualquier conversación conmigo. Pero bueno, así era la gente en esta ciudad, un día estaban sonrientes y al siguiente hacían mala cara y ni siquiera se tomaban el trabajo de saludar. No me iba a devanar los sesos por una cosa así.

Apenas recogí las fotocopias, me sumergí de lleno en la narración de Jesús. Me hacía falta leerlo, seguir su historia, estar junto a él, acompañarlo en las buenas y en las malas. No sé por qué mi vida me parecía insípida y sin altibajos notables, y la suya, en cambio, me daba la impresión de que estaba invadida de contrastes, pliegues y resonancias que, en cierta medida, contrarrestaban la insignificancia de la mía. Era como si, de alguna manera, yo buscara a través de la vida de Jesús aquellas experiencias que no había probado por mí mismo, o episodios que iluminaban otros que yo sí conocía pero en los cuales no había profundizado aún lo suficiente, como por ejemplo la desaparición de un ser querido. Había enterrado y cremado a mis padres, y sin embargo yo no sentía dentro de mí angustia, remordimiento o tristeza por su defunción. Con el paso de los días me fui acostumbrando a su ausencia, y si no hallaba un objetivo hacia el cual dirigir mi vida, esto no se debía a una crisis que estuviera relacionada con ellos, sino conmigo mismo y con las pésimas decisiones que había tomado durante los últimos años. Pero tengo que reconocer que la forma como Jesús había enfrentado la desaparición de su alumno (con las entrañas, desgarrándose) me conmovía y me hacía preguntarme si entre nuestros mayores y nosotros no habría una red de comunicaciones secretas, un tejido oculto, una serie de vasos comunicantes que, sólo cuando los reconociéramos y los aceptáramos, sabríamos con exactitud quiénes éramos y dónde se encontraba el punto que nos diferenciaba de ellos. Quien no asimila y transforma la herencia que ha recibido está condenado a repetir los mismos errores de la generación precedente, y la cadena de dolor y sufrimiento se transmitirá intacta de generación en generación, porque esa persona herirá o despreciará a los que vienen de la misma forma como la hirieron o la despreciaron a ella. La víctima es un futuro victimario. Para Jesús, reconocer que parte del destino de su estudiante era su propio destino, significaba no eludir una verdad que saltaba a la vista: la zona común, interdependiente, compartida, que existe siempre entre una generación y otra. Y aunque ese hecho lo hundiera y le aniquilara su propia existencia, Jesús no había eludido ni maquillado sus sentimientos. Eso, por lo menos, era una actitud que en mi concepto lo hacía resplandecer como un hombre íntegro y valiente. No es que admirara su capacidad para hacerse daño o su falta de claridad para darse cuenta de que la vida de Fabio era de él y la suya era la suya, no, lo que me hacía estimarlo era la manera como se había adentrado en los laberintos de su alumno para intentar comprenderlo y luego poder comprenderse a sí mismo. Si bien era cierto que había abandonado sus obligaciones laborales, como esposo y como padre de Cristina, también era verdad que había asumido con total pasión el amor profundo que sentía por su estudiante. Aunque ese amor terminara por devolverse contra él y aniquilara el resto de su ser. Recuerdo haber pensado: «Si yo me suicidara hoy mismo o me largara a vivir a Singapur, me gustaría que alguien me amara hasta el punto de intentar comprender, desde su propia experiencia, los motivos que me llevaron a ese callejón sin salida».

Las primeras hojas de este nuevo paquete de fotocopias hablaban de un descubrimiento que había hecho Jesús a los pocos días de entregarles a los amigos de Fabio el libro de poemas. Se trataba de un dato clave que la policía del departamento del Chocó había enviado a la central de inteligencia de Bogotá: el joven había estado en Quibdó y había frecuentado a un mujer de raza negra que trabajaba en un casino del centro de esa ciudad. Las primeras informaciones indicaban que había arrendado una habitación en un pequeño hotel que quedaba a la orilla del río Atrato, que había estado preguntando por una tribu indígena de la que nadie pudo darle razón, que había consultado algunos mapas y diarios de viajeros en la biblioteca pública local, y que tal vez aburrido con la soledad que sentía en un lugar apartado en el que no tenía amigos ni familia, se había aficionado a visitar el casino en el que trabajaba esta mujer, con la que había mantenido una relación frecuente en unos términos que las autoridades desconocían. La mujer se llamaba Jarxiner y cuando la policía la interrogó dijo que había salido con él un par de veces, que apenas sabía que era un joven universitario que estaba elaborando su tesis de grado y nada más. Según ella, no sabía en qué barrio de Quibdó vivía el joven, ni de dónde sacaba la plata para mantenerse ni nada. La policía no tenía contra ella ningún cargo para retenerla, era una mujer sin antecedentes penales y por lo tanto no tuvo otra salida que dejarla en libertad. Cuando rastrearon la información del hotel, se dieron cuenta de que habían llegado tarde y que el muchacho ya había hecho su maleta y había desaparecido por segunda vez sin dejar rastros. Lo más seguro, creían ellos, era que se hubiera fugado a través del río, en una de las muchas lanchas que llevaban y traían campesinos y mineros de un pueblo a otro, porque en los retenes que habían montado en las carreteras ninguno de los agentes había detectado nada sospechoso en los buses, carros y camiones que habían requisado.

Todo esto lo supo Jesús por la madre de Fabio, quien lo había llamado para contarle en detalle lo que la policía le acababa de comunicar hacía unos minutos. Lo único que quedaba por hacer, dijo ella, era esperar, tener paciencia y confiar en que la policía lo encontrara más adelante. Jesús le agradeció mucho la información y colgó. Observando el techo de su casa, ensimismado, recordó que en varios de los poemas se hacía alusión a una mujer negra, una mulata que era una especie de deidad protectora del descenso, cuyos ritos se utilizaban para abrir las puertas del infierno.

Tu piel es
el llamado de la oscuridad
un viaje sin retorno
al corazón de tribus sangrientas.

Y se preguntó, entonces, si su estudiante conocía a esa mujer desde Bogotá y si se había ido detrás de ella en un gesto de locura pasional, o si por el contrario la había conocido en Quibdó y se le había acercado precisamente porque le confirmaba sus inclinaciones y sus deseos más secretos. En el fondo, solucionar esa pregunta era irrelevante. Lo que sí tenía claro era que no sólo se trataba de un viaje apasionado en busca de una mujer, o de un amor que había nacido durante una fuga cualquiera, sino que Fabio había decidido irse para el Chocó porque necesitaba seguir reuniendo información para la tesis, información directa, de primera mano, confiable, que los jurados no pudieran destruir con sus sarcasmos y sus maledicencias cientificistas. Eso significaba que el joven continuaba pensando en su trabajo, que no había abandonado la investigación y que su desaparición era una escapada para tomar aire y, al mismo tiempo, un viaje programado a una zona específica para entrevistar testigos y rastrear pistas.

Le dio tanta alegría confirmar que su alumno estaba luchando por unos ideales que, quizá algún día y sin que él se lo propusiera, le labrarían un prestigio ilimitado en el mundo de la antropología, que sin pensarlo, de manera automática, empezó a empacar en un viejo morral los mapas de la tesis, dos mudas de ropa, un jabón, un cepillo y una crema de dientes, le escribió una nota escueta a Cristina explicándole la situación y diciéndole que tenía que encontrar a su estudiante a partir de las pistas que la policía había hallado, y salió para el aeropuerto a coger una avioneta hacia Quibdó.

Cuando llegó, telefoneó a Cristina y le dijo que acababa de llegar bien, que no se preocupara, que si llamaba la madre de Fabio no le fuera a decir dónde estaba ni por qué. Prometió mantenerla informada y, sintiéndose cansado y con los ojos a punto de cerrársele, alquiló una habitación en el Hotel Ibargüen y se acostó a dormir sin probar bocado.

Al día siguiente, Jesús decidió presentarse en el casino en las horas de la noche. Durante la tarde se cortó un poco el cabello y la barba para que no fueran a prohibirle la entrada al establecimiento, eligió el mejor pantalón de los dos que había llevado y tomó una ducha, se cepilló los dientes y se echó en el cuello y el pecho los últimos rastros de un agua de colonia que el inquilino anterior había dejado olvidada sobre la tapa del inodoro. La ropa le quedaba un poco grande (había bajado varios kilos de peso), pero, caminando con cierta soltura a través del tráfico comercial de una ciudad enclavada en medio de una naturaleza agreste, le daba un aspecto de hombre de mundo, solvente, experimentado, maduro, con la barba y el cabello plateados. Conforme con la imagen que veía reflejada en las vitrinas de los almacenes y las peluquerías, recorrió las calles a pie y fue preguntando por el casino hasta que se encontró justo frente a la entrada.

Un guardia de seguridad le advirtió:

—Tengo que requisarlo, señor.

—Sí, cómo no.

El tipo, que parecía un boxeador negro de peso pesado, lo cacheó desde las axilas hasta los tobillos, y luego, con la voz impostada, como si fuera un actor practicando su papel en lugares públicos, le ordenó:

—Su documento de identidad.

Jesús mostró su vieja cédula de ciudadanía sin protestar, y echó un vistazo al lugar a ver si tenía la suerte de encontrar a la mulata en alguna de las mesas.

—Siga, señor —le dijo el gorila haciéndose a un lado para dejarlo pasar.

La imagen que se había hecho de lo que era un casino se desvaneció por completo apenas traspuso la puerta y contempló a los muchachos de los barrios vecinos jugando en las máquinas tragamonedas, a los pensionados y desempleados del centro de la ciudad sentados frente a las mesas de *blackjack* o de ruleta, y a los despistados y ociosos personajes que, al fondo, en un salón aparte, jugaban bingo con sus cartones y sus fichas en la mano, escapando quizá de los horrores de una vida doméstica tediosa y exasperante. Cuatro ventiladores refrescaban el lugar desde el techo y bajaban esa temperatura tropical que poco a poco va adormeciendo al recién llegado. Se hizo en la mesa de ruleta y se dio cuenta de que era el sujeto mejor vestido y el único de raza blanca. Había sido una pérdida de tiempo tomarse semejante trabajo para nada, pues con la pinta que tenía de vagabundo habría entrado igual. A su lado, nervioso, tenso, un hombre gordo y de apariencia simpática, moreno y con una calvicie que le daba un aspecto de cuarentón bien conservado cuando en realidad era un hombre de treinta o treinta y dos años escasos, monologaba en voz alta sobre los avatares de los últimos minutos en la mesa. Poco a poco, concentrándose en lo que estaba sucediendo en el juego, Jesús comprendió que el hombre venía apostando a un mismo número (el ocho) y que había perdido una apuesta tras otra porque la bola se negaba a caer en esa casilla. El acento del hombre lo delató rápidamente como un comerciante de los pueblos antioqueños del norte, adicto al juego de la ruleta. En una esquina de la mesa, llena de joyas y peinada con elegancia, estaba su madre como una diosa negra presidiendo la buena o mala suerte de los jugadores. Él la recriminaba por haberle recomendado un número que iba a ser su derrota segura. Ella, sin perder la compostura, con los brazos cruzados en el pecho, se mantuvo firme en su profecía:

—Sigue fijo en ese número. Ahí está tu fortuna.

Lo que sorprendía, se dijo Jesús, no era sólo la terquedad de la madre y del hijo, y su forma mágica de concebir el juego, sino las cifras apostadas. Las fichas colocadas unas sobre otras indicaban varios miles de pesos en cada jugada. A Jesús le pareció admirable esa actitud: todo al mismo número, con fe, sin dividir las fuerzas aquí y allá. Porque aunque el hombre tuviera momentos de duda y se quejara por los malos consejos de su madre, no se atrevía sin embargo a cambiar de número y volvía en cada jugada a poner su respectiva torre de fichas en el ocho negro. «Así debería vivir uno: o todo o nada, sin puntos medios», pensó Jesús. De repente, mientras él sacaba conclusiones mentalmente de la manera como jugaban los dos ludópatas, un griterío general lo regresó a la realidad: la ficha había caído en el ocho negro. Los espectadores y los otros jugadores de la mesa aplaudieron. El comerciante se abalanzó sobre su madre y la abrazó emocionado.

—¡No joda, vieja, tú nunca fallas! —le dijo cariñosamente.

—¡Te lo dije, mi amor, debes tener más confianza en tu mamá! —contestó ella acariciando con la mano derecha un crucifijo de oro que llevaba colgado al cuello.

—Y ahora, ¿cambio de número? —preguntó él con entonación infantil, como si fuera un niño perdido en una gran ciudad y estuviera necesitando la ayuda de un adulto responsable.

—Quédate quieto, no te muevas —fue la sentencia de ella, que miraba con regocijo cómo la mesa le pagaba a su hijo su descomunal apuesta.

Y eso era lo más impresionante: que todo lo perdido se recuperaba con creces en el instante del triunfo, cuando la suerte decidía premiar a aquel fanático que había establecido una extraña relación entre su madre, él, el número ocho y el destino económico de ambos. Volvió a apostar su acostumbrada columna de fichas y, contra todo pronóstico, la bola volvió a caer en el ocho negro. La gente gritó, aplaudió y se atrevió a felicitar esta vez a la curiosa pareja con voces de aliento y palmadas en la espalda.

Jesús dejó atrás la algarabía de la mesa y cambió un poco de dinero para jugar en las máquinas tragamonedas y no despertar sospechas. No veía por ninguna parte a una mujer con las características que la madre de Fabio le había descrito. Tomó asiento y estaba jugando en una de las máquinas cuando escuchó desde atrás una voz femenina que le preguntó:

—¿Desea tomar algo, señor?

Se volteó y vio a una morena de ojos negros rasgados, con el cabello negro ensortijado y a la altura de los hombros, recogido atrás con una pañoleta de colores. El uniforme apretado le marcaba las curvas de un cuerpo firme y armonioso. Jesús le calculó un metro con setenta y ocho de estatura y veinticinco años de edad.

—Es cortesía de la casa, señor —dijo sonriente, con una amabilidad exagerada.

Jesús habría preferido sentir fastidio por Jarxiner de entrada, repugnancia, asco, deseos de venganza por el mal trato que seguramente le había dado a su discípulo chantajeándolo, explotándolo y aprovechándose de su juventud y su inexperiencia. Pero no pudo. En contra de todo lo que había imaginado, era una mujer dulce, plácida, que desplegaba a su alrededor una atmósfera de serenidad y dulzura que atraía enseguida a los que estaban a su lado. Además, como si esto fuera poco, tenía una sonrisa encantadora, un cuerpo escultural y una forma de comportarse que daban la impresión de estar frente a alguna representante de la realeza europea y no frente a una sencilla camarera de un casino de medio pelo.

—¿Qué es? —preguntó Jesús azorado, sin saber muy bien qué actitud debía asumir.

—Ron.

Ella le entregó un vaso y le dijo con la voz neutra, acostumbrada quizá a repetir esa misma frase un sinnúmero de veces al día:

—Que disfrute su juego, señor.

—¿Cómo te llamas? —alcanzó a preguntar Jesús antes de que ella se retirara.

—Jarxiner, señor.

—Muchas gracias, Jarxiner.

—No hay de qué.

Mientras ella caminaba hacia las mesas a atender a los demás clientes, Jesús se dio cuenta de que no parecía la exnovia de un universitario medio loco que estaba buscando una tribu desconocida. Había tal apacibilidad en su manera de ser, que el viejo no supo si aborrecerla por ello o admirarla. Se notaba que tenía un control de sí misma que no le permitía abandonarse a ciertos sentimientos como el despecho o el desconsuelo. La otra posibilidad era un tanto siniestra: que sencillamente su relación con Fabio habría sido para ella un episodio intrascendente y sin ningún valor, y que la tenía sin cuidado que el joven estuviera ahora quién sabe en qué caserío miserable río abajo.

Jesús volvió al casino casi todos los días durante las semanas siguientes. Se sentaba a observar a los demás jugadores, cambiaba algunos pesos por fichas para las máquinas tragamonedas, y en sus mejores días llegó incluso a apostar en la mesa de ruleta y salió a la calle con un saldo a su favor. Nada del otro mundo, claro está, porque al no apostar buenas sumas de dinero las ganancias eran escasas y apenas alcanzaban para pagar un par de almuerzos en restaurantes populares y para volver a jugar sin correr mayores riesgos. Y cuando perdía tampoco era gran cosa, pues la pobreza lo obligaba a ser prudente y a no sobrepasarse. Como es de suponer, el objetivo de las visitas al casino no era jugar, sino estar cerca de Jarxiner, observarla, calibrarla, y hacerse una idea de la influencia que habría podido ejercer sobre su alumno o, en el mejor de los casos, si continuaba en contacto con él y sabía dónde ubicarlo. Y cuando la veía bamboleando las caderas con la bandeja de licores en la mano, le llegaban a la cabeza las palabras de Fabio una y otra vez:

Sólo me interesan
las diosas negras
que se desplazan por la selva
como lobas en celo y al acecho.

Lo que más tenía abrumado a Jesús era que mientras más quería odiar a Jarxiner, despreciarla y hasta hacerla pagar por lo que suponía que le había hecho a su alumno, más atraído se sentía por ella, más le gustaba y más ganas tenía de volver a verla cuando salía al camellón que bordeaba el río y se iba a pie hasta su hotel pensando en qué diablos era lo que le estaba sucediendo. Era como si entre su voluntad y sus afectos hubiera una disociación macabra. Él se proponía un ejercicio de enemistad y de repugnancia hacia la mulata, pero a otro individuo que había dentro de su conciencia le parecía una mujer simpática y disfrutaba viéndola por entre las mesas sonriente, amable e incluso coqueta. En algún momento de ese proceso sintió miedo de sí mismo y decidió no presentarse más por los salones del casino. El efecto no pudo ser más contraproducente. Jarxiner se convirtió en una obsesión. Pensaba en ella de día y de noche, a todas horas; mientras caminaba por las calles del centro de Quibdó; cuando comía en los restaurantes populares donde ya los parroquianos, haciendo alarde de su jovialidad y su simpatía, lo saludaban como a un viejo amigo; al ir a acostarse en ese cuarto anónimo que ahora era su único refugio y en el tiempo interminable de unos largos insomnios que empezaron a destruirlo y a hacerlo andar en las mañanas como un zombi, embotado y como si tuviera que moverse en un mundo gelatinoso rodeado de tinieblas. El horror al sueño se debía a unas extrañas visiones que había empezado a tener cuando se dormía: en mágicos rituales que se cumplían en medio de la jungla, Jarxiner se acercaba a su alumno encadenado para extraerle el corazón con un cuchillo afilado y resplandeciente. Como si fuera un sacerdote azteca en la cúspide de una pirámide, la mujer se acercaba lentamente a su víctima, con el cuchillo en alto y los ojos elevados hacia el cielo en busca de la imagen de unos dioses invisibles. Jesús sabía que alrededor había una muchedumbre esperando expectante el instante del sacrificio, aunque en el sueño no pudiera ver ese público fantasmal que quizá se escondía detrás de la espesura de la selva. Fabio no intentaba defenderse, no lloraba y no suplicaba. Lo único que hacía era voltear la cabeza y decirle a él, su maestro, su padre adoptivo: «Ponte en mi lugar, por favor, no puedo más». Jesús se despertaba bañado en sudor, ahogado y con las manos y los brazos temblorosos. Entonces decidió volver al casino y buscar algún contacto con Jarxiner que le garantizara un diálogo con ella por fuera de sus horarios de trabajo.

Fingió un encuentro casual en una esquina donde ella solía tomar un microbús cuando terminaba su jornada de trabajo, a las diez de la noche. Jesús, con una torpeza que era producto de la inexperiencia en cuestiones de seducción y de conquista, le propuso enseguida que se tomaran un jugo o una gaseosa, y que conversaran un rato.

—Hoy no. Estoy rendida, lo siento —le contestó ella con una expresión de fatiga en el rostro y delante de las otras personas que también hacían fila para esperar la misma ruta.

—Sí, claro —dijo Jesús sintiéndose incómodo, avergonzado, como si hubiera cometido una falta grave.

La mujer lo miró con una sonrisa de indulgencia que le borró momentáneamente el cansancio de la cara, divirtiéndose en parte con el bochorno que era evidente en el comportamiento de Jesús, como si estuviera hablando con un niño travieso, y le aclaró:

—Hoy no, pero cualquier otro día sí.

—No quiero volver a molestarla —no la miraba a la cara, sino al piso, como un estudiante regañado en el patio central de un colegio.

—No me molesta para nada. Me encantaría.

—¿De verdad?

—Sí, se lo aseguro.

—Pues dígame usted cuándo le queda bien.

—Mañana entro a las dos de la tarde. Si quiere nos podemos tomar algo al mediodía.

—¿Almorzamos? —propuso Jesús recobrando la confianza en sí mismo.

—Sí, perfecto, dígame dónde.

—Aquí mismo puede ser. A las doce.

—Entonces nos vemos mañana aquí a las doce.

Ella le dio la mano y se subió a un microbús que anunciaba la ruta El Paraíso - El Bordón - Santa María, directo por la avenida Vasco Núñez de Balboa. Jesús se quedó parado en la acera unos segundos sin saber cómo reaccionar. Estaba perplejo ante sus propios sentimientos. Quería saltar de dicha, contarle a la gente por la calle que al día siguiente almorzaría con Jarxiner, correr, bailar, era una euforia desbordada y ridícula que jamás había sentido antes. Pero, por otro lado, una voz interna le recordaba que esa mujer había sido quizá la causa de que su discípulo se hundiera aún más en los infiernos de su propia desesperanza. Esa voz maléfica le susurraba al oído que ella había arrastrado a Fabio a sitios malolientes y peligrosos donde agentes del mal se habían encargado de engancharlo en el alcohol y cuyo objetivo era convertirlo en un despojo inservible, en una sombra que deambularía por las calles con el cerebro atormentado y el corazón roto, sólo para robarle la plata, para quitarle los ahorros con los que había viajado a cumplir una cita que tenía pendiente con su propia investigación. Porque si ya en Bogotá Fabio había mostrado tendencias alcohólicas y una curiosa atracción por sitios bajos y marginales, era de suponer que esas inclinaciones se manifestarían en cualquier parte y que una mujer astuta, que supiera manipularle sus vicios, lograría también hacerlo arrastrar por el fango de su vileza y podría dejarlo en la calle con facilidad. Otra vez las canciones de su estudiante brotaron enseguida en su memoria:

Los hijos de nadie
vagamos por la ciudad en trance,
amnésicos, catatónicos, perseguidos
por imágenes rotas que luego,
infructuosamente,
intentamos rearmar en nuestras cabezas
alucinadas, paranoicas y delirantes.

Mientras regresaba al hotel caminando por el camellón, Jesús se preguntó si se podía amar a una mujer, detestarla y temerla al mismo tiempo. Tenía que aceptar que la exnovia de su estudiante lo atraía poderosamente, de una manera irracional, maravillosa y desagradable. Cuando la tenía cerca se imaginaba acariciando esas caderas voluminosas y rotundas, esas nalgas firmes que parecían frutas frescas a punto de estallar dentro de la ropa apretada que solía usar tanto dentro como fuera del casino. Y la piel achocolatada de sus brazos, de su cuello y de su rostro, que brillaba con las luces de las lámparas y los reflectores, le recordaba esos muebles de ébano que refulgían tanto en los días soleados como en las noches de luna llena. Pero de una cosa sí estaba seguro: tenía que acudir a la cita, hablar con ella y observar de cerca su forma de ser y de actuar. Porque en el fondo guardaba la ilusión de que todos los prejuicios que se había hecho sobre ella estuvieran equivocados y que Jarxiner fuera una mujer de conducta intachable, honorable y dedicada a su trabajo. No quería juzgarla sin antes conocerla. ¿Qué había de malo en ello?

El encuentro con la mulata no pudo dejarlo más satisfecho. Habían almorzado en Ricuras del Pacífico, a una cuadra del casino. Ella había estado simpática, amable, dulce, risueña, pendiente de él todo el tiempo. Le sirvió agua, le echó las dos cucharaditas de azúcar en el café que él le indicó, le preguntó si quería compartir unas cocadas con ella, le contó a lo largo de la charla que estaba soltera, sin hijos, que se veía en problemas cada mes para llegar a los últimos días sin endeudarse, que vivía en el barrio Piraguas en un apartamento modesto en arriendo, que su sueño era entrar a estudiar al Sena cocina y volverse una chef reconocida entre la gente que se movía en el mundo de la hotelería y el turismo. No pudo ser más encantadora y agradable. Cuando salieron, le dio un abrazo largo y un beso en la mejilla, y le dijo: «Gracias por todo. Aquí está mi número. Llámame cuando quieras».

Jesús nunca había sentido una pasión devoradora y tenaz. El afecto que lo había unido alguna vez a Carlota no lo había obsesionado ni le había quitado la respiración. Había sido un sentimiento reposado y sin mayores altibajos. Esto era otra cosa, era un fuego ardiente que le quemaba las entrañas y el cerebro, como si llevara entre el estómago y debajo del cuero cabelludo antorchas encendidas a toda hora. Además, Jesús había pasado por esa época semanas enteras aislado de la humanidad, conviviendo en la más completa soledad con su culpa por no haber sido un mejor maestro y amigo para su discípulo, y arrastrando consigo una melancolía que no le permitía en ningún momento tener confianza en el futuro. Y ahora, sin planearlo, de repente, le había llegado un amor que lo hacía sonreír y que lo reintegraba de alguna manera a la comunidad de la que había sido expulsado, como si fuera un náufrago al que hubieran rescatado de una isla abandonada en mitad de un océano peligroso y de fuerte oleaje. En contra de su voluntad, Jarxiner se había transformado en un foco de luz que iluminaba las tinieblas deprimentes de su cotidianidad, y él se estaba acercando a esa luminiscencia con paso lento y tembloroso, con el corazón palpitante, lleno de fe pero también de miedo, expectante, como quien ingresa a una tumba llena de tesoros que resplandecen en la oscuridad y sabe que para salir de allí ileso debe pasar primero por una serie de trampas que lo aguardan para herirlo y, si es posible, liquidarlo. Eso era la mujer de ébano para Jesús: aventura, ilusión, riesgo, pánico, pero sobre todo ganas de volver a enfrentar los avatares, tanto negativos como positivos, que nos depara la vida.

Por esos días se comunicó con revistas de antropología y escribió algunos artículos para ellas. También se dedicó a visitar la biblioteca pública de Quibdó y rastreó diarios de viajeros que hubieran recorrido el Pacífico con el anhelo de encontrar las claves de los sitios donde pudiera estar el joven. Lo que le pagaron por los artículos le permitió a Jesús estar un poco más tranquilo en cuestiones de dinero, y el hecho de presentarse como un investigador que venía desde Bogotá a consultar datos de la cultura criolla para un libro le dio enseguida un aire de importancia intelectual que era fundamental para acercarse a Jarxiner. Porque de eso se trataba, de recoger los pedazos y de recomponer con ellos una vida de la que ella se sintiera satisfecha y orgullosa. Sin que se notaran, claro está, el pegamento y las costuras. No quería presentarse como un vago sin futuro, andando de aquí para allá sin un peso entre los bolsillos y detrás de las pistas de un estudiante taciturno y trastornado. Lo contrario, quería que ella se sorprendiera de su educación y de su buena posición laboral. Y aquí, desde el principio, entró Jesús en una contradicción inevitable: es posible presentarse ante una mujer adinerada como un individuo rebelde a quien las clases sociales y el prestigio económico ni le van ni le vienen. Eso, incluso, da un aire romántico que atrae a las muchachas ricas y que les permite, en parte, llevarles la contraria a unos padres autoritarios de los que ellas buscan liberarse a toda costa. Pero ante una mujer humilde la pobreza y la anarquía no son virtudes confiables. Lo que ellas necesitan es precisamente salir de la miseria en la que han estado atrapadas desde la infancia. Por eso Jesús tuvo que jugar un juego al que no estaba acostumbrado y que de joven había detestado: aparentar solvencia y buena clase social, cuando la verdad era que estaba en la cuerda floja de unos ahorros que iban menguando día a día y que lo convertían en un desempleado viejo y de poca monta. Sin embargo, siguió cortándose la barba y el bigote, mejoró el guardarropa y empezó a acicalarse todos los días y a cuidar de una presencia de la cual dependía para poder atraer a la camarera del casino.

En las primeras citas con Jarxiner procuró no pensar en Fabio. Se dijo a sí mismo que no iba a forzar la situación. Si ella decidía hablar de su pasado con él, comentar su relación, desahogarse, bien, la escucharía y averiguaría hasta el último detalle de lo que había pasado entre ella y su estudiante para tomar cartas en el asunto. Y si no le decía nada, perfecto, dejaría las cosas así y se acercaría a ella sin pliego de cargos y sin juicios pendientes. Al fin y al cabo quién diablos era él para andar condenando la vida de los otros. No se trataba de un crimen, sino de un joven viajando en pos de un sueño. Ella no lo había envenenado, ni le había enterrado un puñal en el estómago ni nada por el estilo. Y si él había bebido alcohol hasta convertirse en un beodo irredento, nadie lo había forzado a ello. Cada quien es dueño de lo que hace o deja de hacer. Y una cosa más: tampoco le pensaba decir que él, Jesús, era el profesor de Fabio y el director de la tesis con la que muy pronto se graduaría. Eso implicaría ensuciar la relación desde el comienzo y prevenirla contra él. Le diría que era un hombre viudo que vivía en la capital con su hija adolescente y con una hermana mayor que era una carga de la que no había podido desprenderse. Así justificaría sin problemas las llamadas que hacía a Cristina y la presencia de Carlota en la casa de Bogotá.

Como es obvio, Jesús estaba ya perdidamente enamorado. Y quiero subrayar que la expresión «perdidamente enamorado» se ajusta a lo que casi siempre sucede en estos casos: el sujeto enamorado se olvida de sí mismo, entra en una enajenación que lo hace perder el control de sus actos y empieza a descender los peldaños de lo que será su propia ruina. Por eso el enamoramiento era considerado en la antigüedad una enfermedad y como tal se le trataba.

En la medida en que Jesús avanzaba en su relación con la mulata, más se enamoraba de sus encantos. En las anotaciones de su diario explica que nunca en su vida había conocido la pasión por una mujer. De joven apenas había tenido tres novias y dos amantes mediocres y moralistas, que habían entrado a la cama llenas de reparos y de condiciones que lo intimidaron hasta el punto de escasamente tocarlas y hacerles el amor con prisa y sin disfrutarlo mucho. Jarxiner no formaba parte de las mojigatas ni de las que consideran el cuerpo un elemento sucio y pecaminoso. No, era otra clase de mujer: suave, felina, tierna, coqueta, voluptuosa, y lo hacía sentir como si él fuera el único hombre que ella hubiera conocido. Sus formas rotundas y bien delineadas solían visitarlo en sueños y la obsesión por ella llegó hasta el punto de excitarlo en los restaurantes donde se encontraban para almorzar o para comer, en las discotecas, en los mercados públicos o en la calle cuando caminaban cogidos de la mano. Jesús no supo cómo manejar ese amor que lo atropelló y lo dejó en el pavimento en estado agónico y balbuceando palabras de socorro.

El golpe de gracia, por supuesto, lo dio Jarxiner la primera noche que estuvieron juntos en un motel a la salida de Quibdó, en un recodo de la carretera que llamaban El Triángulo de las Bermudas porque allí todo el mundo se desaparecía de repente. Más por iniciativa de ella que de él (el miedo a ser rechazado lo hundía en una timidez compulsiva), tomaron un taxi y se dirigieron al Estadero Babilonia («Chucho, ¿sí quieres estar conmigo? ¿Sí te gusto?»), un motel con cuartos amplios y lujosos, tina en el baño, pista de baile privada y canales de películas pornográficas en televisores empotrados en las paredes que le daban al lugar un aire de lujo en el que Jesús se sintió un poco amedrentado. Ella, en cambio, encendió el televisor apenas entraron, buscó los canales de cine rojo con el control en la mano y puso en marcha los grifos de llenado de la tina. Era evidente que conocía el sitio y que había estado muchas veces en él. Este detalle, más que disgustarle a Jesús, lo hizo imaginar con cuántos hombres habría entrado al Babilonia, en qué circunstancias, diciéndoles qué cosas y comportándose de qué manera.

Pero todo desapareció de su cabeza cuando ella se desvistió y se quedó en ropa interior sobre la cama. La tanga roja en contraste con la piel morena de Jarxiner, metida atrás entre unas nalgas protuberantes que refulgían con la luz de las lámparas, lo dejó anonadado y respirando con dificultad.

—Ven, mi amor, parece que me tuvieras miedo —le dijo ella indicándole la cama con una mano.

Y Jesús se arrastró por el lecho como un animal siguiendo los llamados más primitivos del instinto. Se dejó llevar por laberintos donde su deseo, por primera vez, fue menor que la realidad: pasadizos llenos de besos, caricias, posiciones y frases lujuriosas que lo dejaron convencido de que el placer es la base de un bienestar tanto físico como psicológico. Se sintió ligero, aéreo, como si Jarxiner lo hubiera liberado de un lastre que, durante años, le habría impedido emprender el vuelo. Pensó que quienes no gozan con sus cuerpos viven amargados, tensos, insatisfechos, como si los hubieran castigado por una falta que no cometieron, y en consecuencia se la pasan señalando a los demás para juzgarlos, condenándolos, envidiándolos por cada segundo de un placer que a ellos, por un motivo o por el otro, les ha sido negado.

Cuando Jarxiner se quedó medio dormida a su lado, descansando boca abajo de una pasión que los había dejado extenuados, Jesús le pasó las manos lentamente por la espalda, la cintura y las nalgas, y en un instante de epifanía, como si acabara de descubrir una verdad irrefutable, comprendió que el mundo no era la manifestación de un Dios distante y engreído, sino que era, en su materia física, en su composición, en esencia, Dios mismo. Ese cabello ensortijado, esa espalda arqueada, ese culo dividido en dos colinas de músculos firmes y de piel tersa no eran las pruebas de una voluntad divina, sino la manifestación evidente y escandalosa de un Dios excesivamente generoso que había decidido encarnar en toda la creación. Por eso se recostó sobre el cuerpo de la mulata y se quedó dormido diciéndose en voz baja:

—He fornicado con Dios.

Las citas siguientes fueron la confirmación de un amor obsesivo que Jesús sentía como una fuerza descomunal que lo doblegaba hasta convertirlo en una marioneta, cuyos hilos secretos manejaba Jarxiner a su antojo. Empezó a pasarle dinero (los ahorros seguían bajando de manera peligrosa), la llamaba por teléfono todos los días, y los fines de semana se quedaba en el apartamento de la mulata desde el viernes hasta el lunes en la mañana. Ella nunca nombró a Fabio y por ningún lado había fotografías suyas o rastros que recordaran su presencia (una carta, una prenda de vestir). Eso tranquilizó a Jesús y lo hizo decirse que tal vez su alumno había malinterpretado una buena amistad, enamorándose de una mujer que no le había correspondido.

Un día le preguntó a ella desprevenidamente:

—¿Has tenido muchos novios?

—Más o menos —contestó Jarxiner levantando los hombros.

—¿Más o menos son cuántos?

—No sé, unos cuatro o cinco.

—¿Y por qué se terminaba la relación?

—Mil cosas, tú sabes cómo es eso. Se iban con otra, yo me cansaba o el amor se terminaba.

—¿Viviste con alguno?

—No, nunca.

—¿Te hablas con ellos todavía?

—Cuando las cosas se acaban es mejor ser tajante. No me gusta prolongar relaciones que ya sé que no van a funcionar.

Y así siguió tanteando el terreno, pisando con miedo a ver si de alguna parte surgía una pierna o un brazo de Fabio entre la maleza. Pero no, era imposible imaginar a esa mujer con un muchacho alcohólico de veintitrés años que acababa de dejar atrás una adolescencia conflictiva. Y mucho más difícil era concebirla a ella en el papel de mujer pervertida y viciosa que arrastra a sus víctimas hasta la locura o el suicidio. No la había visto fumarse ni un cigarrillo siquiera, y cuando bebían licor era prudente y no le gustaba emborracharse hasta perder el control. No, lo más seguro era que Fabio, en medio de sus alucinaciones alcohólicas, se había imaginado un amor con ella y lo había dado por hecho. Esa actitud era típica de un joven problemático que tiende a sublimar sus arrebatos sexuales. Por eso, en lugar de conquistarla y de amarla en el plano de lo real, había terminado haciendo literatura con ella.

En esta primera fase, Jarxiner cumplió el papel de novia entregada y diligente. Dividía su vida entre su trabajo y su relación con Jesús. Él la ayudaba con un dinero mensual, la invitaba a cine o a comer de vez en cuando, y también solía hacer el mercado los fines de semana que pasaba con ella (que eran casi todos). A la casa de Carlota y de Cristina no mandó un solo centavo durante esos meses, y en términos generales las cesantías, las primas ahorradas y los dos pesos que le entraban por los ocasionales artículos que publicaba, apenas le alcanzaban para sostener el vínculo protector que había creado con la mulata. Sin embargo, fue una época feliz en la que se sintió pleno gracias a la ternura y la energía que Jarxiner invertía en su afecto por él. Le regaló toda la potencia de su sensualidad, le cocinaba como si fuera su esposo, lo escuchaba, aprendía de él, los domingos le llevaba el desayuno a la cama y cuando tenía algún resfriado lo cuidaba, recordándole la hora a la que tenía que tomarse los medicamentos y sirviéndole dos o tres veces al día tazas llenas de agua de panela con limón y borojó. Jesús no había vivido jamás lo que era una relación de pareja y aprendió con ella la tolerancia, la dulzura, el deseo expresado sin censura de ninguna clase, la amistad e incluso el sacrificio, pues en más de una oportunidad le dio a Jarxiner el dinero que a él le hacía falta para pagar sus gastos cotidianos en el hotel.

Este era el lado positivo de la historia. Pero en la medida en que pasaban los meses, Jesús se dio cuenta de un efecto devastador que se estaba cumpliendo dentro de él: perdió por completo su independencia y le era imposible imaginarse su vida sin las conversaciones, los cuidados y los mimos de Jarxiner. El apego fue el comienzo del sufrimiento. A veces, por puro ejercicio, se veía a sí mismo sin ella, solo, tal y como había vivido la mayor parte de su vida en Bogotá, y un dolor profundo le cruzaba el alma y le hacía brotar lágrimas de los ojos. No quería volver a esa rutina estéril de ermitaño amargado, y lo peor era que ya se sentía viejo, en la recta final, y sabía que conseguirse de nuevo una mujer tan hermosa, inteligente y leal como Jarxiner era prácticamente imposible. Entonces, sin quererlo, sin ser consciente del error que estaba cometiendo, estrechó el cerco sobre ella y la fue arrinconando hasta asfixiarla con su presencia permanente. La llamaba por la mañana y al mediodía, la recogía en la noche a la salida del casino, la volvía a llamar una hora después para saber si había llegado bien, y de viernes a lunes vivía a su lado, sin dejarle un espacio libre para que descansara de él. Se volvió un guardián, una sombra que la perseguía día a día y de un sitio a otro por las calles de Quibdó. Del amor pasó a la adicción, a necesitar su presencia como si ella fuera una dosis de droga de la que no pudiera prescindir. Jesús se fue encarcelando en su objeto de deseo de una manera trágica, y cada vez que se acostaba con Jarxiner disfrutaba hasta el paroxismo, pero también se atormentaba ante la sola hipótesis de que ella pudiera abandonarlo o irse con otro. El cuerpo de la mulata era un paraíso y un infierno al mismo tiempo.

Un viernes en las horas de la noche, a la salida del casino, ella le dijo:

—Hoy no podemos irnos juntos, Chucho.

—¿Por qué?

—Mañana tengo cosas que hacer y no puedo estar contigo.

—¿Qué cosas?

—Cosas mías, de mujer.

—¿Y no puedes decirme?

—Es mi vida privada.

—Es la primera vez que me dices algo así.

—Yo te llamo el domingo y nos vemos para almorzar.

—Estás muy misteriosa.

—No me presiones.

—No te estoy diciendo nada, sólo que estás actuando en una forma que no comprendo.

Esa fue la primera manifestación externa de una distancia interna que Jarxiner comenzó a imponer entre ella y él. Fue una retirada lenta y elegante, en la que no hubo discusiones ni explicaciones inútiles. Sencillamente la mujer de ébano dio dos pasos atrás y se quedó en la penumbra de una vida secreta de la que no quiso transmitir la más mínima información.

Jesús, por su parte, perdió el apetito, leía los libros de la biblioteca a medias, sin entender un solo renglón, y caminaba por las calles de Quibdó cabizbajo y distraído, sin percibir los autos, la infinidad de motocicletas y a los demás transeúntes. El solo hecho de poder perder a Jarxiner lo aterrorizaba y le producía mareos y ganas de vomitar. Y entonces vino lo peor: los celos. Desde que se levantaba hasta que se acostaba su cerebro generaba imágenes crueles de ella besándose con otros hombres, acariciándolos y entrando con ellos en moteles donde la aguardaban noches de placer intensas y licenciosas. Muchas veces tuvo que detenerse en un rincón para tomar aire, levantar la cabeza y reconocer el lugar en donde estaba. Su obsesión llegó hasta el punto de detectar posibles infidelidades en conversaciones anodinas que de pronto llegaban a sus oídos. Una tarde, sentado en una pequeña y pobretona sala de espera que tenía el hotel donde se hospedaba desde el primer día, escuchó a uno de los conserjes que cerraba una conversación telefónica en un tono íntimo y confidencial:

—Sí, negrita, tú también me haces mucha falta... ¿Sí?... Qué rico... Entonces te recojo esta noche donde dijimos... Bueno, mi amor, chao, nos vemos...

Jesús se levantó de su asiento y enfrentó al hombre:

—¿Con quién hablaba?

—No sabía que me estaban vigilando —dijo el hombre bromeando mientras recogía unos cuadernos de contabilidad antes de salir a la calle.

—¿Quién es la mujer con la que hablaba? —la voz de Jesús se transformó en una amenaza.

—Tranquilo, tranquilo, ¿qué es lo que está pasando? —el conserje lo miró asombrado pero serio, sin tomarle el pelo, consciente de que le estaba pasando algo grave a ese huésped que siempre andaba por ahí como un alma en pena.

—Quiero el nombre de esa mujer.

—Qué pena con usted, don Jesús, pero no es de su incumbencia.

—Yo decido si lo es o no. Dígame el nombre ya si no quiere tener problemas conmigo.

—Es una amiga, hombre. Nos acabamos de conocer.

—¿Cómo se llama?

El rostro de Jesús estaba descompuesto, como si se encontrara enfermo o a punto de un ataque de nervios. El otro decidió darle el nombre para que se tranquilizara:

—Matilde Hernández.

—¿Qué hace ella?

—Es enfermera, hombre. Nos acabamos de conocer. Trabaja aquí en la Cruz Roja de Quibdó.

—¿Es negra?

—Es trigueña, de Cali —dijo el hombre suspirando—. Le digo así por cariño. El negro soy yo.

Jesús se relajó, tomó aire y lo exhaló lentamente, como si estuviera practicando ejercicios de respiración.

—Lo siento mucho, fue un malentendido —afirmó confuso, se dio la vuelta, agarró de afán dos o tres libros que había sacado de la biblioteca y salió del hotel con prisa, como si alguien estuviera persiguiéndolo.

En otra ocasión, Jarxiner saludó a un individuo en una cafetería a la que habían entrado a tomarse una gaseosa. De inmediato Jesús le preguntó:

—¿Quién es ese tipo?

—Un amigo.

—¿Dónde lo conociste?

—En el casino. Conozco a mucha gente por mi trabajo.

—¿Tuviste algo con él?

—Saludar a alguien no significa acostarse con esa persona —la voz de la mulata era dura, fría, como si estuviera conteniendo una explosión de ira.

—Te miró en una forma extraña.

—Ya, córtala, no más.

—¿Saliste alguna vez con él?

—¿Qué es lo que te está pasando?

—Eso pregunto yo: ¿qué te está pasando? Últimamente no quieres estar conmigo, me eludes, no me cuentas nada de tu vida ni de tus tales amigos ni de tu trabajo. Es como si yo te molestara, como si quisieras separarte de mí pero no te atrevieras a decírmelo.

—No sé de qué estás hablando. A veces tengo cosas que hacer, eso es todo, y tú quieres estar a cada rato conmigo, siempre, y tienes que entender que yo necesito mi propio espacio. Estoy cansada de tu vigilancia, de tus preguntas, de tu acosamiento, de que me trates como si yo fuera una delincuente. Te la pasas desconfiando de mí. Cómo crees que me siento, ¿ah?

Imaginarla gozando en brazos de otro hombre era una tortura permanente para Jesús. Las formas perfectas del cuerpo de Jarxiner dejaron de ser un motivo de alegría y se transformaron en el motor de un horror psíquico que lo perseguía a todas partes. No podía aceptar que otro hombre pusiera sus manos en los senos o en las caderas de la mujer de ébano. La sola imagen lo angustiaba y le hacía sudar las manos y la nuca. De esta manera, su perturbación evolucionó hacia el delirio y lo volvió un individuo paranoico, resentido, que vivía en una burbuja creada por las fantasías extravagantes de unos celos patológicos. La innumerable cantidad de hombres con la que ella tenía que tratar a diario tomó el rostro de una multitud de enemigos que lo único que quería era hacerle daño y destruirlo.

El comienzo del fin fue una pequeña conversación que tuvieron en el apartamento que la mulata había arrendado en Piraguas. Estaban preparando la comida y Jesús preguntó:

—¿Puedo hacerte una pregunta personal?

—No vayas a comenzar, por favor.

—Pero necesito que me respondas con la verdad.

—Otra vez no, Chucho, te lo ruego.

—Sólo respóndeme con la verdad y ya está. Lo único que te pido es que seas sincera conmigo. Completamente.

—Yo no te he mentido hasta ahora.

—Entonces háblame con total honestidad esta vez.

—No te vayas a inventar cosas que no son.

Jesús guardó silencio por unos segundos y luego preguntó con una cierta solemnidad:

—¿Quieres terminar esta relación?

—No seas bobo.

—Creo que estás cansada y que quieres separarte de mí.

—Yo sabía que ibas a repetirme lo mismo.

—No has respondido.

—No tengo por qué.

—Sí, sí tienes por qué. Yo merezco respeto —por primera vez la actitud de Jesús fue agresiva y golpeó con el puño cerrado la tabla sobre la cual estaba cortando una cebolla—. No me trates como si fuera un imbécil. ¿Tú crees que yo no me doy cuenta de nada? Dime ya de una vez quién es el otro tipo y acabamos con esta serie de mentiras.

—Eres tú el que va a terminar con esto si sigues celándome y tratándome como si fuera una puta —dijo ella sin levantar la voz, sin perder la calma.

—Menos mal lo dijiste tú, no yo.

—¿Qué estás insinuando?

—Lo insinuaste tú.

—¿Me estás diciendo que soy una puta?

—La frase fue tuya, no mía.

—Vete de mi casa, Jesús, no quiero volver a verte —el tono siguió siendo el mismo, reposado, controlado.

—¿Me estás echando?

—Sí, vete, no quiero que vuelvas.

—¿Estás hablando en serio?

—Ya me oíste, vete, no me vuelvas a llamar ni te aparezcas por aquí.

—Negra...

—Coge tu ropa y tus cosas y vete, por favor. No quiero tener que repetirlo.

—Pero es que...

—O te vas tú o me voy yo.

Jesús no tuvo otra opción y recogió sus utensilios de aseo personal, dos o tres prendas de vestir, y salió a la calle sin decir nada para no agravar el mal genio de ella. Afuera se quedó escuchando la música de cantos y tambores de Benigna Solís, que alegraba la cuadra desde algún equipo de sonido que uno de los vecinos había encendido a todo volumen. Lo curioso es que creyó que era una pelea como las que tenían todas las parejas y no alcanzó a vislumbrar la catástrofe que se le estaba viniendo encima, porque la mulata se negó en los días siguientes a hablar con él, a ponerse una cita para arreglar la situación o a recibirlo en su casa para solucionar lo que Jesús llamaba «un malentendido». Fue inflexible y dio por terminada la relación de una sola vez.

Como es de suponer, Jesús se hundió en la desesperación. Volvió a su vida de vagabundo callejero y descuidó por completo su presencia y su alimentación. Se bañaba de vez en cuando, su ropa se veía sucia y sin planchar, y la barba descuidada le daba un aspecto de indigente sin familia y sin hogar.

Lo peor fue que un insomnio recurrente le fue minando las fuerzas y la lucidez hasta dejarlo como un enajenado, con la piel amarilla y la mirada perdida en el vacío.

Una noche no pudo más y decidió esconderse a pocos metros del apartamento de Jarxiner y esperarla. Estaba preparado para verla llegar a pie, con la chaqueta bien cerrada y el bolso colgándole del hombro izquierdo, pero la sorpresa fue máxima cuando la vio descender de un carro, sonriente y mandándole besos con la mano a un hombre joven que esperaba detrás del timón a que ella entrara en la casa para poder partir. Jesús sintió que las piernas no lo sostenían y se recostó en el árbol detrás del cual se había ocultado para espiar la llegada de la mulata. El carro arrancó y él se arrodilló con la cabeza metida entre las manos y la espalda recostada en el tronco de un pino frondoso, cuyas raíces levantaban el cemento de la acera. Después de llorar unos minutos y de sentir que se iba a desmayar, imaginó a Jarxiner como una diosa nefasta e incomprensible, y le llegaron a la cabeza las palabras de su discípulo:

Lo terrible es descubrir que las deidades primitivas
promueven entre sus feligreses
virtudes sangrientas y caníbales
que los acercan aún más al salvajismo.
Sus reglas no son nuestras reglas
y su horror está muy lejos del nuestro.

Entonces sintió que aún había unas frases por decir y timbró en la casa de la mujer de ébano. Ella abrió la puerta y apenas lo vio empezó a hablar con repulsión:

—Ya te expliqué de mil maneras que...

—No vengo a pedirte nada —la interrumpió Jesús—. Sólo quería decirte frente a frente que Fabio es mi alumno en la universidad, que es casi como un hijo para mí, y que ahora entiendo lo que hiciste con él. Me enamoré de ti en contra de mi voluntad. Sólo espero que él me perdone, esté donde esté —se limpió con el dorso de la mano dos hilos que corrían por sus mejillas—. No tienes ni idea del talento de ese joven ni de su jerarquía intelectual. En cuanto a ti, sólo te pido que si sabes su paradero me digas dónde puedo encontrarlo. El resto, es decir, lo que hiciste con él y conmigo, lo dejo a tu conciencia.

La mulata suspiró, bajó la mirada y, en un tono de voz apenas audible, masculló:

—Dijo que bajaría por el río San Juan hasta Bebedó. Se la pasaba hablando de una tribu misteriosa. No sé nada más. Locos como ustedes dos no le traen nada bueno a ninguna mujer.

Jesús se dio la vuelta y se perdió en la oscuridad de los callejones de Piraguas. Jarxiner no supo qué más decir y se quedó parada en el umbral, con el picaporte de la puerta en la mano. Así la recordaría Jesús más tarde, atónita bajo los reflejos de unas bombillas baratas, con los ojos bien abiertos y parada justo en la línea que dividía el afuera oscuro de la calle del adentro medio iluminado de su precaria residencia. «Entre la culpa futura y la culpa que la precedía», escribiría el viejo más adelante en su diario, intentando buscar una comparación con esa imagen que la representaba a medio camino entre el claroscuro y las tinieblas.

A partir de ese momento hubo un quiebre en la mentalidad de Jesús y el desenlace fue vertiginoso. Decidió emprender un viaje que lo alejara de la extraña pasión que había sentido por Jarxiner, y le dijo a su hija en una llamada rápida que se iba en busca de su discípulo y de la tribu de los hombres invisibles, que estaba harto de sí mismo y de los demás, y que pensaba quedarse a vivir en la selva chocoana medio desnudo, descalzo y alimentándose de la pesca, la caza y la recolección, como en los albores de la humanidad. Ella no le hizo mucho caso pero, en efecto, al día siguiente Jesús sacó la última plata que le quedaba en su cuenta de ahorros, metió un pantalón y dos camisas en el viejo morral que había llevado, el cepillo y la crema de dientes, un pequeño libro de poemas de Álvaro Mutis, *Los elementos del desastre*, dos pares de medias y dos calzoncillos, y en el embarcadero tomó una lancha que lo llevaría hasta Bagadó, de allí abordaría un bus cuyo destino era la plaza central de Tadó y finalmente bajaría por el río San Juan hasta Bebedó. Lo raro de este viaje fue que el insomnio no le dio un solo minuto de tregua, y como consecuencia de no haber dormido durante varios días, mientras descendía por el río San Juan, metido entre otros pasajeros que llevaban víveres y gasolina para sus respectivas viviendas, Jesús sufrió un ataque de esquizofrenia. El cielo se abrió y él oyó la voz de Fabio que le decía: «Padre, padre, en tus manos encomiendo mi espíritu». Apenas llegaron al puerto de Las Ánimas lo hospitalizaron y las monjas de La Presentación le brindaron las atenciones necesarias. Ya Jesús había presentado antes, de joven, una predisposición a la locura, pero esta vez, cuando obtuvo alguna mejoría y se dio cuenta de que estaba en el hospital de un pueblo perdido entre la selva, tuvo la sensación de haber atravesado un punto de no retorno. Aunque hubiera querido regresar a retomar las riendas de su antigua vida en Bogotá, sus nuevas condiciones mentales, más cercanas al delirio que a la lucidez, se lo habrían impedido. Era como si acabara de ingresar en un túnel oscuro y supiera que tenía que avanzar, que era preciso perderse cada vez más en las tinieblas de esa oquedad que no tenía salida. Las monjas le dieron somníferos para obligarlo a descansar, pero aun así Jesús se despertaba a la madrugada y anotaba en su diario párrafos como éste:

Todo el mundo tiene la certeza de que es alguien, las personas se miran en el espejo y se reconocen, saben que se llaman de alguna manera y que esa cara que ven reflejada frente a ellos se corresponde con un nombre, un apellido y una determinada biografía. Yo no. Yo tengo la impresión de que soy pura materia pasajera, una cosa que anda por ahí extraviada, una masa viva que no logra identificarse consigo misma, células y órganos que respiran y se alimentan y elimi-

nan desechos sin entender la razón de todo ello. El humanismo es la gran demostración de una cultura ególatra que se otorga derechos que no le corresponden. No somos más que los protozoarios, los peces o los insectos. Incluso, en la mayoría de los casos, somos menos. Cuando uno ha adquirido conciencia de su poquedad, de su pequeñez infinitesimal, el yo desaparece y uno se mueve por el mundo como si fuera una brizna de polvo y todo diera igual. Entonces, si yo no soy nada, ¿qué sentido tiene que haga algo o deje de hacerlo?

Ese era el estado mental en el que permanentemente vivía Jesús en el hospital de Las Ánimas. No quiso decir quién era, no habló de su reciente pasado con la mulata en Quibdó, ni de la búsqueda de su estudiante desaparecido, ni de esos indígenas que debían de estar en algún rincón de la selva masticando cáscaras de frutos salvajes. Nada. Se metió en sí mismo y se dedicó a caminar por los pasillos del hospital con absoluta tranquilidad, como si en lugar de ser un enfermo mental grave fuera más bien un turista adinerado recorriendo las instalaciones de un hotel de cinco estrellas. Hasta que el aburrimiento lo exasperó y decidió fugarse y continuar su camino hacia Bebedó.

Una noche robó de la alacena del hospital una bolsa de pan, un queso pequeño y unas latas de fríjoles, saltó por la ventana, atravesó los jardines que las monjas cuidaban con tanto esmero y alcanzó la carretera principal, que conducía al embarcadero. El movimiento nocturno a lo largo del río no era tan activo como en el día, pero sin embargo consiguió cupo en una lancha que estaba a punto de salir para Bebedó con una carga de plátano y varios galones de gasolina. Bajó por el río disfrutando de la frescura de la noche, de las luces intermitentes que ocasionalmente aparecían cerca de las orillas y de un cielo estrellado cuya magnificencia contrastaba con la penumbra cerrada de la selva. La gente con la que se iba tropezando en el camino intentaba entablar con él alguna conversación, pero Jesús cortaba todo intento de acercamiento con monosílabos secos y miradas huidizas que no permitían ningún diálogo fluido. Sólo quería perderse cada vez más en esa oscuridad majestuosa que por momentos le recordaba la piel de Jarxiner, esos músculos eclipsados y tensos, como si el cuerpo de la mulata se hubiera convertido ahora en la opacidad de una naturaleza agreste por la que él navegaba con la conciencia de que ya jamás podría echar hacia atrás.

Unas horas más tarde desembarcó en Bebedó y buscó una caseta donde le vendieran una taza de café. Amanecía y los campesinos de los alrededores llegaban con sus bultos de yuca o de plátano, buscando una canoa o una chalupa para transportar sus cargamentos a pueblos vecinos donde podían venderlos a mejores precios. Jesús sacó un pedazo de pan y otro de queso, y desayunó con un café oscuro endulzado con panela. Luego caminó por una calle central donde los charcos y los lodazales evidenciaban lloviznas recientes, y les preguntó a unos muchachos que iban para la escuela si había algún hotel en el pueblo.

—La casa de Antonia. Ahí derecho, al final de la calle y a la izquierda —le dijo uno de ellos con una sonrisa.

Antonia era una negra de un metro con ochenta y cien kilos de peso, siempre sonriente y amable, pero que hacía respetar las reglas de su casa con una voz gruesa que le daba un aire agresivo y militar que intimidaba a cualquiera. El día costaba diez mil pesos que se pagaban a las ocho de la mañana, no estaba permitido entrar visitantes a los cuartos, cada uno de los tres inquilinos tenía derecho a quince minutos de baño en la mañana, no se podía beber licor en las habitaciones, de domingo a jueves la puerta se cerraba a las diez de la noche, y los viernes y los sábados a las dos de la madrugada. Al que no le gustaran esas reglas, bien podía irse para otra parte. Jesús no tuvo ningún inconveniente con ella. El dinero que aún le quedaba, y que nadie le tocó mientras permaneció hospitalizado en Las Ánimas, le alcanzaba todavía para un par de semanas más, así que lo que hizo fue aprovechar el tiempo para preguntar por Fabio (a quien habían visto de paso, con un morral al hombro, viajando solo por el río hacia el sur), revisar los mapas una y otra vez, y consignó en su diario lo que era el acontecer de esa nueva vida que no dejaba de atemorizarlo, pues no terminaba de acostumbrarse a esa sensación de que estaba metido en un tobogán que lo lanzaba cada vez con mayor fuerza hacia la selva. Por esos días empezó a imaginar que Jarxiner lo necesitaba, escuchaba su voz en sueños que le decía «Chucho, por favor, no me dejes sola y regresa», y aun recién despierto, en estado de duermevela, continuaba oyendo esa voz que era como una súplica que le taladraba el cerebro. La obsesión empeoraba cuando en los sueños aparecía el cuerpo de la mujer de ébano, sus caricias, sus insinuaciones sexuales y sus poses atrevidas que le recordaban a Jesús los poderosos instantes de placer que había vivido con ella, y entonces, con el corazón a punto de salírsele del pecho, con la frente y las sienes bañadas en sudor, gimiendo como un animal herido y con las manos en el estómago, aguantaba en posición fetal esos ataques de ansiedad física, esos deseos inconmensurables de tenerla cerca, de tocarla, de verla a los ojos, de oír su voz, y como un drogadicto que se somete a una terapia de encierro para superar su adicción, se quedaba así en un rincón de la cama hasta que la fatiga lo doblegaba y finalmente podía volver a dormirse. Fueron días llenos de espanto en los que conoció la fragilidad, la angustia y el horror de saberse un ser dependiente, sin dignidad y sin respeto por sí mismo. Recuerdo que cuando leí esas páginas tan dolorosas no pude dejar de pensar en mi propia experiencia, cuando la separación de mi esposa me había arrojado al alcohol y a una autodestrucción lenta pero eficiente. Sin embargo, a diferencia de la mayoría de las personas que pasan la prueba, Jesús estaba muy débil, ya con síntomas de brotes psicóticos, y un buen día su cabeza no soportó la presión y estalló en mil pedazos: en lugar de la voz de la mulata que lo llamaba en un tono tierno y meloso, el viejo antropólogo escuchó la voz de su discípulo que le decía: «Estoy con los hombres invisibles. Este es su verdadero lugar, maestro. Lo esperamos». Así que agarró su morral y sencillamente se internó en la selva por un camino por el que transitaban los campesinos y los colonos de la región para dirigirse a San Miguel. De ahí en adelante se sabe lo que le sucedió por algunos testimonios desperdigados. Parece que vagabundeó de finca en finca hasta meterse en unos manglares en los que sobrevivió gracias a las latas de fríjoles que había cargado en su mochila desde Las Ánimas, que durmió a la intemperie sobre troncos de árboles y que cuando lo recogieron unos pescadores estaba con el cuerpo invadido de picaduras de insectos, con los ojos inflamados, con los pómulos rojos e hinchados, y que babeaba y no podía hablar con claridad. Lo condujeron hasta el hospital de Las Ánimas y de allí las monjas lo remitieron a Quibdó, al hotel donde había vivido durante meses y donde estaban sus datos y los de su familia.

En las últimas páginas de su narración confiesa que el resto lo supo por terceros: el dueño del hotel llamó a Bogotá y Cristina tuvo que ir por él. Lo internaron en la Clínica Montserrat con un diagnóstico confuso (esquizofrenia, brotes psicóticos, estados maníacos). Los sedantes y los antipsicóticos le regresaron las horas de sueño y lo obligaron a descansar, pero le atrofiaron definitivamente otras zonas de su cerebro que estaban intactas. Los párrafos finales son la confesión desgarradora de un paciente psiquiátrico que ve a los doctores experimentando con él y destrozándole los pedazos de una identidad descompuesta por el sufrimiento y la soledad. Recuerdo que se despedía diciendo:

No puedo escribir más. No sé quién soy. No sé si todo esto lo he vivido o lo he imaginado. Mi cabeza es un cúmulo de recuerdos rotos. No tengo certezas acerca de mi pasado, el presente me parece una ilu-

sión que no termina de convencerme y el futuro estoy seguro de que me ha sido negado. Soy un hombre haciendo equilibrio en el vacío, sin nada que lo sustente. Y tengo la impresión de que de aquí en adelante me esperan las bromas amargas de un Dios ebrio e irresponsable.

CAPÍTULO V

¿Hacia dónde me conduces?

La historia de Jesús me impactó y en un primer momento me entristeció y me dejó con una impresión de amargura general. Esa confesión final desde la clínica psiquiátrica me recordaba, por supuesto, los múltiples tratamientos de mi madre y el ambiente deprimente que se respira durante las visitas a los pacientes. Luego de leer esas páginas tuve la sensación de que Jesús se había extraviado en su propia vida, había ido dando tumbos de un lado para el otro sin comprender lo que le estaba sucediendo ni cómo podía, quizá, retomar la brújula y orientarse de nuevo. Además, su comportamiento había sido muy extravagante: la pasión por la mulata lo había enajenado hasta el punto de hacerlo olvidarse de la desaparición de su alumno, y cuando descubrió que ella era una aventurera amorosa, no investigó el vínculo malsano que había existido entre ella y Fabio, no comprobó nada, no preguntó siquiera si era verdad que habían mantenido una estrecha e insana relación. Estaba tan acabado por el insomnio y por el dolor que le causaban los celos que, pensándolo bien, era muy posible que ya desde ese instante Jesús hubiera perdido el sentido de la realidad. Se movió por impulsos, por intuiciones, por golpes que le iba propinando la inmediatez, pero no pudo pensar, no reflexionó, no concibió una sola idea sensata en todo ese tiempo. Una línea marginal de gran potencia lo había expulsado más allá de los límites conocidos y lo había arrojado a un mundo desolado que sólo funcionaba para él y para nadie más. Incluso su viaje a Quibdó, más que el deseo auténtico de investigar sobre un mito (el de la tribu de los hombres invisibles), parecía una fuga desesperada para escapar de una vida urbana que ya no le llamaba la atención. Aun así, me seguía sintiendo atraído por su figura de enfermo mental incurable y por su pasado de hombre fracasado y sin redención alguna. No sé si esta atracción se debía a que yo mismo me sentía como un personaje que no había hecho nada significativo en la vida, pero creo que no, creo que se trataba de algo más profundo. Los hombres de éxito despiden un aire de importancia que siempre me ha parecido repulsivo, trivial, falso. En su gran mayoría son personas débiles y sumisas que nunca han tenido el coraje para rebelarse, para decir no, para elegir un camino independiente que no haya sido trazado por el sistema. Son existencias planas, chatas, rectilíneas. En cambio el perdedor es por lo general un individuo complejo, rebelde, sinuoso, que ha decidido alejarse del rebaño, y las demás ovejas no le perdonan esa actitud y tarde o temprano terminan atacándolo y haciéndole pagar muy caro su deseo de mantenerse al margen. En el fracasado hay una alta dosis de poesía que en el triunfador se transforma en mansedumbre y aburrimiento.

Así que, de una manera misteriosa que aún no sé cómo explicar, cuando terminé de leer el relato de Jesús pasé de la amargura inicial a la admiración y al deseo de irme detrás de sus pasos absurdos y sin sentido. Así como lo oyen. Suena descabellado, lo sé, casi inverosímil, pero a mi alrededor todo era desolación e infortunio. Mi trágica separación, la desastrosa muerte de mis padres, mi fracaso total en una profesión que amaba pero en la cual era imposible sobresalir sin antes negociar ciertos pudores y, para rematar, la ausencia de un afecto real que me retuviera, me confirmaron que la vida de Gerardo Montenegro estaba liquidada, que lo mejor era dejarla atrás e iniciar otra en un paraje que no tuviera nada que ver con el que había marcado al funesto personaje. Y qué mejor pretexto para comenzar un viaje que irme en busca de la tribu de los hombres invisibles. Como es de suponer, me importaba un cuerno si la tal tribu existía o no, lo importante era inventarse un objetivo, cualquiera, el que fuera, e irme detrás de él. Es más, si no existía esa comunidad de indígenas alejada de la maledicencia occidental (como era apenas obvio), mejor. No es lo mismo irse detrás de un tesoro o de una mina de diamantes que irse detrás de un sueño. Yo entendía perfectamente por qué el viejo Jesús había terminado a orillas de los ríos Atrato y San Juan diciendo que se iba en busca de unos fulanos que no tenían ningún contacto con este mundo. Habría podido anunciar igual que se iba al encuentro de unos seres extraterrestres que habían aterrizado en el Chocó. Daba lo mismo. Lo que él quería era desaparecer, emprender una aventura insensata que lo condujera a una zona de sí mismo donde él pudiera morir y renacer convertido en otro hombre. Que las cosas no se dieron y que terminó en una clínica psiquiátrica, eso ya era otra discusión. Pero que el objetivo era esfumarse, como hacen ciertos ilusionistas en las narices de sus espectadores, eso sí estaba claro. No sé si ustedes alguna vez, mirando a través de la ventana de sus salones de clase, de sus oficinas o de sus residencias, se han imaginado que van cruzando el Sahara a lomo de camello o que están caminando por una calle mugrienta y llena de pordioseros en el centro de Nueva Delhi. Yo sí. Y sé que me da igual si es Calcuta, Shanghai o Guinea Ecuatorial, lo que me importa es pensar que me largo de una vida miserable que me oprime con sus nimiedades insoportables. Por lo tanto, ebrio de contento y con las páginas de Jesús aún sobre el escritorio, me acerqué a la ventana de mi apartamento y dije en voz alta, como si un grupo de cargadores y de guías estuviera esperando mis órdenes:

—Mañana mismo nos vamos en busca de la selva, nos vamos detrás de los hombres invisibles.

Y me reí de mi irresponsabilidad y de mi audacia.

Una persona de la que quería despedirme era Cristina. La llamé varias veces por teléfono pero no la encontré. Ya en las horas de la tarde decidí dejarle una nota en la portería de su edificio. Se me ocurrió que quizá estuviera fuera de la ciudad y yo no podía darme el lujo de esperarla hasta que apareciera. Quería irme cuanto antes. Ya había vendido los muebles y los tres o cuatro objetos de valor que poseía (un cuadro colonial que se le atribuía al maestro anónimo que había pintado los arcángeles de Sopó, dos vasijas precolombinas de la tribu quimbaya y unos cubiertos de plata que habían sido de mi madre), y había hecho efectivo un certificado de depósito a término fijo que era en realidad mi único capital. Otra vez recordé a mi padre con insistencia, de manera obsesiva, pero en esta ocasión lo hice sin sentir culpa, sin atormentarme. Yo no era responsable por el estado de mi padre, yo no le había comprado las botellas de whisky con las que se había alcoholizado ni le había fomentado sus odios ni sus resentimientos. Yo sólo respondía por mí, no por los demás. Así que nada me impedía cerrar la puerta del apartamento y dejar atrás la vida insignificante de Gerardo Montenegro. Cogí entonces una hoja de papel y, con mi mejor letra, le escribí a Cristina:

Cristina:

Creo entender lo que sucedió con tu padre. Se fue en busca de la muerte simbólica de Jesús Castelblanco, pero el cerebro le jugó una mala pasada y acabó en la clínica donde nos conocimos. Sin embargo, tenía razón. La tribu de los hombres invisibles es el sueño de un mundo más allá de este mundo. Y soñar, en medio de la porquería que nos rodea, me sigue pareciendo válido. Es una de las pocas actividades que guardan su decencia intacta. Por eso he decidido seguir el ejemplo de tu padre. Me voy hoy mismo para el Pacífico. Si lo visitas en la clínica, dile que alguien creyó en él y que se fue detrás de sus pasos.

Gracias por el diario. Viajaré con él.

Gerardo

En las horas de la tarde visité la tumba de mi madre y recordé un sinfín de escenas extraordinarias que habíamos compartido juntos desde mi más tierna infancia hasta mi madurez definitiva. Le dejé un ramo de flores y le conté que estaba cansado, que me sentía acorralado, que necesitaba respirar nuevos aires y que por eso había decidido irme para el Pacífico, lejos de las grandes ciudades. Besé su tumba y salí del cementerio con un vago sentimiento de nostalgia surcándome la memoria.

Al anochecer me dirigí a la terminal de transportes y compré un tiquete hasta Buenaventura, en la costa del océano Pacífico, muy cerca del territorio chocoano. Esa sería mi primera parada, saludaría al mar de Vasco Núñez de Balboa, me empezaría a familiarizar con las comidas y con las costumbres de la raza negra en esa zona del país, y después me iría desde Cali por avioneta hasta Quibdó, la capital del departamento del Chocó, la pequeña ciudad a orillas del río Atrato en la que Jesús se había enamorado hasta el paroxismo y la locura.

En la medida en que el autobús se iba alejando de Bogotá yo sentía un cierto alivio psicológico, como si mi vida malgastada estuviera conectada de una manera perversa con la ciudad, o mejor, como si fuera ella, la ciudad, el origen velado de todas mis desventuras. Y al alejarme de esa urbe infame, estaba poniendo territorio de por medio entre esa madre maligna, esa hermana enferma, esa hija hipócrita, y yo. Era como cortar un lazo de sangre que nos ha hecho daño en el pasado y que nos ha impedido un sano desenvolvimiento. No me alejaba de unas avenidas, unos parques y unos edificios, sino de una sífilis hereditaria, de un cáncer, de un tumor que estaba esperando el momento indicado para liquidarme. Bogotá era una herida abierta, una llaga que supuraba flujos de pus maloliente, una dolencia crónica que me había mantenido embrutecido y casi postrado en la cama.

Antes de llegar a Cali, el chofer detuvo el bus en un retén militar. En el asiento vecino al mío viajaba un anciano de sesenta y cinco o setenta años con el que habíamos cruzado dos palabras, nada más. Casi todo el trayecto se la había pasado durmiendo, o fingiendo que dormía. Pero al ver el retén el viejo se puso muy nervioso, y gruesas gotas de sudor comenzaron a bañarle las sienes y a caerle a chorros por la nuca. Antes de que los soldados llegaran a nuestros puestos, alcancé a preguntarle en voz baja:

—¿Qué pasa?

—Todos estos cabrones son asesinos —afirmó el viejo enjugándose el sudor con la palma de la mano.

—Hacen su trabajo —comenté con el ánimo de tranquilizarlo.

—Qué va, son puros animales —expresó él respirando con dificultad.

Y sin saber por qué, sólo porque intuí en un instante de rapidez mental que ese hombre estaba en serios aprietos, le pregunté bajando aún más la voz:

—¿Puedo hacer algo por usted?

—¿Está seguro? —me advirtió el viejo mirándome a los ojos por primera vez.

—Sí —le contesté en un impulso irracional que no supe de dónde me venía.

—A usted no lo molestarán, pero es un riesgo alto.

—Dígame qué es.

—A mí me van a requisar seguro —aseguró atropelladamente—. Guárdeme esto —y empujó con los pies hacia mí un morral pequeño—. Si algo me pasa, llévelo al restaurante La Negra Candela, en el mercado de Buenaventura. Entrégueselo a Candela, la dueña.

—Listo —dije metiendo el morral entre mis piernas.

Los soldados llegaron hasta nosotros y nos pidieron los documentos de identificación. Ambos entregamos nuestras respectivas cédulas de ciudadanía. El militar me interrogó a mí primero:

—¿Profesión?

—Soy actor profesional.

—¿De televisión? —una chispa de respeto brillaba en sus ojos.

Fui más allá de lo que él esperaba:

—De cine.

—¿Y qué va a hacer a Buenaventura?

—Estoy trabajando en un documental sobre la costa pacífica.

—¿Por qué no viajó en avión?

—Necesito hacer todo el viaje por tierra. Es importante para el libreto.

—Que disfrute su viaje, señor —me dijo devolviéndome la cédula con amabilidad.

Enseguida se concentró en mi vecino. Le hizo las mismas preguntas, pero cuando él dijo que era profesor del Colegio Nacional de Buenaventura, el soldado lo increpó:

—Así que usted pertenece al sindicato de maestros.

—Sí señor.

—Ustedes no nos han traído sino problemas. Son una vergüenza. Hágame el favor y baja del bus con sus pertenencias. Lo vamos a requisar.

El viejo descendió con cuatro o cinco pasajeros más, sacó su maleta del portaequipajes y la abrió frente a los militares. Le revisaron cada uno de sus objetos, lo cacharon de la cabeza a los pies, tomaron nota de sus documentos, de su domicilio y de su número telefónico, y al fin le permitieron cerrar su maleta, regresarla con las demás y subir de nuevo al autobús. Estaba pálido. Los soldados detuvieron a dos pasajeros y el bus arrancó, perdiéndose en la cerrada oscuridad de la noche.

—Gracias —me dijo el anciano tragando saliva—. Me salvó el pellejo.

—¿Qué hay en el morral? —seguíamos hablando en voz baja por precaución.

—Propaganda para la siguiente marcha del sindicato. Alguien tenía que traerla desde Bogotá y me tocó a mí.

—No creo que les hubiera gustado mucho.

—Me habrían arrestado seguro. Lo mismo le habría pasado a usted. Menos mal que no desconfiaron de su aspecto.

Caí en cuenta de que no sólo me había arriesgado por un desconocido, sino por un individuo cuyo nombre no había sido pronunciado.

—¿Cómo se llama?

—Mariano, ¿y usted?

—Gerardo.

—Muchas gracias, Gerardo. Le debo una —el anciano me estrechó la mano efusivamente.

—No creo que sea capaz de hacerlo otra vez —dije con una sonrisa de «con esto fue suficiente», y le pasé el morral empujándolo con los pies hacia él.

Recuerdo que mientras el bus aceleraba para recuperar el tiempo perdido en el retén, pensé en la razón que me había llevado a comportarme en una forma tan absurda e irresponsable. Una temporada en una cárcel colombiana no es ningún chiste. Y llegué a la conclusión de que durante mucho tiempo yo había estado quieto, repitiendo más o menos la misma rutina, sin poder modificar una existencia penosa que ya me era repulsiva y que no sabía cómo quitarme de encima. La vida es movimiento, flujo, cambio, y cuando van pasando los años y a nuestro alrededor el ritmo es el mismo, es porque de una manera secreta o evidente hemos comenzado a morir. Yo estaba harto de monologar, de comer solo, de caminar solo, de bañarme en el mismo baño todos los días, de ver siempre desde la ventana de mi apartamento el mismo pedazo de ciudad, de dormir en una cama que ya tenía la figura de mi cuerpo dibujada en el colchón. Y de pronto, en los preliminares de un viaje, gracias a mi olfato, intuyo la acción, el peligro y la aventura. Y no lo pensé. Pasara lo que pasara, eso era mejor que seguir protegiendo la cotidianidad miserable de ese actorucho de teatro que yo tanto despreciaba. Quería ser otro hombre, experimentar, lanzarme a las aguas de un devenir incierto. Estaba hasta la coronilla de reflexionar, calcular, sopesar. No, no más ideas, ni planes, ni conclusiones de ninguna clase. Lo que yo quería era acción, acción pura, y rescatarme a mí mismo de la inmovilidad del pensamiento. Por eso no había pensado, sino actuado. Y no me arrepentía. El pulso acelerado, los nervios, la camisa empapada en sudor a la altura de las axilas indicaban que había resucitado y que estaba vivo y listo para lo que fuera.

Mariano me contó que se había hecho maestro a los cincuenta años de edad. Antes trabajaba como visitador médico de una compañía farmacéutica. Pero el estado lamentable en el que se encontraban los niños y los adolescentes de la costa pacífica lo había enternecido hasta el punto de tomar unos cursos para hacerse maestro de escuela y dedicarse a una pasión que había ido posponiendo de año en año. Y como lo había imaginado tantas veces mientras recorría los departamentos cercanos con su maleta llena de medicamentos, los muchachos le habían transmitido una vitalidad que él nunca había sentido en su trabajo anterior. Después descubrió que la educación no progresaba porque los políticos corruptos de la región se la pasaban aprovechando sus cargos para robar y sacar el dinero del país. Eso implicaba un estancamiento general que elevaba los índices de ignorancia, de pobreza y de desnutrición. Y decidió organizarse con los otros maestros y presionar a los dirigentes para exigir los derechos de ellos como docentes y de los muchachos como unos ciudadanos más que estaban necesitando elevar la calidad de sus estudios. Ese enfrentamiento, por supuesto, no era nada fácil, y los alcaldes y gobernadores les habían echado encima a una fuerza pública envenenada y convencida de que todos sus problemas se originaban en esos maestros sindicalizados que en lugar de trabajar se la pasaban buscando pretextos para no hacer nada y para apoyar muchas veces las marchas y las manifestaciones de otros sindicatos que estaban de acuerdo por debajo de la mesa con la guerrilla y con organizaciones terroristas. Así, poco a poco, la policía y el ejército se dedicaron a perseguir a los profesores estatales de primaria, bachillerato y universidad, a hacerles allanamientos en sus casas y a vigilar de cerca sus movimientos, sus reuniones y hasta su comportamiento dentro de las aulas.

Entre Cali y Buenaventura hubo otro retén, pero esta vez no se trataba de confirmar la identidad de los pasajeros y sus posibles actividades delictivas, sino de estar seguros de que el bus no transportaba paquetes ocultos de cocaína o de heroína. De eso se encargaron dos pastores alemanes enormes que hurgaron donde quisieron y que metieron sus narices entrenadas entre bolsas, paquetes, mochilas indígenas, morrales y maletines de mano. No hallaron la droga esperada y los soldados permitieron el paso del automotor sin decir nada.

Cuando llegamos a Buenaventura, Mariano se relajó por primera vez y le vi una sonrisa que no había podido expresar a lo largo del viaje. Me preguntó, mientras me daba una palmada en el hombro:

—¿Tiene dónde quedarse?

—Voy a buscar un hotel barato por ahí —confesé haciendo énfasis en «barato» para que el viejo viera que viajaba sin mucho dinero y que no podía darme lujos ni aparentar lo que no tenía.

—Venga conmigo.

—¿Adónde?

—Candela es una vieja amiga de los maestros del sindicato. Su esposo era compañero nuestro y lo mataron hace unos años durante una manifestación. Ella tiene un restaurante en el primer piso, abajo, y en el segundo alquila de vez en cuando un par de habitaciones que tiene libres.

—No quiero molestar.

—Le garantizo que no comerá usted mejor en otra parte. Candela cocina ella misma. Tampoco encontrará un lugar más barato.

Otra vez el riesgo, lo desconocido, el camino incierto abriéndose a mis pies.

—Listo, Mariano, vamos —dije aceptando al viejo como guía de una ciudad cuyo nombre era la antinomia de lo que se veía por las calles, pues la pobreza, la suciedad y la atmósfera general de abandono indicaban que ese puerto no tendría un buen futuro aunque por sus arcas circulara el dinero abundante de las importaciones y exportaciones con los países de medio mundo.

Yo llevaba un morral pequeño con dos mudas de ropa, los útiles de aseo personal y un libro que seguía siendo para mí una exposición limpia de cruda sabiduría: *El guardián entre el centeno*, de Salinger. Después de tantos años de haberlo leído por primera vez, todavía me identificaba con la gigantesca orfandad espiritual del protagonista, el pequeño Holden. En cierta medida, yo me sentía el doble adulto de ese adolescente perdido en la ciudad de Nueva York. Lo distinto era que en lugar de terminar en una clínica psiquiátrica como él, mi madre o Jesús (aunque yo también había estado allí durante un corto período), había decidido internarme en la selva chocoana en busca de una tribu nómada cuya existencia era en realidad lo de menos. Era como haber emprendido un viaje en busca de la aurora boreal o del arco iris. Lo importante no era el punto de llegada, sino la fuga en sí.

El restaurante quedaba al final de una calle estrecha que desembocaba en una playa gris por la que se veía deambular una que otra parejita de novios cogida de la mano y besuqueándose entre las sombras. Candela recibió a Mariano con abrazos y besos, y luego me dijo con esa desenvoltura característica de la gente negra que se ha criado al lado del mar y que ha hecho de la inmensidad exterior una forma de ser, un comportamiento:

—Siéntate, mi amor. Voy a servirles una sopa de pescado para que se recuperen.

El tono en el que pronunció estas palabras, la frescura, la sonrisa que acompañaba los enunciados, su gentileza exagerada, su mano posada en mi hombro levemente, todo eso me conmovió y me obligó a preguntar:

—Perdón, ¿dónde queda el baño?

—Es como en las películas, corazón: al fondo a la derecha —dijo Candela mientras se dirigía a la cocina bamboleando su enorme trasero.

En el baño me lavé la cara frente a un espejo con marco de madera. Sentía los ojos aguados y por un instante había estado a punto de echarme a llorar allí mismo, en medio del restaurante, sin motivo aparente, sólo por la manera desenfadada y afectuosa como Candela me había tratado a los pocos segundos de conocerme. No sé si inconscientemente recordé la ternura maternal o si su espontaneidad había desarmado esa dureza y esa distancia que imponemos enseguida los que hemos vivido en Bogotá, lo cierto es que su dulzura me hizo añicos y que tuve que refugiarme en el baño para que mi ridículo desmoronamiento no se hiciera evidente.

Regresé a la mesa, donde Mariano me esperaba sonriente. Apenas me senté, me dijo:

—Aquí ya estamos a salvo. Este es el mejor lugar para llegar.

—No lo dudo.

—Candela es una persona incomparable, y ahí donde la ves ha sido una militante clave en nuestro movimiento.

—¿Hace cuánto la conoces?

—Como diez años. Pero desde que quedó viuda su participación ha sido definitiva para nosotros.

Una mulata de grandes ojos negros nos trajo dos cervezas Póker. Candela regresó y se sentó a nuestra mesa.

—Ya casi está la sopa. Van a quedar como nuevos —nos dijo haciéndonos un guiño con el ojo izquierdo.

Mariano bajó la voz, movió la cabeza hacia un lado para señalar el morral que llevaba y le recomendó a Candela entre un trago y otro de cerveza:

—Es mejor que escondas esto ya. No te imaginas el susto que acabamos de pasar.

—¿Te requisaron?

—Claro.

—¿Y qué pasó?

—Si no es por él —me señaló torciendo la boca hacia un lado—, estarías llevándome la sopa a la cárcel.

—¿Tú lo cogiste? —me preguntó Candela haciendo referencia al morral.

—Bueno, hice lo que pude —afirmé subiendo ligeramente los hombros.

—Me hicieron bajar del bus —siguió contando Mariano— y me requisaron hasta los zapatos. Los cabrones anotaron todos mis datos.

—Pero se van a joder —dijo Candela—, porque la gente está lista para la marcha y van a venir de los pueblos y los caseríos cercanos. Vamos a ponerlos contra la pared.

—¿Les avisaron a los medios? —preguntó Mariano saboreando la cerveza.

—Yo misma les mandé un comunicado. Ya anunciaron que vamos a entrar en paro.

Me divirtió el plural de la frase, pues Candela se involucraba de tal modo que se creía ella también una maestra que iba a salir a la calle a exigir sus derechos y los de sus estudiantes. Se veía que se tomaba el asunto más en serio que muchos de los implicados.

La misma mesera que nos había traído las cervezas nos sirvió dos platos de sopa humeantes y con un olor a pescado fresco que se me hizo agua la boca y empecé a salivar y a pasarme la lengua por la comisura de los labios.

—Bueno, aliméntense bien para que no vayan a decir después que la impotencia sexual es culpa del establecimiento —dijo soltando una carcajada que demostraba la inmensa jovialidad que la invadía—. Yo mientras tanto voy escondiendo esto —y se levantó con el morral en una mano y desapareció por unas escaleras en caracol que se perdían en el segundo piso del local.

Nos devoramos los dos platos de sopa. Mientras degustaba el pescado, la papa, la yuca, el plátano y las especias, pensaba en que me encantaba la amistad con Mariano porque había nacido en silencio y en medio de la acción. No habíamos alcanzado a contarnos nuestro pasado más íntimo y personal, a comparar gustos, emociones o ideas, a estar seguros de si éramos parecidos u opuestos. Y en esa falta de información, en ese vacío que flotaba entre nosotros, era donde yo encontraba un placer fascinante, pues se comprobaba que el lenguaje muchas veces, en lugar de propiciar, lo que hace es enturbiar, impedir, ensuciar. De una manera difícil de explicar, yo sentía que estábamos limpios, sin mácula, y que habíamos decidido arrancar de cero. Es cierto que ya teníamos un cierto conocimiento el uno del otro, pero era mínimo y lo habíamos comentado no por esa desagradable manía que tiene la gente de confesarse con el primero que aparece, sino más bien por rellenar el tiempo del trayecto sin aburrirnos. Pero en lo que hacía referencia a lo fundamental, a cómo éramos, qué pensábamos, qué inclinaciones teníamos, no habíamos dicho una sola palabra. El viejo me caía bien porque sí, directamente, y me atraía su actitud silenciosa y reservada. Por eso, llevándome la última cucharada de sopa a los labios, alcancé a decirme para mis adentros: «Mi primer amigo en este largo camino hacia lo desconocido. ¿Quién eres? ¿Hacia dónde me conduces? ¿Qué destino me tienes reservado?».

Candela llegó cuando ya habíamos terminado de comer. Nos advirtió:

—Hecho, muchachos, la evidencia está encaletada. Ni torturándome la podrán encontrar.

—¿Guardaste todo bien? —preguntó Mariano bebiéndose el último sorbo de cerveza.

—Ni tú mismo lo encontrarías.

—Porque si anotaron mis datos, no me extrañaría que se aparecieran por aquí a jodernos un rato.

—Tranquilo, no encontrarán nada —aseguró la negra mostrando su dentadura resplandeciente y bien alineada.

Me quedé, en efecto, a vivir en uno de los dos cuartos que alquilaba Candela por unos cuantos pesos a la semana (el otro lo tenía Mariano). Era un rectángulo en el segundo piso con una ventana que daba a la calle (el mar se veía en diagonal a pocos metros y se escuchaban el flujo y el reflujo de sus olas contra la playa), un camastro con un colchón de algodón, una almohada, una funda, una sábana y una sobresábana cosidas a mano en los rincones donde se habían rasgado, una mesa de noche, un viejo armario descolorido, un escritorio de madera sin pulir y un asiento barato donde yo ponía en las horas de la noche la ropa que había usado durante el día. El ambiente de austeridad de la alcoba (y de la casa en general) me encantó. El único problema es que no había un ventilador, y en las horas de la noche, mientras sentía las gotas de sudor corriendo a chorros por mi cuerpo, escuchaba los mosquitos rondándome y cayendo a pique sobre mi piel apenas me adormilaba unos cuantos minutos. Fue necesario adaptar un mosquitero para evitar que los miserables me devoraran, literalmente. De ahí en adelante recuperé el sueño y las noches dejaron de ser enfrentamientos épicos de un héroe solitario contra un ejército completo y se volvieron lo que debieron ser desde un comienzo: horas para el reposo y la ensoñación.

Mi amistad con Mariano y con Candela se fortaleció con el paso de los días. Me di cuenta de que la buena fortuna me los había puesto en el camino y disfrutaba de veras de la empatía que cada vez nos unía más a los tres. Al principio pensé que ocultaban una relación de amantes que no querían que se hiciera pública, pero no, se trataba de una fuerte hermandad que los había hecho inseparables. Y con gran naturalidad, sin forzar la situación, me habían aceptado como el tercer integrante de una confraternidad divertida, pues yo no dejaba de reírme de ese par de viejos que se la pasaban maquinando posibilidades para poner a los políticos de la región contra la pared y apretarles las tuercas. Me gustaba pensar que ya quisieran muchos jóvenes tener la energía y la entereza de ellos para rebelarse y luchar por sus ideales.

En las horas de la mañana me gustaba salir a caminar por la ciudad. Iba de aquí para allá al azar, dejándome conducir por un piloto automático que cambiaba de rumbo en cada esquina y que improvisaba según el clima y los transeúntes del día. Hubo un detalle que capté en mi primer paseo por Buenaventura: los pobladores del Pacífico tienen una especie de jovialidad triste, son abiertos y buenos anfitriones, pero melancólicos, nostálgicos, como si sobre ellos pesara una aflicción grupal de gran envergadura, y su buen humor pasa siempre por el tamiz de una pesadumbre que les deja esa sonrisa en los labios de tragicomedia inconsciente. El hombre del Pacífico, cuando hace sonar sus flautas y sus tambores, parece que estuviera ahogando en ese ritmo una pena muy antigua. En cada una de las canciones del folclor negro sureño palpita un lamento o una expurgación de dolores anímicos que acongojan al compositor. De ahí que en mis largas expediciones por las calles de Buenaventura encontrara cada vez con mayor frecuencia esos rostros en los que gravitaba un pesar inconsolable que quizá no tenía nada que ver con los sujetos en particular, sino que se trataba de una herencia transmitida de generación en generación durante siglos de dominación del hombre blanco, siglos de atropellos, injusticias y racismo criminal. Acaso sea esa la razón por la cual el costeño del Pacífico es tan inclinado al silencio y a la introspección. Su sufrimiento ancestral lo obliga a refugiarse en sí mismo.

Al mediodía me las ingeniaba para regresar a la playa y me pegaba un buen chapuzón que me refrescara y me quitara el cansancio de las caminatas. Luego me quedaba en la playa un buen rato mirando el horizonte y disfrutando cuando llegaba alguna canoa de pescadores con los animales arrojados en el piso de la embarcación como si conformaran una alfombra plateada y móvil, pues algunos de ellos saltaban todavía y cambiaban de posición con los últimos arrestos de vida que les quedaban. Esos días fueron como un período de tránsito, un intervalo que tenía que producir en el camino para alejarme definitivamente de un pasado negro del que me era imposible ufanarme. Quería que Gerardo Montenegro se muriera justo allí, en las aguas que bañaban la arena gris de Buenaventura.

A eso de la una y media o dos, cuando la mayoría de los clientes ya se había ido, llegaba al restaurante y me devoraba el delicioso almuerzo casero que preparaba Candela todos los días, de lunes a domingo. Los vegetales frescos, el pescado recién comprado en las horas de la mañana, el arroz de coco con ese ligero sabor azucarado que era la combinación perfecta para la yuca y el plátano, y el agua de panela bien fría con hielo y con limón me dejaban como nuevo, tonificado y con el paladar más que satisfecho. Es algo curioso, pero nunca he sido un hombre que disfrute los restaurantes elegantes y sofisticados. Las veces que he tenido la oportunidad de comer en sitios así, salgo a la calle con la sospecha de que el monto de la cuenta no se correspondía con el placer que yo había sentido durante el almuerzo o la cena. Y en lugares como los de Candela siento lo contrario: el aroma que sale de las ollas en la cocina, los alimentos bien condimentados y la abundancia de los platos no se ajustan a los escasos billetes que yo pongo sobre la mesa o sobre la mano de la mesera que me ha atendido.

A veces, cuando el movimiento de la cocina le dejaba tiempo, Candela se sentaba a mi mesa y me invitaba a una taza de café después del almuerzo. Charlábamos sobre temas de actualidad nacional, sobre la famosa huelga que estaban preparando con Mariano o sobre recuerdos personales que nos llegaban de pronto y que compartíamos entre sorbo y sorbo de café. Esos momentos eran de una serena plenitud y yo veía a Candela como una sacerdotisa negra que siempre estaba dispuesta a brindarle un poco de afecto a aquellos que ella había decidido adoptar y poner bajo su protección.

Una noche les comuniqué a ambos que ya estaba listo para partir de nuevo y que pensaba irme a Cali y después comprar un tiquete para viajar por avioneta hasta Quibdó. Los dos me pidieron que retrasara unos días el viaje y que los acompañara en la marcha y las protestas que habían planeado.

—Es lo menos que puedes hacer —dijo Mariano ladeando la cabeza hacia un lado—. Si no hubiera sido por ti, yo estaría en la cárcel y la manifestación se habría cancelado.

—Expusiste el pellejo por algo grande —comentó Candela bajando la voz con prudencia—. Es la primera vez que logramos convocar a todo el mundo y que otros sindicatos nos apoyen y salgan a la calle con nosotros. No creas que esto es una protesta más. Vas a ver.

—Es el miércoles, ¿verdad? —pregunté para asegurarme de la fecha.

—Sí —respondieron a dúo.

—Listo, me voy el otro viernes, entonces —dije con una sonrisa de «estoy con ustedes, muchachos».

Ese fin de semana, en una de mis caminatas matutinas, tropecé con un individuo que me llamó la atención. Tendría unos cuarenta y cinco años, llevaba el cabello largo lleno de canas, una barba gris bien recortada, era corpulento sin llegar a ser gordo, y sus ojos verdes despedían un brillo feroz, como si fuera un animal salvaje a punto de lanzarse sobre su presa para destrozarla a dentelladas. Daba la impresión de un Jesús primitivo y cavernícola que hubiera decidido internarse en la ciudad para cumplir con alguna misión secreta que sólo él conocía. Lo seguí de lejos por varias callejuelas sucias que despedían un olor agrio, difícil de respirar. El sol arriba, inclemente, despiadado, me hacía sentir la camiseta empapada y pegada a la piel, como si hubiera acabado de ducharme con ella puesta. Media hora después llegamos a un caserío miserable junto al mar. Las viviendas habían sido construidas sobre fuertes troncos de madera que las protegían de la marea alta, y de lejos parecían una Venecia tercermundista habitada por una población harapienta y famélica. El hombre caminaba con seguridad a lo largo de las tablas que permitían desplazarse por entre las casas como si fueran estrechos callejones de madera, y las personas que se encontraban con él lo saludaban con camaradería y afecto. En el último recodo de uno de los laberintos, el hombre abrió una puerta y desapareció en pocos segundos sin dejar rastros. Su aspecto desaliñado, su figura férrea y como esculpida en mármol, y las fuerza indescriptible de sus ojos claros me indicaron que estaba ante un personaje salido de lo común, alguien que no se había guiado por las leyes de la manada.

Entré en una tienda cercana, donde una negra de cabello blanco y gafas de marco grueso de carey vendía cerveza, gaseosa, pan, sal, azúcar y arroz, nada más. Pedí una cerveza y me senté en un banco que estaba en la parte exterior, amarrado con cabuyas a los tablones sobre los cuales pasaban de vez en cuando algunos niños y uno que otro vecino que se quedaba mirándome con cara de «hey, tú no eres de aquí, ¿verdad?». La señora que me había atendido se paró en el umbral de la tienda y no se aguantó las ganas de preguntarme:

—¿Es la primera vez que viene al barrio?

—Sí señora.

—¿Y eso?

En ese momento se me ocurrió aprovechar la oportunidad para averiguar quién diablos era el individuo que había perseguido por las calles de Buenaventura, y que me había conducido hasta ese extraño lugar en el que el mar se escuchaba golpeando los troncos debajo de las casas y de esas callejuelas de mentiras, ese lugar donde un olor fétido obligaba a respirar por la boca cada treinta o cuarenta segundos para no sentir arcadas y de pronto echarse a vomitar. Dije fingiendo una inocencia casi infantil:

—Estoy buscando a un viejo amigo. Me dijeron que vivía en este barrio pero no sé si sea verdad. Usa el cabello largo, se deja crecer la barba y tiene los ojos verdes.

—¿Simón? —preguntó la vieja poniéndose las manos en la cintura.

—¿Lo conoce?

—¿Simón Tebcheranny?

Curiosamente, el nombre, en efecto, me era familiar. Estaba seguro de haberlo escuchado alguna vez.

—Exactamente, ese es el nombre, sí señora.

—¿Viene usted de Bogotá?

—Estoy buscándolo pero no ha sido fácil dar con él.

—Le recomiendo que se regrese por donde vino. Es un buen consejo, hágame caso.

—Somos amigos.

—Eran amigos, señor, y perdóneme el atrevimiento —la anciana me hablaba en un tono neutro, sin cordialidad pero sin atacarme tampoco.

—¿Por qué me dice eso? —mi actitud continuaba siendo la del chico bueno que no entiende lo que está pasando a su alrededor.

—Hace siete años que Simón llegó de Bogotá y se instaló entre nosotros. No quiere saber nada de su vida pasada. Y para nosotros él ha sido una bendición. Ha logrado más por el barrio en tres o cuatro años, que todos nosotros juntos en treinta años.

—Yo lo único que quiero es saludarlo y saber cómo está.

—Aquí han venido muchas personas como usted. A todos los ha echado a la calle. A las malas, incluso. No sabemos por qué no lo dejan en paz.

—Quiero saber si es feliz.

—Él dice que su vida como escritor fue muy desdichada. Usted sabe que era un hombre famoso, un artista. Pero se cansó de eso. Y aquí está bien y todos lo queremos.

Sí, recordé que alguna vez habíamos estado juntos en un taller de escritores (por esa época me preguntaba si yo tendría talento para escribir teatro). Ya de joven, Simón sobresalía por tener una vocación sólida que lo hacía parecer incluso como un pedante que se creía escritor sin haber escrito nada de valor. Había visto sus libros en las librerías, claro, y su nombre se citaba como un escritor en ciernes, aunque nunca había leído nada suyo. Para hacer aún más verosímil el personaje del amigo fiel, saqué un pedazo de papel de la billetera y le pregunté a la anciana:

—¿Puedo anotarle mis datos para que se los entregue cuando lo vea?

—No se haga muchas ilusiones, señor.

Entramos de nuevo en la tienda, ella me entregó un lápiz rojo y escribí mi nombre con el número telefónico de mi apartamento en Bogotá. Le dejé el papel y el lápiz sobre la mesa que hacía de mostrador, y le dije con una estudiada sonrisa de gratitud:

—Dígale que me llame, por favor. Sólo quiero saludarlo.

—Yo se lo entrego, señor, pero estoy segura de lo que va a hacer: lo va a tirar a la basura. Se lo advierto.

—Bueno, de todos modos muchas gracias.

Pagué la cerveza y me regresé por donde había venido.

A la hora de la comida me senté con Mariano y Candela a la misma mesa y les conté la historia. El viejo asintió y me explicó:

—Simón es muy conocido en Buenaventura. El tipo era más o menos famoso en los círculos literarios de Bogotá, se hablaba de él cada vez que publicaba un nuevo libro y en general lo consideraban una promesa, un escritor al que lo esperaba un futuro lleno de reconocimientos. Pero de un día para otro sintió el ambiente artístico como un circo de mal gusto, mandó a todo el mundo al carajo y se vino para Buenaventura, consiguió una casita en uno de los barrios más miserables de la ciudad y se puso a trabajar por la gente, a organizarla para que exigiera sus derechos.

—Se parece a la historia de Gauguin —dije, pensando que yo iba exactamente por el mismo camino.

—Ahora Simón trabaja también enseñándoles a los niños del barrio a leer y a escribir —siguió contando Mariano—. Es una de nuestras piezas claves y de las más firmes. Las autoridades lo tienen entre ojos.

—Lo vas a ver en la marcha seguro —dijo Candela—. Nunca falla. La gente lo quiere mucho por acá.

—La señora de la tienda me dijo que no le gustaba hablar con los que venían de Bogotá a buscarlo —les comenté a ambos con un vaso helado de agua de panela con limón en la mano.

—¿Recuerdas lo que les hizo a los escritores? —le preguntó Candela a Mariano dirigiéndole una mirada cálida.

—Eso fue increíble —aseguró el viejo moviendo la cabeza hacia los lados.

—¿Qué fue lo que pasó? —la curiosidad me mantenía expectante, con los ojos y los oídos bien despiertos.

—Imagínate —me dijo Mariano recordando la escena lo mejor que podía— que un día se aparecieron por el barrio donde vive Simón tres escritores que le solicitaron que regresara a la capital y que se pusiera a la cabeza de un nuevo movimiento literario que consideraba sus libros una obra renovadora, que inauguraba una nueva visión de la ciudad. El tipo no les dio tiempo a que siguieran echándose el rollo y los cogió a trompadas y a patadas ahí mismo, frente a su casa. Luego, con un cuchillo de cocina que tenía en la mano por casualidad, los amenazó y les advirtió que si volvían a joderlo con ese cuento los iba a cortar en pedacitos. Los pobres salieron espantados y los vecinos de Simón, que habían asistido al espectáculo paso a paso, se encargaron de que la historia se volviera mítica en Buenaventura. Todo el mundo la conoce.

—Cuentan que se compró un revólver para ahuyentar a los próximos a plomo —dijo Candela recostando su enorme cuerpo en el espaldar de la silla.

—La gente inventa —remató Mariano terminándose él también su vaso de agua de panela.

—Pues de la que me salvé —dije exhalando un largo suspiro y los tres nos echamos a reír.

Al rato compramos con Mariano una botella de ron y nos la fuimos bebiendo sin darnos cuenta, pasando de un tema a otro en desorden, más por el placer de estar compartiendo unos tragos juntos que por el deseo de ahondar en los puntos que íbamos tratando durante la conversación. Cuando el trajín de la cocina le permitía sacar un tiempo libre, Candela llegaba hasta nuestra mesa, se servía un chorro de ron y nos acompañaba unos minutos antes de regresar a su trabajo. La botella se acabó y decidimos comprar una segunda. Vi que Mariano ya estaba mareado por el licor. Se dirigía al baño trastabillando y apoyándose en las mesas del lugar como si fueran un largo pasamanos. Poco a poco, en la medida en que el ron de la segunda botella iba desapareciendo también, Mariano se veía cada vez más borracho y sus palabras tomaron un rumbo preciso: el viejo empezó a hablarme de una mujer de cuarenta y dos años que lo había enloquecido de amor. Se llamaba Mercy y, según la confesión de mi amigo, era una artista en la cama. Gemía, lloraba, gritaba, lo agarraba del pelo, le decía vulgaridades y le gustaba experimentar posiciones inusuales, como si fuera una contorsionista de circo.

—Tú no te imaginas lo que era eso, Gerardo —me decía el viejo con la voz gangosa—. Mercy era pura candela. Yo la apodé «la metralleta».

—Qué apodo tan raro —afirmé divirtiéndome con los gestos y las expresiones que usaba Mariano para referirse a su gran amor.

—Le puse así porque los orgasmos de ella se le venían a uno encima como proyectiles. Eran uno detrás del otro, así, seguidos, no te daba tiempo de respirar. Y al final quedabas tendido en la cama como si te hubieran abaleado.

El viejo, como es de suponer, se enamoró de Mercy y rejuveneció veinte años entre sus brazos. Su apetito sexual, que iba de mal en peor, se despertó y le permitió disfrutar de una segunda adolescencia llena de vigor y de lujuria. No lo pensó dos veces y le propuso a Mercy que se casaran. Ella aceptó, pero un día antes de celebrarse la boda lo llevó a caminar por la playa y, descalza y con los zapatos en la mano, le dijo:

—Tengo que contarte algo muy grave, Mariano. Yo no sé si después de saber esto quieras casarte conmigo.

Él se imaginó lo peor: otro hombre, un hijo escondido, negocios turbios con sujetos que no eran precisamente hermanitas de la caridad…

—Me estás asustando —le confesó deteniéndose de pronto y mirándola de frente.

—Muchos novios antes que tú han querido casarse conmigo y apenas saben esto se van y me abandonan.

—¿De qué se trata?

—Lo que pasa es que yo prefiero ser honesta contigo y decirte la verdad.

—Ya, mujer, dímelo de una vez.

—Bueno, que sea lo que Dios quiera —Mercy se santiguó y agarró la mano de él con fuerza—. Mariano, yo soy ninfómana.

—¿Qué? —dijo él y retiró la mano bruscamente.

—No lo puedo evitar, mi amor, yo soy así. Si un hombre me toca el brazo o el hombro en una fiesta, yo me estremezco toda y me dan ganas de irme con él a la cama.

El viejo sintió que le habían dado un golpe bajo. Estaba contra las cuerdas, sin aire y con conteo de protección. No sabía cómo encajar el golpe. Tuvo deseos de salir corriendo y de irse a vivir con una familia de pigmeos en África. No era posible lo que acababa de escuchar. ¿Mercy ninfómana? ¿Quería eso decir que mientras había estado con él también había estado con otros hombres? ¿Cuántos? ¿Y les diría a ellos las mismas groserías, los agarraría con la misma intensidad, se les entregaría de la misma manera complaciente y desenfrenada?

—¿O sea que en este tiempo que hemos estado juntos has estado también con otros hombres? —preguntó automáticamente, sin dudarlo, dejando que su cerebro expresara todo el horror que lo invadía por dentro.

Mercy bajó la cabeza pero no eludió la pregunta y fue contundente:

—Sí.

—¿Cuántos? —tenía los ojos llenos de lágrimas y la palabra salió de su boca a medias, atragantada, como si el miedo la hubiera estancado a medio camino.

—No sé. Muchos.

La cabeza le daba vueltas. No sabía qué hacer. Se sentó en la playa y se quedó mirando la línea perfecta de ese horizonte marítimo.

—¿Quieres que me vaya? —preguntó ella con la voz suave, como si fuera una caricia.

—Necesito reponerme. Espera un minuto.

Entonces Mercy se sentó a su lado, dejó los zapatos en medio de ellos dos y se puso a hacer con el dedo índice figuras geométricas en la arena. ¿Qué decisión iba a tomar? No podía negar que esa mujer era lo mejor que le había pasado en su vida. Aunque tuviera que compartirla. Se imaginó la soledad, las noches en vela soñando con los besos y el cuerpo de una mujer inexistente, las caminatas después del trabajo para llegar a una casa donde nadie lo esperaba, y sintió escalofríos en la espalda y en la nuca. Ni contigo ni sin ti, pero peor sin ti.

—Mercy, ¿tú sí me quieres? —preguntó sin mirarla, con los ojos puestos allá lejos, en el mar.

—Claro que sí, mi amor. De lo contrario no me casaría contigo.

—Lo que quieres advertirme es que no serás fiel —dijo Mariano pensando en voz alta.

—No puedo, mi cuerpo me lo impide.

—¿Y si te enamoras de otro?

—Ese día te dejo.

Ella seguía haciendo dibujos en la arena como si fuera una niña tímida y ensimismada. Mariano la vio de reojo y se enterneció. Ya no había marcha atrás. La amaba, no cabía ninguna duda. Y si la amaba de verdad tenía que aceptarla tal y como era.

—Mercy.

—Qué.

—Sólo te pido una cosa.

—Dime.

—Que no te vayas a acostar con amigos míos o con hombres cercanos a nosotros, que no involucres a gente conocida.

—Haré lo que pueda.

—¿Me lo prometes?

—Sí, te lo prometo.

—No se hable más. Con ninfomanía o sin ninfomanía, nos casamos mañana.

—¿Sí? —lo abrazó y lo colmó de besos.

—No voy a perderte —le repitió Mariano varias veces entre beso y beso.

En efecto, como lo había sospechado mi amigo, fue inmensamente feliz viviendo con Mercy a lo largo de tres años. Ella cumplió su promesa y nunca sedujo amigos o parientes ni se dejó seducir por ellos. Mariano sabía que ella tenía varios amanes con los cuales se veía en secreto, pero no la vigilaba ni la ometía a interrogatorios inútiles, pues era consciente de que u propia felicidad dependía de esa libertad que ella disfrutaba.

Una noche, Mercy le dijo que le tomara unas fotos insiuantes en ropa interior y desde distintos ángulos. Fueron inco fotografías en las que ella posó como una artista poro experimentada. Luego le cosió un bolsillo secreto en uno e sus pantalones, en la parte interna, justo donde quedaban s genitales, y le metió allí las fotos mientras le decía con seridad:

—Es para que no me vayas a olvidar.

A los pocos días se fue para Miami con un millonario caleño. Le dejó una nota advirtiéndole que no la buscara, que no pensaba regresar y que había sido muy feliz con él durante esos tres años. El viejo se hizo añicos, lloró, bebió ron hasta embrutecerse y por las noches se quedaba sentado en el portal con la esperanza de verla llegar con su maleta y con una sonrisa nerviosa de «lo siento, perdóname, quiero volver contigo».

Esta fue la historia que me contó Mariano mientras terminábamos la segunda botella de ron en el restaurante de Candela. Fuimos al baño a orinar y entonces el viejo, para rematar su confesión, se abrió el pantalón y, de un bolsillo que rozaba con la cremallera, sacó unas fotografías de una cuarentona pintada de rubio que mostraba sus encantos sin pudor alguno:

—Dime si no es idéntica a Marilyn Monroe.

No pude dejar de sonreír al ver a la ninfómana en sus poses vulgares de bailarina de *striptease*. Iba a decirle a Mariano que sí, que su exesposa era el fiel retrato de la actriz norteamericana (la verdad es que era un mandril atiborrado de maquillaje hasta las orejas), cuando vi que el viejo se escurría e iba a estrellarse contra el suelo. No alcancé a auxiliarlo y cuando me acerqué ya estaba tendido y murmuraba en medio de la borrachera:

—No puedo acostarme con otra mujer. Sólo la quiero a ella.

Lo levanté y lo llevé a rastras hasta su cuarto. Le quité los zapatos y le puse las fotos de Mercy sobre el pecho. Ahora entendía por qué Mariano no se había fijado en Candela. Estaba atrapado en una obsesión, preso de otro cuerpo, atascado en el pasado. Y su relato, claro, me había recordado mi propia separación, la pasión delirante de Jesús por la mulata Jarxiner, y la posible relación destructiva que quizá había tenido Fabio con la mujer que luego llevaría a su maestro hasta la locura.

Me dije: «No hay mayor desesperación que dejar el ser encerrado en un objeto de deseo».

A los pocos días se llevó a cabo la manifestación que desde tiempo atrás venían preparando mis amigos. La verdad es que la multitud inundó las calles del centro de Buenaventura desde las diez de la mañana, e impidió el tráfico de buses, taxis, motocicletas y autos privados. Otros sindicatos aprovecharon la ocasión y se sumaron a la marcha. Los medios de comunicación acompañaron a los trabajadores en las caminatas que estaban programadas y les dieron los titulares y los principales espacios en radio, prensa y televisión regional desde el día anterior. Mariano y Candela lideraron uno de los grupos y repitieron durante horas, por medio de un altavoz, consignas en contra de las políticas del Ministerio de Educación y del gobierno nacional. A la una de la tarde los distintos frentes de la marcha se agolparon frente a la alcaldía y llenaron la plaza y todas las vías aledañas. No imaginé que fueran a participar tantas personas. Hacia las dos empezaron a cantar arengas de protesta y desde los altavoces se escuchaban voces que pedían la renuncia inmediata del alcalde y del gobernador del departamento del Valle. Por unos breves instantes, enardecido y gritando frases de guerra en contra de unos policías que vigilaban de cerca a los maestros y demás manifestantes, vi a Simón Tebcheranny con su inconfundible figura de *hippie* revolucionario y pasado de moda. Hacia las tres empezaron los primeros desmadres, y facciones de revoltosos que no pertenecían a los sindicatos organizados legalmente se fueron contra los almacenes, rompieron varias vitrinas y robaron la ropa y los electrodomésticos de las mismas. Otros manifestantes la emprendieron contra un supermercado y saquearon lo que encontraron a su alcance. La policía entró en acción y acordonó el sector. Alinearon a sus hombres y lanzaron sobre la masa gases lacrimógenos y proyectiles de goma. Los tanques despidieron chorros de agua para dispersar a la multitud y comandos especiales de soldados armados hasta los dientes rompieron el grupo compacto que seguía abucheando a los dirigentes locales. El conflicto fue creciendo en intensidad. Con bombas molotov, unos jóvenes universitarios alcanzaron a incendiar uno de los tanques de la policía. La respuesta fue brutal: los agentes del orden arremetieron contra el gentío y detuvieron a golpes a cuanta persona hallaron a su paso. Por lo general, arrastraban a los detenidos a las malas hasta un camión, y les pegaban con los bolillos de madera en las costillas o en las piernas para obligarlos a caer de rodillas y agarrarlos después adoloridos y maltratados.

No me di cuenta de en qué momento nos dispersamos. Cada quien corrió para su lado, evitando los golpes y las detenciones. La confusión impedía huir en grupo, ordenadamente, y la gente buscaba con desesperación una salida que le garantizara llegar hasta su casa ilesa y sin la policía pisándole los talones. Los gases lacrimógenos me impedían respirar y ver con normalidad, y así, entre el humo y el griterío general, con los ojos irritados y las vías respiratorias congestionadas, divisé en un ángulo de la plaza a Simón enfrentando a patadas y con palos de madera a un pelotón de uniformados que lo había cercado para detenerlo. Era una batalla campal donde el antiguo escritor se defendía como podía y no daba su brazo a torcer. Luego unos potentes chorros de agua me botaron al piso y me arrastraron hasta unas casetas de vendedores ambulantes. Pensé que me había roto algún hueso, pero no, al ponerme en pie noté que estaba sólo magullado y que cojeaba de la pierna izquierda, producto de un golpe que me había dado en la parte superior del muslo contra la esquina metálica de un negocio callejero de relojes. Menos mal que se trataba de una lesión muscular leve, que me permitía seguir moviéndome sin mayores problemas.

Había dado unos cuantos pasos cuando me tropecé con Candela, que estaba con la ropa empapada y muy agitada. De la cabeza le caían unos hilillos de sangre que bajaban por el cuello y le teñían de rojo una camiseta blanca que decía:

«La voz del pueblo es la voz de Dios». Me preguntó con la respiración entrecortada:

—¿Estás bien?

—Machucado, nada más —dije poniéndome la mano en el muslo.

—Estos hijueputas nos jodieron.

—Sí.

—Se llevaron a Mariano.

—¿Qué?

—Le quitaron el megáfono y le dieron una paliza.

—¿Viste la camioneta donde lo metieron?

—No alcancé a anotar nada. Tengo miedo de que no lo lleven al hospital. Está muy apaleado.

—Qué cabrones.

—También agarraron a Simón.

—No habrá sido fácil —afirmé recordando al tipo que tiraba palazos a diestra y siniestra.

—Vámonos de aquí. Lleguemos hasta el restaurante y después miramos a ver qué carajo hacemos.

Nos cogimos de la mano con Candela y corrimos en línea recta, sin percatarnos de lo que estaba sucediendo a nuestro alrededor. Al fin alcanzamos una calle donde los carros y los buses estaban atascados en una larga fila y salimos de la zona de peligro ahogados, con los ojos inyectados en sangre y con ganas de vomitar como efecto de los gases lacrimógenos.

Media hora después estábamos en el restaurante, reponiéndonos del susto, cambiándonos de ropa, echándonos agua en los ojos para refrescarlos y tomando Coca-Cola para calmar una diarrea que nos hacía entrar al baño cada quince minutos.

—Me da la impresión de que estos miserables lo tenían todo planeado —me dijo Candela sentada frente a mí con la cabeza entre las manos.

—No te entiendo.

—Claro, nos infiltraron con revoltosos que rompieron vitrinas y robaron almacenes, gente preparada por ellos mismos, y de esta manera justifican las detenciones y la represión que se nos viene encima.

—¿Tú crees?

—Seguro, Gerardo. Van a arrestar a unas cuantas personas claves y van a prohibir cualquier clase de protesta.

—La historia de siempre.

—Voltearon la tortilla. En el fondo, esto era lo mejor que les podía pasar. Por eso nos dejaron actuar sin decir ni hacer nada.

—¿Y Mariano?

—Lo agarraron a bolillazos. No alcancé a ayudarlo.

—¿Qué vamos a hacer?

—Si preguntamos por él ahora, nos detienen y terminamos empeorando las cosas. Mañana nos acercamos a una ONG que está en permanente contacto con nosotros, y miramos a ver qué podemos hacer por medio de ellos. Hay que exigir que le den asistencia médica.

—Podemos pasar el dato de Simón también —sugerí mientras me llevaba un sorbo de Coca-Cola a la boca.

—Por supuesto. Mañana empezamos a movernos para ver cómo los ayudamos.

Esos planes no se cumplirían jamás. Apenas terminamos de desayunar, con los primeros rayos de sol filtrándose a través de los ventanales del restaurante de Candela, y cuando nos disponíamos a averiguar dónde y cómo estaban Mariano y Simón, nos avisaron de una comisaría de policía que el cadáver de nuestro amigo había sido hallado en un basurero de las afueras de la ciudad. Nos quedamos fríos, con el ánimo por el suelo.

—Lo mataron estos hijueputas —dijo Candela colgando el teléfono y con dos lagrimones escurriéndole por las mejillas.

—Vamos cuanto antes —le propuse ayudándole a levantarse y a arreglarse.

El espectáculo no pudo ser más dantesco. Rodeado de basura y de desperdicios de las plantaciones de banano más cercanas, Mariano había sido amarrado con los brazos en cruz a un árbol sin hojas, como si fuera un Cristo desconocido y decrépito cuyo sacrificio inútil no interesara a nadie. Lo habían dejado sólo con el pantalón, y la piel amarillenta y apergaminada de su pecho lo hacía parecer más viejo y más acabado. Su rostro estaba deformado, tumefacto, y en distintos puntos del cuerpo se veían los rastros de la paliza. Como si eso no fuera suficiente, a su lado, amarrado al poste de una cerca con alambre de púas, estaba también el cadáver de Simón Tebcheranny. Su aspecto era aún peor. Era obvio que se habían ensañado con él antes de eliminarlo. Lo reconocimos por la barba canosa y por su larga cabellera plateada. Arriba, sobrevolando muy cerca de nosotros y para confirmar que estábamos en el infierno, una bandada de gallinazos esperaba nuestro retiro para cebarse con la carroña.

No dije una sola palabra. Sólo me acerqué al cuerpo de mi amigo, le abrí el pantalón y de su bolsillo secreto saqué las fotos de Mercy. Estaban manchadas de sangre y olían a orines trasnochados. Seguramente el viejo se había meado durante las sesiones de tortura. Le subí la cremallera y le abotoné el pantalón.

—Yo te la cuido, hermano —le dije en voz baja para que no me escucharan los dos agentes de policía que nos habían conducido hasta el lugar.

Finalmente miré al escritor con el alambre de púas enterrado en su carne y recordé que de jóvenes, a la salida del taller de escritores al que asistíamos juntos, habíamos alguna vez vagabundeado por la ciudad como buenos amigos, citándonos autores y hablando de novelas y obras de teatro que nos habían cambiado la vida para siempre, y me juré entonces por lo más sagrado que un día me leería todos sus libros.

CAPÍTULO VI

TEHURA

Asistí al entierro de Mariano con un nudo en la garganta. La mayoría de los maestros se hizo presente con flores y con ofrendas para el viejo que tanto había luchado por mejorar las condiciones laborales de una profesión que él consideraba, en su justa dimensión, un magisterio. A la salida del cementerio me invadió una enorme nostalgia.

Pensé qué diablos era lo que estaba haciendo, cuál era el objetivo de ese viaje absurdo y sin sentido. ¿Por qué no regresaba a Bogotá y me dedicaba a rehacer mi vida? ¿Qué era lo que estaba buscando? ¿Iba a terminar como Simón, maldiciendo mi pasado y mandando a la mierda a cualquiera que fuera a visitarme? ¿Qué era lo que me había sacado de Bogotá, de mi casa y de mí mismo? ¿Qué fuerza era esa? ¿Detrás de qué estaba corriendo? Como es obvio, no supe cómo responderme esas preguntas. Lo único claro es que sentía la necesidad de seguir sin mirar atrás, de moverme, de desplazarme hacia una meta desconocida y por ahora invisible. Regresé al restaurante de Candela a pie y con las manos entre los bolsillos.

Esa misma noche empaqué la maleta y me despedí de Candela:

—Prometo escribirte —le susurré al oído mientras la abrazaba.

—Ojalá, corazón —dijo ella colmándome de besos.

—Quiero pedirte un favor.

—Dime.

—Guárdale esto al viejo por ahí —pedí en voz baja y le entregué las fotografías de Mercy.

—¿Qué es esto?

—El amor de Mariano.

—¿Esto fue lo que le sacaste del pantalón?

—Sí.

—Pero si esta mujer lo abandonó y fue una miserable con él —dijo Candela indignada, y en su tono de voz herido, revanchista, adiviné una sombra de celos que la atormentaba. Quizá lo había amado en silencio y sabía que el recuerdo de ella se interponía entre los dos.

—Él la quería así.

—Si me estás pidiendo que yo le haga un altar a esta puta en mi casa, olvídate, ni más faltaba —afirmó ella y me devolvió las fotos con asco, como si fuera a contagiarse de una enfermedad peligrosa.

—Tú eras más amiga de él que yo. No tengo derecho a quedarme con ellas.

—Ese es tu problema. Allá tú con tu conciencia. Si yo hubiera conocido esas fotos, se las habría quemado, créeme. Esa zorra no se merecía un amor así.

Guardé las fotos en el morral, volví a abrazar a Candela y salí del restaurante con la certeza de haber conocido a una mujer cuya manera de ser me acompañaría en la memoria hasta el último día de mi vida.

En la terminal de autobuses compré un pasaje para Cali. De allí pensaba tomar una avioneta hasta Quibdó. Miré la hora y me quedaban cuarenta y cinco minutos antes de abordar. Me tomé una cerveza en una tienda y entré al baño a orinar. Cuando me estaba lavando las manos y la cara, sentí la presión de un cañón en la parte baja de la espalda. Miré por el espejo y un hombre corpulento, de pelo corto y expresión tranquila, estaba parado detrás de mí y dijo:

—No haga tonterías.

—¿Qué quiere? —pregunté calmado, sin alteraciones en la voz.

—¿Está armado?

—No.

—Quédese quieto.

Me cacheó de arriba abajo. Satisfecho con el resultado, metió el arma en el saco y me ordenó:

—Vamos afuera. Nada de jugarretas. Voy a estar apuntándole todo el tiempo.

—Me está confundiendo —dije dándome cuenta de que la cosa era mucho más grave que un simple atraco.

—Ahórrese las explicaciones para después —afirmó el orangután mientras me empujaba hacia la puerta.

Tenía la cabeza en blanco. El miedo me impedía pensar. Caminé como un autómata hasta que salimos de la terminal. Un carro con los vidrios polarizados frenó en seco frente a nosotros, la puerta se abrió y el matón me ordenó:

—Entre.

Obedecí sin protestar. Quedé entre un individuo de rostro frío que me miraba de reojo y el gorila que me había capturado en los baños. El chofer era un muchacho de apenas veinte o veintidós años que me miraba de vez en cuando por el espejo retrovisor. El que estaba a mi izquierda, sin levantar la voz, con un profesionalismo que me puso aún más nervioso, me explicó:

—Tengo que vendarle los ojos, señor Montenegro —si sabía mi apellido era porque no se había equivocado de sujeto—. No puede saber adónde lo conducimos.

Asentí. Me pusieron una venda gruesa y me la amarraron en la parte de atrás de la cabeza. El muchacho que iba conduciendo sugirió:

—Es mejor que ponga la cabeza sobre las rodillas. Por si acaso.

No sé a qué se refería con ese «por si acaso», pero bajé la cabeza hasta que sentí la frente contra mi rótula derecha.

Dimos vueltas por cerca de media hora y luego descendimos del carro sin que nadie pronunciara una sola palabra. Escuché ruidos de puertas que se abrían y se cerraban. Uno de ellos me llevaba agarrado del brazo para que no tropezara. Descendimos unas escaleras que quizá conducían a un sótano, me esposaron a una silla metálica que estaba sujeta al piso y me quitaron la venda con cuidado, sin hacerme daño. Sentí cómo el sudor me escurría por la espalda. Una lámpara tenue iluminaba la estancia. No había ventanas. El hombre que había viajado en el auto a mi izquierda empezó a pasearse de un lado para otro con parsimonia, sin mostrar nerviosismo, midiendo la situación. Al fin dijo:

—Señor Montenegro, lamentamos tener que retenerlo de esta manera. Créame que para nosotros, como para usted, es una situación muy desagradable. Pero los últimos sucesos nos han obligado a tomar medidas más radicales. Usted me comprende.

El tipo caminaba frente a mí como si fuera un profesor dirigiéndose a un grupo de estudiantes. El otro tipo se ubicó a mis espaldas. El chofer se había quedado arriba. Me imaginé que estaba encargado de vigilar que no hubiera movimientos sospechosos alrededor de la edificación donde nos encontrábamos.

—Sabemos que forma parte de una organización terrorista que hace poco atacó la alcaldía y cuyo propósito es desestabilizar el sistema en el sur del país. Lograron publicidad en los medios, y de no haber intervenido nosotros a tiempo quién sabe en qué hubiera terminado esa revuelta. No podemos permitir que esto vuelva a suceder. Los ciudadanos comunes y corrientes necesitan paz y seguridad para poder trabajar. Y nuestro deber es cuidar de ellos y de sus hijos. Para eso estamos.

El calor era insoportable. No tenían un ventilador y eso convertía el salón en un horno asfixiante. Las gotas me caían por el rostro mientras escuchaba la perorata de ese individuo meticuloso y calculador.

—Nuestros informes de inteligencia nos indican que usted vino de Bogotá a dar los últimos toques para la protesta. Ayudó al señor Mariano Rodríguez, asesoró a los cabecillas y fue seguramente el enlace entre grupos de izquierda de Bogotá y los sindicatos de esta parte del país. Como no tiene antecedentes penales ni había sido detectado en trabajos anteriores, era el hombre perfecto para la misión. Es lo que nosotros llamamos un «dormilón». ¿Conoce el término?

—No.

—Es un agente cuya función es no hacer nada durante años, camuflarse, pasar inadvertido, no levantar ninguna sospecha, llevar una vida como la de todo el mundo. No asiste a reuniones comprometedoras ni se involucra en nada. Es, en apariencia, un árbol más del bosque. Hasta el día en que lo despiertan y lo ponen en acción. Es una vieja táctica, la conocemos muy bien.

Hizo una pausa y se desabotonó la camisa hasta el pecho. Sacó un pañuelo y se enjugó las gotas de sudor que le humedecían la frente.

—Fueron muy inteligentes al utilizar un tipo de bajo perfil como usted. Pero el exceso de confianza fue un error. No entendemos cómo pudo instalarse en el restaurante y vivir en la misma casa que sus compinches. Fue una falta grave, reconózcalo. Creyeron que no los teníamos vigilados y se equivocaron. Tampoco entendimos por qué siguió y vigiló de cerca a Simón Tebcheranny. Suponemos que tenía órdenes desde Bogotá de cerciorarse de sus movimientos o algo así. ¿Dudaban de él? ¿Tenían indicios de una posible traición?

Iba a decirle que todo lo que estaba diciendo era un disparate pero me detuvo con un gesto de su mano:

—No se apresure. Déjeme terminar. Ya nos dará las explicaciones del caso.

Seguía caminando lentamente, midiendo cada paso y mirándome sólo cuando quería acentuar la frase que me dirigía con su voz inalterable.

—Lo curioso del caso es que en este mismo sitio su amigo Mariano, su posterior cómplice, nos confesó cómo gracias a su ayuda logró engañar a las autoridades en el retén. Muy hábil de su parte. Ni siquiera el viejo sabía quién era usted. Imaginamos que recibió órdenes muy concretas de sus superiores: comprar el pasaje justo junto al anciano y protegerlo para que llegara sin contratiempos a Buenaventura con los volantes y los comunicados que tenían que enviar a la prensa. Muy buen trabajo, señor Montenegro, hay que reconocerlo.

Miré hacia abajo y en efecto vi manchas de sangre impregnadas en el cemento del piso. Sentado en esa misma silla habían tenido a mi amigo dando alaridos y suplicando un poco de misericordia. No sentí ira ni indignación. No soy tan valiente. Lo que me sucedió fue que el acorralamiento me hizo pensar, me obligó a poner en marcha ese cerebro que tenía paralizado por el asombro y el terror. El tipo siguió hablando pero ya sólo lo escuchaba la mitad de mi ser. La otra mitad empezaba a maquinar una forma de evitar las agujas en los ojos y los electrochoques en los testículos.

—Lástima que después usted, señor Montenegro, bajó la guardia y convirtió el restaurante de la negra esa en su centro de operaciones. Un desliz difícil de entender en un agente de su nivel. Por un momento pensamos que nos estaban engañando mientras otro sujeto actuaba en la sombra. Creímos que lo habían puesto de cebo para que protegiera los movimientos de un segundo agente. Pero se trataba de un simple exceso de confianza. Eso demuestra, con todo respeto, señor Montenegro, que usted no es tan bueno y que le falta sagacidad.

Por mi mente pasaban ideas a toda velocidad. Si me presentaba como el miserable actorucho de teatro que en su vida se había comprometido con nada, esos fulanos me convertirían en puré. A cada negación mía sus ansias de vencerme y de hacerme confesar los llevarían al salvajismo más extremo. Era más inteligente aceptar el rol que me habían dado y presentarme como un agente cuya información, secreta y muy valiosa, se podía negociar. Había llegado el momento de saber si tenía talento o no como actor. Mi último papel. La hora de la verdad.

—Así están las cosas, señor Montenegro. Nosotros los vencimos y no queremos volver a tener problemas en mucho tiempo. Vamos a desmantelar su organización y usted nos va a ayudar. A las buenas o a las malas. ¿Entiende a qué me refiero?

Moví la cabeza de arriba abajo varias veces. Ahora se trataba de ocultar el pánico que me embargaba y de demostrar la sangre fría de un agente que conoce los gajes del oficio. Me dije mentalmente: «Bueno, hermano, a poner en práctica lo que aprendiste. Vamos a ver qué tan bueno eres, cabrón».

—Voy a hacerle varias preguntas y quiero que me responda de manera breve y concreta. ¿Es usted Gerardo Montenegro, identificado con la cédula de ciudadanía número 79026833 de Bogotá?

—Sí —fingí un tono de voz firme y una pronunciación sin tartamudeos. La clave estaba en no suplicar, no gemir, no sollozar, no rogar por la vida propia. Como buenos animales de presa, el miedo de la víctima seguramente excitaba y sacaba de sus casillas a esos sujetos. Los cadáveres de Mariano y de Simón mostraban a leguas de lo que eran capaces.

—¿Estudió teatro y se ha dedicado a la profesión de actor?

—Sí.

—No tiene residencia ni teléfono, ¿verdad?

—Así es.

—¿Salió de todas sus pertenencias porque la misión que le encomendaron lo iba a mantener de un lado a otro durante un cierto tiempo?

—Correcto.

—¿Sabía dónde pensaban ubicarlo después?

—En Quibdó.

—¿Cuándo lo contactaron por primera vez?

—Hace quince años, en un montaje de una obra de teatro. Me di cuenta de que el personaje comenzaba a producir efecto en el público. El tipo dejó de caminar y se quedó quieto, con el ceño fruncido, recostado en la pared.

—¿Qué organización lo contactó?

—La Unión Patriótica.

—¡Era obvio que los malparidos de las FARC estaban detrás de todo esto! —afirmó golpeando el muro con el puño.

Se sabía que las Fuerzas Armadas Revolucionarias de Colombia patrocinaban un movimiento político legal llamado Unión Patriótica, el cual, por cierto, había sido exterminado casi en su totalidad. Habían asesinado a más de tres mil de sus integrantes. Un caso único en el mundo. El resto aguantaban como podían una existencia miserable, habían regresado a las filas de la guerrilla o habían pedido asilo político en el extranjero. Mis mentiras no podían causarles ningún daño. El interrogatorio continuó:

—¿Le explicaron que lo querían alejado para algún trabajo especial en el futuro?

—Sí.

—¿Por qué me dijo que no era un «dormilón»?

—Lo que le dije es que no conocía el término de ustedes. Nosotros les decimos «zombis». Andan por ahí, a la deriva, hasta que les dan el antídoto.

—Fíjese cómo aprende uno conversando —ya no hablaba con tanta seguridad, se veía que no esperaba un comportamiento tan aplomado de mi parte—. ¿Recibió entrenamiento?

—Sí.

—¿Dónde?

—En Chinauta —algunos amigos míos que sí habían militado en la izquierda habían recibido las lecciones básicas en ese pueblo cerca de Bogotá.

—Sí, conozco la sede. Luego lo dejaron llevar su vida tranquilamente, me imagino. ¿Cada cuánto tiempo se ponían en contacto con usted?

—Cada seis meses. Por correo. En los últimos años, por Internet.

—Mensajes en clave, por supuesto.

—Claro.

—¿Quién fue la persona encargada de contactarlo y de iniciarlo en la causa?

Recordé a un viejo amigo del Teatro Libre de Bogotá con quien habíamos hecho un par de montajes juntos (Beckett, Betti), y que luego de una crisis con el teatro se había dedicado a la práctica del budismo zen. Se llamaba Iván Quintero y vivía en un monasterio en Valencia, junto al maestro Dokusho Villalba. Estaba seguro de que mis estratagemas para salvar el pellejo no lo iban a afectar en nada. Incluso, si pudiera verme en lo que estaba metido, no dejaría de sonreír y de tomarme el pelo.

—Iván Quintero —aseguré como si el hecho de delatarlo me doliera—. Él fue el enlace durante años.

—¿Ya no?

—No, ya no.

—Ahora lo contactan por Internet, claro, es mucho más seguro —el tono de amenaza había desaparecido y daba la impresión de que conversábamos amigablemente en una taberna o en un bar—. De todos modos le habrán pagado por mantenerlo ahí, listo para lo que se necesitara.

—Nada del otro mundo —dije con desdén y empezando a mostrar cuál era el motivo de mi insatisfacción.

Un clic a mis espaldas me indicó que el gorila estaba grabando la conversación. Era de esperarse.

—¿Su misión era proteger a Mariano Rodríguez y asegurarse de que la protesta se extendiera y saliera bien?

—En principio, sí.

—¿Había algo más?

—Correcto.

—¿Por qué vigiló al señor Tebcheranny?

—Querían un reporte de dónde vivía, cómo, con quién, y si era un sujeto en el que se podía confiar al ciento por ciento.

—¿Con qué fin?

—Hay planes hacia el futuro y querían saber si podían contar con él.

—¿No supuso usted que lo vigilábamos?

—Por supuesto que sí.

—¿Entonces por qué se puso en evidencia?

—Lo hice a propósito.

Sentí que lo tenía capturado. Me miraba con atención, fijamente, sin poderse desprender de mis respuestas. El miedo desapareció por completo y encarné el personaje sin dejar resquicios ni fisuras. Ya no era Gerardito el miserable, sino un espía que se había adueñado de la situación. Recuerdo que, incluso muerto de pánico, llegué a disfrutar la escena que improvisaba.

—¿Quería ponerse en contacto con nosotros? —lo dijo asombrado, como si aún no pudiera creer la información que su cerebro le dictaba.

—Exactamente. Después de la muerte de Rodríguez y de Tebcheranny, no tuve ninguna duda de que me capturarían. Por eso no me defendí en el baño del terminal. La verdad es que había detectado a su hombre hacía rato.

—¿Me está usted diciendo que está aquí por su propia voluntad?

—Sí, ésta era la manera más fácil y segura de entrevistarme con ustedes.

—¿Segura?

—Si hubieran presentido que les pisaba los talones, me habrían eliminado sin darme tiempo de explicar nada.

—No me diga que quiere usted ahora cambiarse de bando —abrió los brazos como diciendo «esto ya es el colmo».

—No es tan sencillo —el calor me tenía sofocado pero la mente me trabajaba a la perfección, no me sentía embotado ni mareado.

—En eso tiene razón, señor Montenegro, esto se está poniendo más complicado de lo que yo creía. Explíquese.

—El primer paso era la protesta aquí, en Buenaventura. Pero ese no es el objetivo de fondo, es sólo un primer peldaño, nada más. Es una señal, un aviso. Si ustedes creen que vencieron definitivamente, están en un grave error y el resto los puede coger por sorpresa. Ese sí es el típico caso de exceso de confianza —hice énfasis en el «sí», como recordándole que yo no había caído en la trampa, sino que había elegido ser capturado para llegar a ellos.

—Pero ¿qué es lo que usted quiere?

—Negociar.

—¿Información a cambio de qué?

—Dinero y una oferta para trabajar como agente doble por un tiempo. Tenerme en ese puesto puede ser para ustedes su gran fortaleza. Luego me largo del país.

—¿Y dónde están la mística, la lealtad a la causa y todos esos discursos?

—El problema de nosotros, los zombis, es que pasamos tantos años alejados de la lucha que terminamos por olvidarnos de ella. Míreme: ¿usted cree que con esta cara puedo creer en la toma del poder, en la justicia social o en alguna de esas cretinadas? Soy un hombre práctico. Perdí muchos años de mi vida y quiero recuperarlos.

—Me sorprende usted, señor Montenegro.

—Voy a tener un hijo —no sé de dónde diablos me llegó eso a la cabeza, fue un exceso de velocidad de mi propio inconsciente—. Desconozco si usted es padre o no, pero eso nos cambia las coordenadas, los puntos de referencia. No tengo nada para ofrecerle a mi primogénito. Le parecerá ridículo lo que le estoy contando, pero estoy cansado. Quiero sacar a mi mujer y a mi hijo del país y brindarles un futuro aceptable, decente. Mi primera obligación como hombre no son las utopías, sino mi familia. Necesito cumplirles a ellos dos.

Intuí que había bateado correctamente. No era un *home run*, pero era un *hit* por primera con las bases llenas. El hombre le ordenó a su amigo:

—Abre arriba la puerta. Este hueco es un horno.

Eso significaba que por el momento no pensaban torturarme y que por lo tanto los vecinos o la gente que pasaba por la calle no iban a escuchar extraños gritos saliendo del sótano. El gorila subió unos escalones, abrió una pesada puerta metálica y una corriente de aire nos refrescó de inmediato. Buena señal. Tenía la sartén por el mango y no la pensaba soltar. Aunque tuviera que sufrir una que otra amenaza:

—A ver, mi querido amigo, si usted tiene una información tan valiosa como dice, ¿qué me impide sacársela a las malas?

—Lo que no hay que perder de vista aquí es que yo tengo una información clave, sí, pero la más importante es la que me va a llegar en las próximas semanas. Si usted me tortura o me elimina, perderá la posibilidad de enterarse de un proyecto de gran envergadura. Yo valgo más en futuro que en presente. Le conviene más pagarme que matarme.

Volvió a caminar de un lado para otro, pero sin la seguridad que tenía antes. Lo hacía pensativo, en silencio, sin saber qué hacer conmigo. Decidí jugármela a fondo. Tres bolas, dos *strikes*, las bases llenas y bateé:

—El Pacífico es la zona estratégica en la guerra del futuro. El que controle esta zona tendrá bajo su poder la mayor fuente de ingresos y los puertos principales para la importación de armas. Desde Nariño hasta la frontera con Panamá es el territorio privilegiado para la exportación de cocaína y de heroína. Las rutas del Atlántico están bajo la supervisión de la DEA. Ahí no hay nada que hacer. En cambio, la selva del Chocó es inexpugnable y el océano Pacífico es muy difícil de custodiar, dadas sus condiciones climáticas. Los negocios más importantes se realizarán por esta vía. Lo mismo sucede para el tráfico de armas —tomé aire y seguí improvisando una serie de ideas sacadas de mis lecturas durante los últimos dos o tres años—. Chocó es un departamento, además, rico en biodiversidad e indispensable si se piensa en la construcción de un segundo canal, más grande que el de Panamá. El gobierno norteamericano es muy sensible a estos temas. Tengo instrucciones de comenzar a formar grandes movimientos populares que respalden la posición de la guerrilla en esta zona del país. Las acciones militares deben ir acompañadas de un trabajo social paralelo, de comunidades de base que garanticen el triunfo. Si funciono como agente doble, ustedes estarán enterados de cada movimiento. Lo que les ofrezco no es cualquier información.

El tipo tenía los ojos bien abiertos y la camisa empapada en sudor. Rematé diciendo:

—Yo sé que ésta es una decisión que usted no puede tomar sin consultar a sus superiores. Pregúnteles. Dígales que les daré todas las garantías que me pidan.

—¿De cuánto estamos hablando?

—Un millón de dólares —lo dije sin pensarlo, como si hubiera calculado la cifra durante meses y estuviera seguro de ella—. Puede ser en pagos escalonados, en la medida en que la información vaya entrando.

—Déjeme consultar —suspiró, tomó a mis espaldas el casete de la grabación y salió del lugar con cara de preocupación, angustiado, sin saber muy bien ante qué se estaba enfrentando.

Listo, *home run* con bases llenas, cuatro carreras.

Me dejaron solo por unos minutos. Arriba, mezcladas de manera confusa, las voces de los tres hombres no me permitían detallar lo que decían. Luego hubo un silencio largo, una puerta se abrió y se cerró, y el gorila bajó las escaleras sin dirigirme la mirada. Se sentó en el último escalón y se quedó inmóvil en esa posición, como si lo hubieran momificado. Por primera vez desde que había iniciado el espectáculo que acababa de montar, pensé en serio qué iba a hacer si los fulanos decidían aceptar el trato. ¿Para dónde me iría? ¿Qué diría? ¿Cuánto tiempo podría seguir fingiendo que era un espía con una misión importante en el eje del Pacífico colombiano? Llegué a fantasear incluso con la posibilidad de inventar datos y desplazamientos de tropa, cobrar los primeros cien mil dólares y mandarles una postal desde Tailandia o Madagascar, donde ninguno de esos payasos pudiera encontrarme. La voz del gorila me sacó de mis fantasías:

—¿Se dio cuenta de que lo seguíamos desde que salió del restaurante?

—Detecté el carro con facilidad, sí.

—¿Y luego me vio a mí en el terminal?

—Usted me vio comprar los pasajes y después me siguió de lejos cuando compré la cerveza. Entré al baño para facilitarle el trabajo y que le fuera sencillo abordarme.

—Es usted muy bueno.

—Es el oficio, viejo.

La ingenuidad del matón me habría enternecido en otras circunstancias, pero recordé lo que les había hecho a Mariano y a Simón, y me dije: «Esa es la tristeza del carnicero que no puede cortar la res en pedacitos». Se oía una brisa suave que entraba silbando por la parte baja de la puerta que daba a la calle y cuyas ráfagas nos refrescaba en el rincón oscuro donde esperábamos la llegada de los otros dos hombres. El mamut siguió hablando:

—¿Sabe una cosa? Yo entiendo eso que dijo usted, lo de la familia. Es así.

—¿Está casado?

—Hace tres años.

—¿La ama?

—Es mi vida, no puedo vivir sin ella.

—¿Tienen hijos?

—Un niño de dos años. Se llama como yo.

—Entonces sí entiende por qué hago lo que hago —dije en un tono afectado, melancólico, como si en ese preciso instante la imagen de mi abnegada esposa y la de mi hijo me dolieran en la memoria.

—Yo también hago lo que hago por ellos. No me gasto un peso del sueldo por fuera de mi hogar. Yo no soy como los demás, que toman trago y tienen otras mujeres. Cada mes le entrego a ella el sueldo completo para que lo administre —el tipo se pasó la mano derecha por la cabeza y cerró los ojos—. Cuando mi hijo sea grande no quiero que tenga nada que ver con lo que yo hago. Quiero que sea doctor, un hombre de bien, una persona estudiada.

—A mí me pasa igual. Por eso quiero terminar este trabajo y sacarlos del país. No es justo que paguen por lo que yo hice.

Míster Mundo no respondió y se quedó ahí agazapado, como si fuera un niño travieso escondiéndose en el sótano de la casa para escapar de los regaños y las reprimendas de su madre. La escena era curiosa y me causó un efecto teatral. Parecíamos dos actores representando una historia insólita. La luz tenue, el calor, los silbidos del aire allá arriba, el verdugo fatigado y triste en una esquina, la humedad de la atmósfera, la ausencia de diálogo y la víctima sentada en una silla escapando de la tortura sólo a punta de creatividad e imaginación, todo era perfecto para pensar que en cualquier momento bajaría el telón y se escucharía el aplauso ensordecedor de un público eufórico y más que satisfecho.

—¿Usted también tiene un hijo varón? —preguntó Goliat sin levantar la cabeza.

—Sí.

—Me gustan más los niños que las niñas. Se evita uno el problema de tenerlas que cuidar cuando crezcan, vigilarlas y espantarles a los sinvergüenzas que les caen como moscas. Los niños son mejores.

—Opino lo mismo. Las niñas son bellas de chiquitas. Después sólo traen desgracias.

Entramos otra vez en ese vacío que se instalaba de repente entre nosotros. Yo procuraba no hablar mucho, no mostrar nerviosismo, no presentarme como alguien a quien el silencio incomodaba y desajustaba. Tampoco quería intimar. Había controlado bien la situación como para poner en evidencia ahora puntos débiles ante el enemigo. El matón subió las escaleras y bajó unos minutos más tarde con un vaso de agua para él y otro para mí.

—Tenga, beba —me puso el vaso en los labios, lo inclinó y bebí con ansiedad, disfrutando del líquido en la boca y la garganta.

—Gracias —dije cuando terminé.

—Está haciendo un calor insoportable.

—¿Puedo ir al baño?

Un segundo de recelo cruzó por la mente de King Kong. Desenfundó una pistola y su voz se convirtió en una amenaza:

—Nada de jugarretas, hermano, porque lo quiebro.

—Tranquilo, no me interesa escapar.

Siempre con el arma en la mano, mi guardián me liberó de la silla, me ajustó las esposas otra vez en las muñecas y me condujo a un baño arriba, en el primer piso de la vivienda. Tuve que entrecerrar los ojos para acostumbrarme a los rayos de sol que entraban por las ventanas. El lugar estaba deshabitado y tenía que ser un barrio en las afueras de la ciudad, porque los ruidos que llegaban de la calle eran muy esporádicos e indicaban poco tráfico en el sector. Oriné con los brazos esposados hacia adelante, solté el agua del inodoro y salí dispuesto a bajar de nuevo a la guarida. El gorila, con la pistola en la mano derecha, me dijo:

—¿Listo?

—Sí, gracias.

Entonces la puerta fue derrumbada de pronto de un solo golpe y un comando de hombres vestidos de civil ingresó armado con revólveres y fusiles cuyos cañones nos apuntaban a la cabeza. Míster Músculo intentó defenderse y apuntar a la avalancha que se le venía encima, pero dos disparos certeros lo dejaron tendido en el piso y fuera de combate. Alcé los brazos y dije:

—No disparen. Estoy retenido. No tengo armas.

Un hombre me puso contra la pared y sentí el cañón de su revólver en la nuca.

—¿Hay alguien más? —preguntó con el acento de la región.

—No que yo sepa.

—¿Quién es usted?

—Gerardo Montenegro.

—¿Por qué está retenido?

—Participé en la marcha —parecía increíble que sólo unas horas antes hubiera estado entre los manifestantes corriendo como un loco para salvar el pellejo. En realidad habían pasado como dos años.

—Quédese quieto mientras revisamos.

A mis espaldas se escuchaban los ruidos de varios hombres entrando y saliendo de todos los rincones de la casa. Una voz gritó:

—¡Confirmado, no hay nadie más!

Me agarraron de la camisa, me sacaron a la calle y me metieron en un *jeep* en el asiento de atrás.

—¡Vámonos, vámonos! —dijo el que me había puesto de cara a la pared y que parecía ser el encargado de coordinar la operación.

—¿Son de la policía? —pregunté con una ingenuidad de la que me arrepentí enseguida.

—¡Cállese y no vaya a hacer escándalo! —fue la respuesta del líder, que iba a mi lado.

El carro arrancó y tomamos una carretera que se alejaba de la ciudad entre fincas de ganado y grandes plantaciones de banano. Otro *jeep* nos escoltaba. No sé por qué se me ocurrió pensar en mi morral y en el diario de Jesús. También me imaginé que las fotos de Mercy, como ella misma, se quedarían extraviadas en el pasado. Después recordé al gorila sangrando en el piso y me dije que un pésimo hombre y un buen padre acababan de morir.

Viajamos por cerca de dos horas internándonos en carreteras y caminos sin pavimentar. A veces el hombre que iba a mi lado decía:

—Hay que tener cuidado con los retenes. Pilas. Donde nos detecten nos toca levantarnos a plomo.

Los carros entraron en una trocha y nos dejaron frente a una casa humilde que había sido construida en una loma rodeada por matas de yuca, plátano y vegetación agreste. Había sólo dos posibilidades: los fulanos eran de la guerrilla o de la delincuencia común. Esta segunda opción era mucho peor: las condiciones de la reclusión son inhumanas (encadenado, sin luz, como una rata en un agujero), y buscarían una recompensa en metálico que alargaría y alargaría el secuestro durante meses e incluso años. Por unos segundos me imaginé a mi padre (el avaro por excelencia) con vida, recibiendo una nota en la que le exigían cientos de millones por mi rescate. Su primera reacción sería dudar y sospechar que todo era una treta tramada por mí para despojarlo de su aparente fortuna. La paranoia del avaro lo hace ver enemigos hasta en sus parientes y conocidos. Siguiendo la hipótesis, lo más seguro es que no pagaría un solo centavo y que yo sería descuartizado y convertido en una piltrafa después de los meses de encierro. Aunque la verdad era otra: en caso de un secuestro mis captores no tenían a nadie a quién avisarle y pedirle un rescate. Prefería la segunda opción: una detención caminando por las montañas, los valles y las selvas más intrincadas. Al menos tendría aire para respirar y recibiría la luz del sol todos los días.

Me llevaron a un catre. El que daba las órdenes llamó a uno de los hombres que habían viajado en el otro carro y le dijo:

—Vigílelo bien. Si intenta algo, llénele la barriga de plomo.

Cerró la puerta de la habitación y nos quedamos solos mi nuevo guardián y yo. Escuchamos que los demás salían y conversaban afuera, pero era imposible precisar de qué estaban hablando. Me recosté y cerré los ojos. Estaba rendido de cansancio pero no pude dormirme. No hay nada que fatigue más que el miedo. Tenía aún las muñecas esposadas.

Al rato entró el jefe del escuadrón. Abrí los ojos.

—¿Por qué estaba capturado? —me preguntó a bocajarro.

—Ya le dije, estaba en la marcha con los organizadores.

—Los dos hombres que interceptamos nos dijeron que tenían a uno de nuestros agentes principales, y que si les hacíamos algo lo mataban.

—Creían que yo era un enviado de Bogotá.

—La información que nos dieron confirmaba lo que decían.

—Lo inventé todo para que no me torturaran.

—Mire, hermano, su historia es muy rara. Si usted de verdad es uno de nuestros hombres y nos quería traicionar, rece y vaya despidiéndose, porque nos toca fusilarlo.

—Pregunte y verá que no tengo nada que ver con ustedes ni con nadie.

—¿Qué hacía en la marcha?

—Mariano Rodríguez era mi amigo. Le colaboré y lo acompañé el día de la protesta. Esos cabrones lo torturaron y lo mataron.

—Esos cabrones ahora también están muertos, hermanito. Lo que no sabemos es qué hacer con usted. Si llega a ser un infiltrado, lo que le espera es aún peor.

—No tengo nada que ocultar —tragué saliva y me pasé la lengua por los labios resecos—. Me inventé el cuento del agente para engañarlos y salir con vida de la encerrona que me hicieron. Soy actor profesional. Se trataba de salvar el pellejo.

—Espero por su bien que lo que está diciendo sea verdad. No me gusta que me tomen el pelo.

Salió y volvimos a quedarnos solos con el hombre que me custodiaba. Era un cuarentón de bigote negro espeso y con unas cuantas canas en los costados, arriba de las orejas. Miraba de frente, con dureza. Su delgadez reflejaba sin embargo una extraordinaria fortaleza. No pronunciaba una palabra. Volví a cerrar los ojos y esta vez sí me hundí en un sueño profundo que me hizo olvidar por unas horas la absurda realidad que había empezado a abrirse ante mí.

Llevamos una rutina de encierro y de silencio durante los dos días siguientes. La comida era una sopa aguada de yuca y plátano, y un poco de arroz blanco con pedazos de cebolla larga. No supe quién cocinaba. Teníamos un baño estrecho para hacer nuestras necesidades. No había papel higiénico, sino recortes de periódico sobre la tapa del inodoro. Una noche le dije al comandante Carlos, como se hacía llamar el jefe del grupo:

—Necesito bañarme, cambiarme de ropa y no tengo cepillo de dientes.

—No se vaya a poner exigente —me respondió con sequedad.

—Los días son larguísimos sin conversar y sin hacer nada. ¿No puede conseguir unos libros?

—Esto no es un centro comercial, maestro. Cómo se nota que usted ha sido toda la vida un burguesito.

Sin embargo, al día siguiente me entregó una mochila arhuaca abultada y me dijo:

—Tenga, hágalo durar lo que más pueda.

Adentro había una barra de jabón para el cuerpo y otra para lavar ropa, una crema de dientes, un cepillo, un rollo de papel higiénico, un bluyín, dos camisetas, dos calzoncillos y un libro que abrí enseguida, imaginándome que se trataba de alguna novela de mis autores favoritos. No. Era un libro sobre las esculturas de San Agustín, del profesor Pablo Gamboa Hinestrosa. No sabía aún los momentos maravillosos que pasaría al leer esas páginas.

Pedí autorización para bañarme, cepillarme los dientes y cambiarme de ropa. En la ducha caía un chorro helado y refrescante. Recuerdo la inmensa alegría que me causó el agua, el olor del jabón y la sensación de limpieza que me inundó de la cabeza a los pies. Salí y me puse la ropa que me habían traído. No era gran cosa pero estaba nueva, sin ese sudor acumulado que la va convirtiendo en una armadura de olores desagradables que vuelve el cuerpo una masa pesada y lenta. No me había podido afeitar, así que sentía un bigote y una barba incipientes, espinosos.

Los tres días siguientes, leyendo muy despacio para no terminarlo, me los pasé metido en el libro del profesor Gamboa. Estudié los diseños de las esculturas en el Alto de los Ídolos, los guerreros, las deidades solares y lunares, los sacerdotes, los dólmenes, las transformaciones animales en murciélago, en jaguar, en caimán o en serpiente. Y entendí que no se trataba sólo de un problema de arqueología, sino de estética, de unos artistas precolombinos que nos habían dejado en esas piedras unos mensajes que aún estaban por interpretar. Esas misteriosas esculturas reflejan la perfección de unos pueblos primitivos, para los cuales todas las acciones estaban conectadas siempre con lo sagrado. Sentí pena de pertenecer a unos tiempos tan vacíos y decadentes.

Una madrugada, el comandante Carlos me despertó a los empujones y me ordenó:

—Rápido, coja sus cosas y salga.

—¿Qué pasa? —pregunté todavía a medio camino entre el sueño y la vigilia.

—Tenemos que irnos de aquí, muévase.

La verdad fue que me alegré. Ya no aguantaba más la quietud y el encierro. Me colgué mi mochila indígena de un hombro, me puse las medias y los zapatos (en la casa andaba descalzo) y salí a recibir el aire fresco de la madrugada. Afuera ya nos estaban esperando cuatro hombres con uniformes que no habían estado durante el operativo.

—Andando —dijo uno de ellos y empezamos a caminar.

Éramos en total siete personas. La marcha era a paso firme y sin detenernos a descansar ni a tomar agua. El amanecer nos cogió atravesando trochas por las que nos introducía un campesino vestido de camuflaje que hacía de guía. A veces sacaba un machete que llevaba en un costado y cortaba los ramajes que nos impedían avanzar. A las diez de la mañana, en la falda de la cordillera Occidental, nos sentamos en medio de un cultivo de plátano. El comandante Carlos rotó una cantimplora con agua fría. La sed me había cuarteado los labios. Pregunté:

—¿Falta mucho?

—Todo el día —me dijo el hombre que había hecho de guardián a lo largo de la semana.

—Ese es el problema de ustedes, los que vienen de la ciudad —comentó el guía.

—¿Cuál? —lo que me importaba no era conocer la respuesta, sino hablar por el simple placer de hablar.

—Todo lo quieren fácil, cómodo, sin esfuerzo.

—Siempre tienen hambre o sed —dijo otro de los uniformados.

—Y son flojos, no aguantan nada —afirmó uno de ellos que no pasaba de los dieciocho años.

—Y hay que verlos a ustedes en una gran ciudad —dije para echar leña al fuego—. Cualquier máquina los asusta y les tienen miedo a los ascensores.

La charla se encendió, en efecto, y me cayó una andanada de críticas y de comentarios venenosos. Yo estaba feliz. Lo único que quería era oírlos hablar, escuchar sus palabras, aunque estuvieran cargadas de odio y de resentimiento hacia mí. Y seguí atacándolos para mantener viva la pasión y que no se fueran a callar. Al cabo de un cuarto de hora, el comandante Carlos se puso de pie y dijo:

—Bueno, se acabó el recreo. Hay que continuar.

Empezamos a subir la cordillera. Fue un ejercicio agotador, las piernas me dolían y en los dedos de los pies empezaron a aparecerme ampollas que me hicieron más difícil el ascenso. Como lo había anunciado mi guardián, anduvimos todo el día hasta que el sol se puso en el horizonte. De vez en cuando bebíamos de la cantimplora y pare de contar. A las seis de la tarde llegamos a una choza y yo caí muerto, como si me hubieran pegado un tiro en la cabeza. Me moría de hambre, pero el cansancio era tal que no alcancé a recostarme en una pared cuando me quedé profundo como una piedra. A medianoche me despertó el frío y uno de los hombres, que estaba de guardia, al ver que los dientes me castañeteaban, me tiró una cobija y, sacándose el clavo, me dijo en un tono despectivo:

—¿Y no dizque la gente de Bogotá es una berraca para el frío? Ustedes sí son bien maricas, ¿no?

No tuve ganas de responderle. El frío me tenía temblando y ya sentía los dolores de la caminata: en las plantas ampolladas de los pies, en las rodillas, en los muslos, en la ingle, en la espalda, en fin, era como si me hubieran dado una golpiza del ombligo para abajo. La cobija me protegió un poco, pero sin embargo seguí tiritando y tenía la impresión de haber ingresado a una nevera que ya estaba congelándome hasta los huesos.

Ese bohío fue el primero de una serie de refugios que visitamos a lo largo de las semanas siguientes. Los dolores iniciales desaparecieron y me acostumbré a las largas jornadas a pie atravesando valles y montañas. No tenía ni idea en qué departamento del país me encontraba. Nunca estuvimos cerca de caseríos, pueblos o ciudades. Mis captores eran relevados de tanto en tanto por rostros nuevos que llegaban con las mismas instrucciones: hablar conmigo lo estrictamente necesario, no perderme de vista y no darme ningún tipo de explicación con respecto a los cambios de lugar que efectuábamos. Me crecieron el cabello y la barba, y me gustaba la imagen de vagabundo o de *hippie* de los años sesenta que me devolvían las aguas de los ríos, los charcos, las lagunas o los pozos donde nos deteníamos a beber para refrescarnos y recuperar el aliento.

Lo peor de dormir al aire libre son los insectos, esa vida diminuta que prolifera a alta velocidad por todas partes. Seres pequeños y ligeros que son los grandes reyes de la naturaleza. Siempre hemos admirado los seres grandes o veloces, los leones, los leopardos o los elefantes, pero es un error de apreciación. Esos animales son ridículos en comparación con una nube de langostas, una fuga ciega de hormigas tambochas o un ataque de mosquitos o de zancudos hambrientos. Y aun poniendo el mosquitero, toda la noche están ahí, rondando, sobrevolando encima de nosotros, esperando una sola oportunidad para lanzarse sobre nuestra piel y chuparnos toda la sangre posible, envenenarnos o incluso matarnos.

Había un rasgo de mi personalidad que sorprendía a mis captores: que yo no me descomponía interiormente. Pasara lo que pasara, y aunque mi cuerpo estuviera débil y adolorido por todas partes, yo no lloriqueaba, ni me lamentaba, ni suplicaba, ni me deprimía pensando en algún familiar. Durante años había visto en la televisión, o había escuchado en la radio, o había leído en la prensa escrita los testimonios aterradores de los secuestrados. Tarde o temprano el recuerdo de sus mujeres, de sus padres o de sus hijos terminaba por acabarlos, por bajarles el ánimo y por derrotarlos. En mi caso no. Yo no tenía nada ni a nadie, yo era un renegado. No quería mandarles mensajes a los compañeros de trabajo, ni súplicas al gobierno, ni frases de ayuda a las organizaciones de derechos humanos; no preguntaba por las noticias, no me ponía a hablar de la belleza de mis niños ni de la perfecta fidelidad de mi esposa. Me importaba un comino ese mundo que había dejado atrás y no me parecía mejor que éste, aunque las condiciones por las que estaba pasando fueran desastrosas. Y esa actitud les produjo respeto a mis captores. Veían que por dentro yo era un bloque sólido, monolítico, y que no tenía fisuras espirituales. Cuando me preguntaban por mi familia o por mi vida pasada, yo les respondía que eso no tenía importancia, que ellos estaban allá y yo acá, que no tenía sentido preocuparme por ellos. Entonces me miraban incrédulos, no volvían a tocar el tema y se retiraban pensativos.

Un buen día bajamos de la cordillera y nos metimos en una selva pantanosa que me hizo pensar que estábamos en el departamento del Chocó o en sus alrededores. El calor era infernal y lluvias permanentes nos dejaban con la ropa empapada y los zapatos hechos una sopa. En las horas de la noche tendíamos hamacas entre los árboles, nos echábamos encima un mosquitero y nos dormíamos escuchando los ruidos de los insectos y de uno que otro animal que rondaba la oscuridad en busca de alimento. No aguanté los rigores del clima y caí enfermo con una fiebre que me hacía delirar. En ese estado escuché una conversación que no sabía si era real o si era producto de la enfermedad.

—Este tipo ya no aguanta —decía una voz templada y firme.

—No podemos dejarlo así —comentó un hombre que hablaba en susurros, como si temiera ser escuchado por sus compañeros.

—¿Y por qué no?

—Eso no se le hace a nadie.

—Le podemos disparar en la nuca sin que se dé cuenta. Decimos después que le dio gangrena y que se lo tiramos a las pirañas.

—¿Cómo se le ocurre?

—Y quién lo va a cargar, ¿usted?

—Listo, yo lo cargo con el negro.

—Allá ustedes, hermano. Pero si después hay que salir de él, el trabajito lo hacen ustedes.

Improvisaron una camilla y me tendieron en ella. Dos de los hombres que me escoltaban, uno de ellos de raza negra, me cargaron lentamente y con innumerables tropiezos a través de la jungla. Fueron días de pesadilla, ahogado, sudando, con la mente en un continuo estado de ensoñación a causa de la fiebre. Veía arriba las copas de los árboles y un cielo gris sobre el cual se destacaba a veces el vuelo de algún pájaro o el salto imprevisto de un mono que cambiaba de rama. La calentura convertía la naturaleza circundante en un diseño de figuras macabras que se burlaban de mí al verme pasar. En lugar de ver hojas, ramas, lianas y troncos gigantescos, yo percibía rostros verdes y agresivos que soltaban carcajadas al contemplarme acostado en la camilla, enfermo y asustado. Y los ruidos de las cacatúas y de los simios me parecían risas y cuchicheos de esas presencias fantasmales que mi cerebro delirante inventaba para torturarme.

Mientras viajaba por la selva así, acostado en una camilla cuyas ramas a veces se me clavaban en la espalda y me herían, ese sopor me fue anestesiando la poca lucidez que reservaba para momentos aún más difíciles. Por entre las tinieblas de una memoria suspendida tercamente en un pasado del que yo pretendía escapar de una manera definitiva, recordé mi apartamento en Bogotá, mis muebles cubiertos por una finísima película de polvo, mis libros, mis películas, los rincones donde solía pasar horas enteras repitiendo parlamentos de personajes famosos, y al verme desde arriba viviendo otra vez esa vida vacía, solitaria y deprimente, sentí pesar por ese actor que iba de un lado para otro en pijama, que hablaba solo y que no sabía cómo huir de esa trampa que su propia mediocridad había construido con el objetivo de sofocarlo y de impedirle cualquier asomo de redención. Y aunque parezca increíble, al evocar ese pasado que tanto me atormentaba, una sonrisa me cruzaba el rostro sudoroso y picado por los zancudos, y entonces me repetía mentalmente: «Prefiero mil veces morirme aquí a regresar a esa vida miserable y sin sentido».

La cuadrilla que me transportaba llegó a un pequeño campamento entre los manglares. Eran dos chozas enormes, levantadas con troncos, palmas, cabuyas y lianas naturales. Una de ellas estaba cercada por varias líneas de alambre de púas y tres guerrilleros la custodiaban con sus armas en alto. La otra parecía una «maloka» indígena y varias hamacas colgaban de sus soportes interiores. Me di cuenta de que se trataba de un refugio para secuestrados que seguramente las autoridades buscaban en el Caquetá o en el Putumayo, al otro lado de la cordillera. Apenas me metieron en el bohío de los prisioneros y me dejaron tirado en el suelo, varios seres famélicos, melenudos, con los rostros sin afeitar y con los dientes amarillos y cariados, se me acercaron a hacerme todo tipo de preguntas:

—¿Cuándo lo agarraron?

—¿Quién es usted, hermano?

—¿De dónde viene?

—¿Tiene vitaminas?

—¿Sabe algo de los operativos de rescate?

Contesté como pude a sus inquietudes y les dije que no tenía ni idea de nada, que estaba enfermo y que no recordaba cuántos días llevaba secuestrado y caminando por entre las montañas, los pantanos y las selvas del occidente colombiano. La mayoría de ellos eran militares que las FARC reservaban como fichas claves para un intercambio humanitario con el Gobierno. Eran individuos agotados física y mentalmente, pues el encierro y la falta de esperanza los habían venido minando día a día hasta el punto de conducirlos a muchos de ellos al delirio, la depresión crónica o el intento de suicidio. Un hombre flaco y desgarbado que se presentó como el sargento García me mostró unos cortes en las muñecas, el cuello y los antebrazos, mientras pronunciaba una frase lacónica: «Hasta la muerte está prohibida aquí». El más experimentado de todos acababa de cumplir siete años retenido y recordé entonces varios apartes de las obras de Primo Levi sobre los judíos en los campos de concentración nazis, y me dije que el horror continuaba, que la bestia occidental seguía haciendo alarde de su brutalidad y su salvajismo, y que si llegaba a salvarme me alejaría lo que más pudiera de eso que algunos optimistas llamaban civilización y progreso.

Permanecimos dos días con sus noches en ese campamento. Me inyectaron varias veces lo que yo supongo que eran altas dosis de antibióticos y por momentos tuve la ilusión de que mejoraba, de que estaba al otro lado y que me iba a salvar. Pero no, a las pocas horas el mareo regresaba, no podía sostenerme en pie y tenía que volver a la camilla, que ya apestaba a sudor acumulado y efluvios mortecinos. El único alimento al día era una sopa aguada con yuca, plátano y papa criolla deshecha. Los prisioneros devoraban la comida en segundos, como perros hambrientos, y luego se quedaban mirando sus cuencos vacíos con la ansiedad de quien sabe que su organismo reclama muchas más calorías para sobrevivir sanamente. Entonces se tiraban en un rincón y lamían las vasijas con la esperanza de recoger un pedacito extra de yuca o de plátano. Saber que un hombre era capaz de hacerle eso a otro me hizo sentir vergüenza de mi especie. Habría querido ser felino o pájaro para librarme de semejante bajeza.

El único recluso con el que crucé algunas palabras fue Alexander González, un teniente del ejército que llevaba cuatro años retenido y que la tarde del segundo día me preguntó:

—¿No extraña a su familia?

—No estoy casado ni tengo hijos —respondí refrescándome con la lengua humedecida el borde de los labios.

—Aquí lo más berraco es la falta de mujer. Uno se va volviendo loco sin darse cuenta.

—Yo he estado moviéndome de un lado para otro. Es mejor así.

—Los primeros meses son un infierno. Uno se masturba como un degenerado, se obsesiona, se imagina a la esposa con otros hombres disfrutando en la cama, gozando, pasándola bien rico. Después la falta de comida lo va a uno debilitando, lo amansa, hasta que lo convierte en una cosa, en un objeto inservible, y a uno se le empieza a olvidar que está vivo, que aún puede sentir. Hasta que termina así como nos ve, hermano, hechos una mierda, puros monstruos de películas de terror.

Imaginé que si ese hombre llegaba a sobrevivir y volvía a la libertad, más que un plato de comida lo que iba a necesitar era un abrazo y una caricia. Él remató diciéndome:

—A veces me aterra no sentir el cuerpo, hermano, como si estuviera hecho de gas o de humo. Siento que me estoy evaporando y me angustia desaparecer así. Ya ni siquiera los moscos nos pican porque no tenemos nada adentro, estamos vacíos, nuestras venas parecen pitillos acartonados.

No dije nada. En instantes así, las palabras son objetos molestos.

Después de los dos días de descanso, volvieron a cargarme y continuamos la marcha por la misma trocha por la que habíamos llegado. Lo único que nos dijimos con los prisioneros fue un escueto «adiós» y por la forma como me miraban deduje que no me daban más allá de tres o cuatro días de vida. Si yo los veía a ellos como fantasmas cuya debilidad los obligaba incluso a dormir durante varias horas al día, y mi estado era aún peor que el suyo, ¿cuál era entonces mi verdadera imagen?, ¿quién era yo? Porque ninguno se me había acercado a enviar algún mensaje, o a recordarme su nombre o su apellido, o a pedirme que si me liberaban no olvidara tal o cual recado para su familia. No, nada. Y eso indicaba que me veían como un moribundo a quien conducen a la tumba. Tal vez si hubiera tenido la oportunidad de verme en un espejo no me habría reconocido en la imagen reflejada, como quien contempla en el azogue una presencia desconocida que no le recuerda en ninguno de sus rasgos su propia identidad.

A las pocas horas de abandonar el campamento, uno de los hombres se sumergió hasta la cintura en un pantano para ayudar a recoger una mochila que se le había caído a uno de sus compañeros, y de repente el hombre levantó los brazos en busca de apoyo, abrió los ojos como si la visión le estuviera fallando, y así, sin gritos ni quejas, sin súplicas ni pedidos de socorro, sin pronunciar una sola sílaba, se hundió súbitamente en esas aguas arenosas y densas. Los amigos lanzaron palos y ramas para dar con él, aullaron su nombre hasta desgañitarse, pero nada, el tipo había sido succionado en dos segundos sin dejar rastro alguno. Uno de ellos dijo con la voz entrecortada:

—Boas. Lo asfixian a uno debajo del agua y después se lo tragan entero.

Parecía imposible que una persona se esfumara de esa manera frente a varios testigos atónitos, pero sí, la selva era eso, una conciencia atosigante de la absoluta nimiedad de una existencia humana.

Cuando llegamos a un caserío, situado en la ladera de un río, hubo una discusión en el grupo. Los voceros fueron otra vez los mismos que habían conversado sobre la posibilidad de pegarme un tiro o de dejarme abandonado para que me devoraran las bestias y los insectos.

—Nosotros no entramos ahí —decía el de la voz firme, el que había querido matarme.

—No pasa nada. Es el único lugar donde podemos descansar —afirmaba el hombre que me había cargado con su amigo negro.

—No estamos locos.

—Él necesita cuidados. Ahí se pondrá mejor.

—Ahí lo que va es a coger algo peor. Y nosotros también.

—Pues creo que no hay salida, compañero.

—Ya le dije, nosotros no entramos. Si quieren, quédense ustedes.

—Me parece bien. Nosotros lo vigilamos y cuando se mejore lo llevamos adonde nos ordenen.

—Yo aviso al comando central por qué los dejamos solos con él, y que ellos decidan a ver qué pasa —subió el tono de la voz y les gritó a los demás hombres—: ¡recojan y vámonos! ¡Sólo Chepe y el Negro se quedan con el enfermo!

En efecto, la cuadrilla se perdió por una trocha que no pasaba por el caserío, y los que se habían quedado conmigo alzaron la camilla que habían hecho ellos mismos con ramas y lianas cortadas de los árboles, y entramos los tres a ese sitio que tanto miedo les había producido a los otros hombres.

La verdad fue que yo perdí el conocimiento y no me di cuenta de qué había sucedido a nuestra llegada. Cuando me desperté estaba acostado en el interior de una choza, sobre un camastro de madera y hojas, y una joven indígena estaba sentada a mi lado poniéndome paños de alcohol sobre la frente.

Reconocí el líquido por el fuerte olor que me entraba por las fosas nasales y me hacía llorar.

—¿Dónde estoy? —pregunté con los ojos semiabiertos.

—En Noanamá —dijo ella con una voz dulce que me conmovió. Era la primera mujer que yo veía en muchas semanas.

—¿En el Chocó?

—Sí.

—¿Es un pueblo?

—No exactamente.

—¿Qué es?

La muchacha se puso la mano en la frente y me observó en silencio. Un largo suspiro me indicó que se sentía en aprietos. Volví a preguntar:

—¿Qué es esto?

Tomó aire y me contestó, levantándose del camastro donde yo estaba acostado y ella sentada:

—Un lazareto.

—¿Qué?

—Como lo oye, un leprocomio.

Entendí el pánico que habían sentido los compañeros de Chepe y el Negro. Por eso no habían querido acercarse. Sacudí la cabeza como si quisiera despertar de un sueño aterrador.

—¿Todos aquí tienen lepra?

—Sí.

—¿No es contagiosa?

—Si se siguen unas reglas mínimas de asepsia, no pasa nada —respondió ella como si fuera una experta en el tema.

—¿Y los que me trajeron?

—Están afuera, tomando una siesta.

—¿Cuántos días llevo aquí?

—Dos. Lo hemos atendido con los cuidados del caso.

La fatiga me impidió seguir hablando. Mi cuerpo estaba débil, cualquier diálogo implicaba un esfuerzo que me dejaba ahogado y con la garganta adolorida. La joven se dio cuenta de mi situación y dijo:

—No se alarme. Más bien descanse.

Pasaron tres días antes de que pudiera sentarme y dar mis primeros pasos por la habitación. Supe que habíamos llegado a Noanamá, un pequeño caserío a orillas del río San Juan, al sur del departamento del Chocó. Antiguamente funcionaban tres leprocomios importantes: Pico de Loro, muy cerca de Cartagena de Indias, adonde enviaban los enfermos de lepra de la costa caribe; Agua de Dios, en Cundinamarca, en el centro del país, por donde había pasado el Che Guevara cuando no era más que un médico argentino obsesionado por la lepra y en busca de aventuras, y Noanamá, en el Chocó, adonde iban a parar las personas contagiadas de los departamentos del sur. Debido a la lejanía y a la falta de contacto con la civilización, el único que aún permanece intacto es Noanamá. Por las condiciones de humedad, de desnutrición y de exceso de calor en la región, la mayoría de los enfermos son chocoanos, de raza negra y de origen humilde. Sin embargo, hay hombres y mujeres del Valle del Cauca, de Nariño, e incluso del Caquetá y del Amazonas. Una vez al mes llega una lancha con correo y arroja una tula cargada de cartas y paquetes para los enfermos. Los encargados de la embarcación no ponen ni un pie en tierra. También, cada quince días, va por carretera un médico desde Istmina a revisar a los pacientes. Muchos de ellos ya están curados, pero las deformaciones que tienen en el rostro, en las manos y en los pies los marginan y les impiden vivir en sociedad. Prefieren estar allí y no ser segregados y observados como si fueran monstruos o seres peligrosos para los demás. Una de las chozas se utiliza como iglesia, y ante la ausencia de un sacerdote, lo que hacen en las horas de la noche es leer un fragmento de la Biblia y comentarlo entre los asistentes. Luego oran en grupo y piden por el bienestar y la buena salud de sus familiares.

La muchacha que hacía de enfermera se empeñó en rescatarme de la enfermedad y lo hizo de una manera que me conmovió por su delicadeza y sensibilidad: cocinando para mí platos sencillos, cuyos aromas y guisos me emocionaban hasta hacerme sentir un nudo en la garganta. Un día era una carne asada con cebolla y pimentón, otro unos fríjoles humeantes y al siguiente un pescado frito acompañado con yuca, ensalada y agua de panela. Empecé a subir de peso, a fortalecerme, y desperté de ese letargo inhumano que me había tenido postrado en una camilla durante varias semanas. Ella, como una madre protectora, sólo se retiraba de mi lado cuando veía el plato vacío y se cercioraba de que en efecto me hubiera bebido hasta la última gota de agua de panela con limón. Esa proximidad, acompañada de sabores y de olores gratificantes, la convertía en una presencia deseante, como si su cuerpo estuviera ligado en secreto a esas sustancias que entraban en el mío para irrigarlo y fortalecerlo. Los jugos, el aceite, las hierbas y las especias eran cordones umbilicales que nos mantenían unidos en una forma entusiasta y dichosa.

Apenas pude, le pregunté a Chepe por qué me había salvado la vida.

—Todo se paga, hermano —me dijo de rodillas mientras pelaba un coco con un machete en la mano—. Lo que uno hace, tanto lo bueno como lo malo, después se le devuelve.

—¿Y por qué llegamos aquí?

—Yo le dije al guía que nos trajera hacia acá.

—¿Conocía el lugar?

—Pues claro.

—¿Y no le da miedo el contagio?

—Yo no soy tan bruto como los demás. Conozco la enfermedad. ¿Sabe quién es Salvador, el que anda con los niños?

—Sí.

—Es mi hermano.

Salvador era un moreno alto, de mirada bondadosa, con una sonrisa que parecía sacada de una propaganda de dentífrico, y que hacía en el caserío el papel de maestro de escuela. Había parejas de enfermos que tenían hijos sanos y que no querían que los niños se quedaran en la ignorancia ni el analfabetismo. Por eso habían adaptado uno de los ranchos para que allí Salvador dictara sus clases y educara a los chiquitos.

—O sea, que aprovechó para visitarlo y verse con él.

—Hacía rato quería saludarlo. Es mi hermano preferido. De pequeños éramos inseparables. Pero agarró esa mierda y se jodió. Vengo a verlo cada vez que puedo.

—¿Y después de esto qué?

—Estoy esperando órdenes.

—¿Cómo se las mandan?

—Tarde o temprano enviarán a alguien. Lo que sí quiero es ser claro con usted, hermano. Aquí no puedo esposarlo ni amarrarlo. Se vería muy mal. Es por respeto a ellos. Pero si intenta fugarse le pego un tiro. Así de sencillo. ¿Le quedó claro?

—Perfectamente.

—No intente burlarse de mí porque le aseguro que le irá mal.

Para ser sincero, yo me sentía de maravilla en Noanamá. La gente no podía ser más amable y más generosa. La joven que se había tomado el trabajo de cuidarme se llamaba Rocío Landázuri, pero yo la llamaba Tehura porque me recordaba a la muchacha que había vivido con Gauguin en Tahití y que había sido la modelo de muchos de sus cuadros. Su cuerpo escultural había sido mutilado por la enfermedad sólo en las manos, los pies, y en algunas articulaciones de los brazos y los antebrazos. Los dedos de las manos parecían las garras atrofiadas de un pájaro carroñero. Tehura había tomado cursos de primeros auxilios y enfermería, y era la encargada de las medicinas y los tratamientos de los pacientes. No bien salí de la convalecencia me di cuenta de que ella era diferente conmigo, más dulce, más cariñosa, y que se quedaba mirándome con esa expresión inconfundible que tienen los enamorados cuando están frente al ser amado, como si en cualquier momento sus pies fueran a desprenderse del suelo para empezar a levitar. Yo no sabía cómo comportarme. La situación era confusa porque no podía olvidarme de que estaba retenido, de paso, y que no me encontraba precisamente en un hotel en las Bahamas buscando amores de vacaciones. Sin embargo, no había estado con una mujer desde la última vez que me había acostado con una amante en Bogotá, y el cuerpo me exigía ya una caricia, un beso o un abrazo que me rescatara de ese ensimismamiento infame. Ella se avergonzaba de sus dedos monstruosos y procuraba ocultarlos cuando estaba atendiéndome (lo cual, por supuesto, era imposible), y ese gesto de vergüenza por su deformidad física le iluminaba el rostro y la llenaba de una belleza sobrenatural. Tehura estaba ya curada pero llevaría para siempre la huella imborrable de una enfermedad que producía asco, rechazo y pánico en el resto de la gente. Por eso había preferido quedarse en el lazareto y no soñar con reintegrarse a la vida en sociedad. Y fue justamente esa vergüenza de la que hablo, esa conciencia de saberse imperfecta y contrahecha, lo que más me atrajo de ella. De alguna manera era como si su fealdad la realzara, como si esos dedos agarrotados y deformes la elevaran a un plano sublime, angelical. Lo cierto es que comencé a desear a Tehura con toda mi fuerza, y muchas noches soñé que la colmaba de besos y que tenía su cuerpo voluptuoso hundido entre mis brazos. En mis fantasías delirantes y perversas la imaginaba sudorosa y excitada en la soledad de su cabaña, posando esas garras torpes sobre su sexo húmedo y maldiciéndolas por clausurarle la entrada al mundo de los hombres. Nunca le pregunté si había tenido novio o esposo antes de conocerme, pero de lo que sí estaba seguro era de que en el caserío nadie la cortejaba ni se le insinuaba. Ella no intimaba con los demás enfermos y su trato con ellos era amable pero distante, de compañera de infortunio que prestaba un servicio y nada más. En cambio conmigo era diferente, se le notaban las ganas de estar a mi lado, el deseo poderoso de tener un amigo en quién confiar, alguien que la tratara, aunque sólo fuera por unos segundos, como lo que en el fondo ella era: una mujer apasionada en busca de unos brazos para entregarse.

La atracción que había entre nosotros progresó hasta devorarnos por completo. Decidí arriesgarme y dar un paso más allá de la amistad, pero antes quise asegurarme de lo que ella sentía por mí. Una tarde, en la choza que servía de enfermería, y mientras le ayudaba a clasificar unas medicinas, le pregunté:

—¿Has estado enamorada alguna vez?

El rostro se le iluminó y noté que la pregunta le encantaba.

—¿Por qué? —me dijo fingiendo naturalidad, como si estuviéramos hablando sobre una fórmula médica refundida.

—No, por curiosidad, nada más.

—Y tú, ¿te has enamorado?

—Ya te conté. Una vez, de mi mujer, y sufrí mucho con la separación.

—¿Después no has vuelto a sentir algo igual por otra mujer?

—Ah, no, yo pregunté primero, no hagas trampa.

Me miró de reojo, con una cierta coquetería, y me dijo:

—No puedo contestarte porque sería ponerme en evidencia.

Eso era todo lo que quería saber. Me acerqué a ella por detrás, la abracé y le di un beso en la nuca, luego otro en el cuello y después un tercero en la mejilla. Empezó a temblar, entrecerró los ojos como si fuera a desmayarse y se dio la vuelta. La besé en la boca con ganas, hundiendo mi lengua en su boca casi con desesperación, y le dije en voz baja:

—Te quiero a ti, a ti.

Caímos al suelo y seguimos besándonos, tocándonos, buscándonos. La desnudé y le acaricié sus senos perfectos, morenos, brillantes a causa del sudor que le escurría por el pecho. Le metí la mano entre su sexo peludo, protuberante, jugoso. Me quité la ropa y por primera vez en toda mi vida me importó un cuerno si la mujer con la que estaba quedaba embarazada o no. Penetré a Tehura con el secreto anhelo de perderme en su cuerpo, de desaparecer, de dejar por fin de ser yo mismo. Ella gimió, lloró de placer y se abrazó a mi cuello como si fuera un náufrago agarrado al único tronco que puede salvarle la vida en medio de una tormenta. Mientras entraba y salía de ella lentamente, sin apresurarme, tomé una de sus manos y empecé a pasarle la lengua por esos pedacitos de carne retorcidos e inservibles.

—No, no hagas eso —murmuró Tehura llorando, con las piernas abiertas y su otra mano enganchada en mi nuca.

Seguí moviéndome de arriba abajo, entrando cada vez más en su sexo caliente y húmedo, y entonces cambié de mano y le besé la otra, le pasé mis labios sobre esa piel manchada que había sido destrozada por la lepra. Ella seguía repitiendo en un lamento:

—No, por favor, no.

Me moví con mayor ímpetu, haciendo chocar nuestras caderas con fuerza, y en el instante justo en que Tehura abrió la boca temblando y sin decir nada, mordí con ternura su mano y eyaculé en espasmos intermitentes que me estremecieron el cuerpo de la cabeza a los pies. Luego me recosté sobre ella y dejé que nuestros sudores se mezclaran, formando una misma sustancia pegajosa que nos mantenía unidos como si fuéramos caracoles o babosas. Finalmente nos separamos y Tehura me propuso con una sonrisa pícara que le alumbraba la cara entera:

—Ven, vamos a bañarnos y a vestirnos antes de que alguien nos descubra en éstas.

Mientras nos caía el agua a chorros sobre nuestros cuerpos sudorosos, repetí mentalmente la vieja consigna de los románticos: «No hay belleza exquisita sin algo de extraño en las proporciones». Sin duda alguna, el arte clásico nos ha enseñado un tipo de belleza ideal que a los pocos minutos resulta tedioso y aburrido debido a su perfección matemática. Pero cuando algo no encaja, cuando una irregularidad se esconde detrás de la belleza y en lugar de menoscabarla la resalta, estamos entonces ante el misterio. Tehura ejercía sobre mí esa fascinación: era preciosa y deforme, hermosa y enferma, divina y monstruosa. Su piel tersa, morena, sus ojos profundos, su dulzura incomparable, su pasión durante el acto sexual, sus gemidos, el salvajismo de sus orgasmos, contrastaban con las huellas que la lepra había dejado en su cuerpo. Pero eso, en lugar de afearla, la embellecía aún más, le daba un carácter casi heroico a su belleza, épico, como si en medio del horror hubieran triunfado la delicadeza y la feminidad. La lepra la magnificaba, la engrandecía y la convertía en una diosa mutilada. Nunca me había sentido tan atraído por una mujer.

De ahí en adelante, recuerdo mi relación con Tehura como el mejor episodio de mi vida, el más alentador, el más honesto, el más diáfano. Le pedí permiso a Chepe para trasladarme a la cabaña de ella y le prometí que no me fugaría.

—De todos modos uno de nosotros hará guardia afuera, por si acaso —me advirtió él sin agresividad, entendiendo lo que estaba ocurriendo entre Tehura y yo.

En una de nuestras primeras noches como pareja formal, ella se sentó en el lecho de lianas trenzadas y hojas secas, y me dijo:

—¿Tú eres consciente de que no estamos planificando?

—Claro.

—¿Y no te importa?

—No te entiendo.

—¿Sabes que puedo quedar embarazada?

—No soy un niño, Tehura, claro que lo sé.

—Pero tú estás sano, puedes hacer un hogar con una mujer normal en cualquier otra parte.

—Yo no quiero una mujer normal. Te quiero a ti.

—¿Y cuando te marches?

—Tarde o temprano me soltarán. No hay cargos contra mí.

—No me mientas, Gerardo, por favor. No me vayas a hacer daño.

—Regresaré, estoy seguro, Tehura. Volveré por ti.

—Ven, abrázame, tócame.

Y volvíamos a entrelazarnos, a practicar nuestros ritos lúbricos para conjurar una soledad que nos había perseguido a lo largo de nuestro pasado. Me dediqué a amarla, a estar pendiente de ella, a disfrutar de su presencia, a fortalecer los lazos de nuestra amistad y nuestro afecto sin límites. Hacíamos el amor con frenesí, agotando nuestro deseo, fundiéndonos en una sola materia que nos llenaba de dulzura y de dicha. La gente del caserío nos gastaba bromas simpáticas, nos preguntaba que cuándo sería la boda, y en términos generales estaba contenta con el amor espontáneo que había nacido entre los dos. Como yo le había cambiado el nombre, y en todas partes contaba la historia de Gauguin en Tahití, nos llamaban «el pintor y su modelo».

¿Y no estaba acaso el mito de Gauguin más vigente que nunca? Si en el siglo XIX muchos artistas primitivistas habían buscado culturas lejanas a la decadencia occidental, cien años después, a finales del XX, esa actitud era incluso más válida que antes. Porque después de las guerras mundiales, de los campos de concentración, de la bomba atómica, del consumismo, del reinado de la publicidad, del embrutecimiento general frente a la banalidad televisiva y de las conductas y los gustos cada vez más masificados, escapar a otras culturas se volvía no sólo una acción necesaria, sino admirable. ¿Quedarse en medio de ciudades hostiles, conviviendo al lado de multitudes anónimas y agresivas, aplastado por un empleo miserable y deprimido constantemente por la rutina inhumana de la vida contemporánea? ¿Qué de bueno había en eso? ¿Por qué permanecer en semejante infierno? No, lo que valía la pena y lo que aún era legítimo era escapar, buscar una salida, apartarse de las grandes masas y de sus costumbres alienantes e hipócritas. Por unos minutos pensé en Gauguin enfermo de la piel, sifilítico y medio ciego pintando esos cuadros magníficos perdido en los mares del Sur, entre indígenas maoríes que se fueron convirtiendo en su única familia, y maldiciendo a esos artistoides franceses que se habían quedado allá, posando de intelectuales y cultos en los salones parisinos, hundidos hasta el cuello en una civilización que ya apestaba y que estaba preparando el gran baño de sangre que sería el siglo por venir. Pensé también en Rimbaud recorriendo el Sahara medio cojo, con su caravana transportando mercancías a través del desierto, convertido en próspero comerciante y alejado por completo de esos escritores que se pasan media vida haciendo alarde de lo que leen con un vaso de whisky en la mano. Y por último me llegó la imagen de Artaud entre los tarahumaras, buscando esa realidad sagrada que nuestra cultura perdió en el camino hace mucho tiempo y sin darse cuenta siquiera. Sí, salirse de las coordenadas establecidas seguía siendo un movimiento inteligente. ¿Por qué no? Quizá de lo que se trataba era de convertirse en la oveja descarriada y descubrir que el problema no era uno, sino el rebaño.

Además, una idea me perseguía sin descanso: desde la perspectiva de la biología, la adaptación era una virtud, casi una necesidad ineludible para la supervivencia de toda especie. El individuo que lograba adaptarse, sobrevivía y les daba la oportunidad a sus descendientes de que llegaran al mundo. Pero desde una perspectiva más profunda, había algo cobarde en la adaptación, un toque de bajeza y de falta de imaginación, casi de imbecilidad insoportable. Si la premisa biológica era «los más capaces se adaptan y sobreviven», en el terreno del pensamiento sucedía exactamente lo contrario, «los más brillantes son desadaptados y perecen». Hay un tipo de inteligencia normal, acartonada, obediente, que sigue las reglas y que por lo tanto alcanza buenas posiciones en la sociedad y grandes honores. Pero la inteligencia desmesurada, que siempre va acompañada de una actitud anárquica, el verdadero genio, vive la realidad como una camisa de fuerza, como un elemento incómodo y mal elaborado. El auténtico talento se siente fuera de lugar y no encaja en las reglas que los demás respetan e incluso veneran, razón por la cual el pensador siempre está buscando ir un poco más allá, siempre trasciende los límites, siempre está en proceso de desadaptación. Y entonces la premisa biológica se invierte: «El que se adapta está muerto».

¿No había entonces en Gauguin, en Rimbaud o en Artaud un mensaje secreto, una misiva que nos indicaba un mapa, una ruta posible para escapar de la decadencia y del fracaso de nuestra cultura? ¿No estábamos en el límite, parados en el borde mismo del abismo? ¿Íbamos a caernos en el precipicio cogidos de la mano de la bestia occidental? No, por supuesto; había que dar un paso hacia la izquierda o hacia la derecha, echar un vistazo más allá de la frontera, y construir mundos que sobrepasaran la razón científica y la moral judeocristiana, mundos que fueran desesperados aullidos de desadaptación y de libertad.

Y con toda la arrogancia del caso, eso era para mí el leprocomio de Noanamá: una protesta dolorosa, la comprobación de que aún era posible llevar la contraria. De alguna manera me sentía como el viejo artista que se exilia lo más lejos posible para no morir sobreadaptado en un medio mediocre donde ya no le queda siquiera una sola bocanada de aire puro para respirar.

La de Tehura era la típica historia del enfermo de lepra que debe esconderse para no avergonzar a sus familiares ante los demás. De niña y de adolescente había sido famosa en su pueblo por su simpatía, su inteligencia y su facilidad para recitar y bailar en las fiestas populares. Sus padres se sentían orgullosos cuando en la plaza, en la iglesia o en el mercado la gente les preguntaba con una sonrisa por la salud de la pequeña. Más adelante, en la adolescencia, varios muchachos habían perdido la cabeza por ella y su fama se extendió hasta los pueblos vecinos. Tenía un cuerpo perfecto y lo que enloquecía a los hombres era su dulzura, la manera abierta y tierna como los trataba, esa especie de aura mágica que flotaba sobre ella y que le daba una apariencia angelical, como si de un momento a otro estuviera a punto de elevarse por los aires y de regresar al lugar que realmente le correspondía: el cielo.

Tehura comenzó a estudiar enfermería y sin darse cuenta quedó contagiada en alguno de los servicios que realizaba en la sección de dermatología del hospital de Istmina. La enfermedad se presentó para constatar que ella tenía las mismas debilidades humanas que los demás, y desde entonces sus padres se preguntaron todos los días si la lepra no sería un castigo de Dios por haber sido tan vanidosos, engreídos y superficiales. Les preocupaba no haber cultivado más los valores espirituales de su hija, no haber fortalecido su formación religiosa, y desde la mañana hasta la noche se dedicaron a leer la historia de Job y a pedir perdón por todos los pecados cometidos. Pero la enfermedad progresó y ellos no se sintieron capaces de hacer público su dolor ni de controlar la difícil prueba por la que estaba pasando su hija. Le construyeron una especia de celda en el patio de la casa y allí la escondieron durante meses (muchos enfermos contaban anécdotas muy parecidas). Despidieron a la servidumbre para evitar chismes y afirmaron ante los vecinos y los conocidos que su hija se había ganado una beca para estudiar en Medellín y que estaban contentos con el magnífico futuro que le esperaba en esa ciudad. Mientras tanto, rezaban y rezaban durante horas, y le pasaban la comida y la ropa necesaria a través de una ventana. La amaban, sí, pero le tenían pánico al contagio y por eso procuraban no tocar ningún objeto donde ella hubiera puesto antes las manos.

Tehura sabía que lo que necesitaba no eran oraciones, sino un tratamiento médico que detuviera el avance de la infección. Finalmente les escribió a sus padres una breve nota y se fugó en busca del único lugar donde ella sabía que no sería marginada ni rechazada: Noanamá. Y no se equivocó: allí logró controlar la enfermedad, pero los daños en las manos y en ciertas articulaciones ya eran irreparables. Decidió trabajar para ayudar a los otros contagiados y no regresar jamás a ese mundo donde antes había sido un ángel y ahora era un monstruo.

A las tres semanas exactas de mi primera relación sexual con Tehura, un muchacho menor de edad vestido de camuflaje y con un revólver al cinto, como si fuera un niño disfrazado de soldado para una obra de teatro colegial, llegó a Noanamá en la lancha del correo. Habló con Chepe unos minutos y le entregó un sobre. Luego se volvió a subir a la lancha y se fue con una expresión de alivio en el rostro. Yo sabía lo que implicaba esa visita. Llamé a Chepe aparte y le pregunté:

—¿Cuándo nos toca irnos?

—Nos esperan en uno de los campamentos dentro de una semana.

—¿Salimos hoy mismo? —eran las tres de la tarde.

—Sí, hermano —dijo él moviendo la cabeza afirmativamente.

—Quiero despedirme de ella sin testigos.

—Tiene media hora. Aquí lo esperamos.

No recuerdo haber vivido una escena peor. Porque en medio de la separación con mi esposa hubo un ingrediente que me animaba a alejarme y que era mi principal argumento para seguirlo intentando: la traición, el insulto, el recuerdo de lo que le decía esa voz masculina allá, al otro lado de esa puerta que nunca quise abrir. Pero con Tehura no había existido una sola nube que ensombreciera nuestro amor. Todo entre nosotros había sido transparencia, generosidad afectiva y empatía pura. Entré a la cabaña y ella estaba sentada en la cama, con la cabeza entre sus manos deformes. Lloraba en silencio. Me arrodillé en el suelo y puse mi mejilla derecha entre sus piernas. Ella me pasó una de sus garras por el cabello.

—Volveré, te lo juro —le dije sintiendo que me faltaba el aire.

—Yo te voy a esperar toda la vida —su voz era un murmullo apenas audible.

Le besé las piernas y pasé las yemas de los dedos desde una de sus rodillas hasta el pie amarillento y contrahecho que me rozaba la cadera.

—¿Sabes qué es lo peor? —preguntó ella entre suspiros y ahogos.

—Qué.

—Que me acaba de llegar la regla. No quedé embarazada.

Un silencio largo se impuso entre nosotros. Me puse de pie, le besé la frente, los ojos, la boca, la agarré por los hombros y le dije al oído:

—Volveré, vas a ver. Pase lo que pase.

Una ira súbita me dio valor. Yo no quería la historia del mediocre cornudo que decide optar por la soledad para que no lo vuelvan a herir, sino ésta, mi historia con Tehura en Noanamá, mi historia de amor con la leprosa perdida en la selva del Chocó. Tuve de pronto la certeza de que estaba empezando a corregir un destino miserable, y que más adelante terminaría de corregirlo por completo.

—Cuídate para mí —le dije haciéndole una última caricia en su melena desordenada, y atravesé el umbral de la cabaña.

Chepe y el Negro me esperaban con dos morrales atiborrados de frutas, yuca, plátano y arroz. Me entregaron un talego grande de fique con las cantimploras y varios cocos adentro. Los leprosos de todo el caserío salieron a decirnos adiós. Chepe se abrazó con su hermano, le prometió una visita posterior y emprendimos la caminata por la misma trocha por donde habíamos llegado. Entonces un aullido mitad humano mitad animal cruzó la selva y llegó hasta nosotros, un lamento primitivo que nos puso a todos la carne de gallina, como si hubiéramos regresado de repente y sin darnos cuenta a los albores de la humanidad.

—Es el grito indígena para decir adiós —me explicó Chepe—. Se está despidiendo de usted.

Me quedé inmóvil y dejé que esa voz salvaje y antigua, la voz de las primeras mujeres comunicándose con sus hombres antes de la cacería del mamut, me recordara que había encontrado, por fin, un sitio en el planeta que era para mí.

Y, con los ojos llenos de lágrimas, aceptando que ahora sí tenía un motivo para deprimirme durante el cautiverio, reconociendo que la pose de hombre indestructible había desaparecido en ese caserío donde había entregado tanta felicidad y preparándome para las largas noches en las que la imagen de Tehura me torturaría hasta la desesperación y la locura, empecé a caminar hacia lo desconocido.

CAPÍTULO VII

La tribu de los hombres invisibles

Nos internamos en la selva sin parar durante cinco o seis horas, por una ruta poco transitada que a veces desaparecía entre la espesura, y Chepe y el Negro tenían que sacar sus machetes y cortar maleza, ramajes y lianas para que pudiéramos seguir andando. La primera noche no pude dormir. El recuerdo de Tehura me dolía, me producía angustia, inquietud, unas ganas nerviosas de regresarme y de estrecharla entre mis brazos. Di vueltas de un lado para el otro sin pegar el ojo. A la madrugada nos levantamos y el Negro estaba con los párpados caídos, sudoroso y con una fiebre a la que le calculé mínimo treinta y nueve grados centígrados. Caminó a media marcha, tropezándose y apoyándose cuando podía en los troncos de los árboles. Al mediodía estaba mucho peor y tuvimos que detenernos. Le revisamos el cuerpo y encontramos una mancha roja detrás de la rodilla izquierda. La zona estaba inflamada desde ese punto hasta el pie. Chepe supuso que algún insecto venenoso lo había picado durante las horas de la noche. El Negro bebía de las cantimploras con avidez y no dejaba de sudar a chorros. Nos dijo que comenzaba a vernos desdibujados y que sentía las pulsaciones del corazón resonándole en el cerebro. Armamos con Chepe una camilla idéntica a la que habían usado para transportarme a mí, recostamos al Negro en ella y lo cargamos así durante las horas de la tarde. Como es apenas obvio, avanzábamos lentamente, con dificultad y tropezábamos a veces con piedras o montículos de barro que por poco nos hacían enterrar la nariz en el suelo. En la noche el Negro no mejoraba, tenía los labios abultados y resecos, y lo peor era que no podía probar bocado. Le ofrecimos el acostumbrado caldo de yuca y plátano, y apenas se metió la primera cucharada a la boca comenzó a vomitar un líquido amarillo y espeso. Chepe le dio unas tabletas que llevaba en un escaso botiquín que cargaba en su morral, y decidimos que lo mejor era esperar hasta la mañana siguiente. Como yo no había dormido la noche anterior, y el esfuerzo al cargar la camilla y el morral del Negro había sido el doble o el triple, caí profundo y no tuve tiempo de preocuparme por la salud del mulato. Me desperté con las primeras luces que atravesaban las copas de los árboles para llegar hasta nosotros, y vi a Chepe recostado en un tronco, con el fusil en la mano y los ojos bien abiertos.

—¿No durmió? —le pregunté con cierto cinismo.

—Tenía que vigilarlo.

—¿Pensó que me fugaría? —le dije con cierta sorna.

—Con el Negro enfermo le queda fácil. Pero le advierto que yo soy un hueso duro de roer, hermano.

—No lo dudo —dije estirando los brazos y las piernas.

—Ahora que está enamorado es más peligroso.

Me agradó el comentario, era una buena frase. Significaba que antes no tenía razones para luchar por mi vida y mi libertad. De ahí mi indiferencia durante el cautiverio. Ahora era distinto. Chepe creía que el amor tenía que hacerme más combativo y menos dócil. Era una bella hipótesis. Lástima que mi temperamento fuera tan tranquilo y que yo enfrentara mi desgracia sin renegar, sin rebelarme, como si fuera un individuo aplastado por la potencia de unos dioses crueles e inflexibles. Desde mi encuentro con Mariano en el bus a Buenaventura, yo me había dejado arrastrar por los sucesos, como si no pudiera cambiar en nada el diseño de un futuro que ya estaba programado para mí, como si fuera un destino inevitable. Me levanté y le dije a Chepe con una sonrisa amarga entre los labios:

—Aunque suene absurdo, no intentaría nada contra ustedes.

—Qué va, hermano. Nosotros somos sus enemigos. Si tuviera la oportunidad nos pegaría un tiro y se largaría.

—Se equivoca. Son mis enemigos, sí, pero la diferencia entre nosotros es que yo no soy un asesino.

Chepe bajó la cabeza. El Negro no daba indicios de mejorar. La inflamación continuaba, la fiebre seguía igual y ahora sus ojos habían adquirido una tonalidad amarillenta, como si tuviera hepatitis. Lo cargamos durante las horas de la mañana, y a eso de la una el cielo se cerró en una masa compacta y una tormenta nos cayó encima, con rayos que iluminaban por fracciones de segundo la vegetación fantasmal que nos rodeaba. Buscando un rincón para refugiarnos del aguacero, Chepe resbaló en una pequeña hondonada, se torció un tobillo y se fue de bruces contra el suelo. La camilla se inclinó hasta quedar clavada en el barro y el Negro se deslizó y quedó con su pelo crespo semihundido en los charcos que ya empezaban a formarse.

—¡Vida hijueputa, me jodí el pie! —gritó Chepe haciendo muecas de dolor.

Preparé un cambuche y ahí nos refugiamos los tres. Llovió toda la tarde. Chepe me apuntaba con el fusil y los ojos se le cerraban de sueño.

—Eso es lo único que nos falta —le dije para despertarlo—, que se quede dormido y se le dispare esa vaina.

—Ahora sí le quedó fácil salirse con la suya, hermano. Le llegó el momento del desquite.

—Deje de hablar güevonadas. Más bien déjeme mirar cómo tiene el pie.

Lo tenía tumefacto y morado. La verdad es que la situación era grave. El Negro empeoraba también y a veces la fiebre lo hacía alucinar. Decía frases que no entendíamos y llamaba a su madre y a una mujer de nombre Yolima, Yamile o Yanira.

Me quedé profundo desde las cinco de la tarde hasta la mañana siguiente. Me desperté como nuevo, con fuerza, aliviado de la fatiga del día anterior. Las inundaciones no habían llegado hasta el cambuche y nuestras cosas, por fortuna, estaban secas y a salvo. El Negro tenía la pierna infectada y la inflamación le llegaba ya a la ingle. Chepe, por su parte, tenía el tobillo como una pelota de béisbol y el pie estaba rojo, hinchado, con las venas brotadas y había tenido que quitarse la bota de caucho para que la zona afectada descansara. Supuse que había dormido a medias, a intervalos, visitado siempre por el miedo de que yo decidiera entrar en acción para vengarme y escapar. Pero como les había dicho a ellos mismos en su propia cara, no me sentía capaz de asesinar a nadie. Sé que es difícil de entender un sentimiento semejante en una circunstancia de ese estilo. Matarlos habría sido legítimo, en defensa propia, y cualquier juez me exoneraría y me mandaría a la casa con la conciencia tranquila. Pero más allá de qué estaba bien y qué estaba mal, más allá de los argumentos racionales que yo podía esgrimir en mi favor, estaba el hecho de que la diferencia entre ellos y yo era que yo no podía matar. A eso se resumía toda la cuestión. Ahora, tampoco voy a decir que los sentía como si fueran amigos entrañables o que estuviera pasando por el característico síndrome de Estocolmo. No. Ni más faltaba. El solo recuerdo de los campos de alambre de púas con los retenidos famélicos y hambrientos lamiendo los platos bastaba para saber que estaba ante seres despiadados, capaces de cualquier cosa. Era más un concepto de humanidad lo que me indicaba que no debía atacarlos ni aprovecharme de sus accidentes. Un hombre de verdad, que se respete a sí mismo, un hombre con una mínima idea de dignidad, no se abalanza sobre un semejante cojo y febril para liquidarlo como un perro. No, yo era incapaz de hacer algo así. Y en esa diferencia radicaba mi supremacía moral. Aunque los detestara, aunque mi libertad dependiera de ello y aunque ese par de sujetos fueran mis captores, mis carceleros y los causantes de toda mi desgracia en aquel momento.

Chepe se veía agotado por el dolor y la falta de sueño. Me dijo respirando por la boca:

—No voy a poder cargar al Negro, hermano. No sé qué hacer.

—La pierna está empeorando —comenté mirando al mulato.

—Hay un claro como a dos kilómetros de aquí. Por ahí pasa un riachuelo de agua potable. No sé si logremos llegar hasta allá. En ese lugar podríamos descansar y recuperarnos.

—Listo, yo cargo al Negro en la espalda.

—¿Sí?

—Vamos, no perdamos tiempo.

Entablillé como pude el pie de Chepe, le conseguí un tronco que le servía de muleta y me eché a la espalda al Negro, que seguía hablando solo en un perpetuo monólogo cuyas claves no entendía sino él mismo. Caminamos despacio, haciendo altos en el camino. Chepe llevaba los morrales y dio una muestra de coraje que me hizo respetarlo y admirarlo: cada vez que apoyaba ligeramente el pie herido para dar el siguiente paso una punzada aguda le recorría toda la pierna y parte de la cadera, pero él, en lugar de quejarse y de andar lloriqueando, apretaba las mandíbulas y aguantaba en silencio los rigores de la jornada. Al fin, muriéndonos de cansancio, llegamos a una pequeña planicie y se escuchaba en efecto el ruido del agua a pocos metros de allí. Era el lugar ideal para construir un campamento. Cuando dije que iba a recoger troncos, ramas y lianas, Chepe se sonrió y me dijo:

—No tengo otra salida sino confiar en usted, hermano.

—Ya era hora.

—Allá usted si se fuga.

—Voy a pensarlo —dije por joderlo.

—No se le olvide llenar las cantimploras. Ya estamos sin agua.

—Vamos por partes, señor marqués. La servidumbre está un poco cansada.

De una manera absurda y en cierto sentido misteriosa (¿una prueba, un aprendizaje?) acabé yo cuidando a mis captores. Ellos, que eran los experimentados y los que conocían los distintos parajes colombianos mejor que ningún otro, habían terminado en la cama, jodidos, hechos una mierda. Y yo, el hombre de ciudad, el incapaz, el que no tenía ni idea de cómo se llamaban las matas y los animales que veía, ahí estaba, de pie, fresco, atendiéndolos, cocinándoles y alcanzándoles el agua del río. Sin embargo, mi antigua fortaleza interior se había derrumbado. Si al comienzo de mi cautiverio no extrañaba a nadie, si no pertenecía a ningún lugar, si era un hombre sin familia y sin hogar que no tenía adónde regresar, ahora, después de mi paso por Noanamá, la historia había cambiado. Aunque sonara un poco extraño, el pequeño leprocomio se había convertido para mí en una promesa de redención y en un futuro posible. Y mi amor por Tehura, gigantesco, inconmensurable, me hacía desearla a cada segundo, recordaba las escenas a su lado hasta en los detalles más insignificantes, y de algo estaba seguro: que intentaría sobrevivir sólo para volver a tenerla entre mis brazos.

No fue posible detener la infección de la pierna del Negro. Chepe me dijo mirándome fijamente a los ojos:

—Hay que amputarle la pierna.

—No tenemos cómo hacerlo —contesté tragando saliva.

—Toca hacerlo con el machete y después cauterizar.

—No sabemos si la infección ya se propagó.

—Qué muerte tan estúpida. Picado por un bicho. Pobre Negro.

Se fue muriendo poco a poco, a pedazos, sin darse cuenta de lo que estaba ocurriendo. El veneno del animal que lo había atacado tenía que ser muy potente porque, aparte de la fiebre, le había borrado cualquier sombra de lucidez. No comía nada, se orinaba en los pantalones y bebía agua como un autómata, sin tomar conciencia de lo que hacía. Una noche se despertó de repente y, con una voz que ya era de ultratumba, preguntó:

—Yamile, Yamile, ¿dónde estás?

—Ya, maestro, cálmese —le dije desde el jergón donde dormía.

—¿Dónde está ella, Gerardo?

Me sorprendió que me reconociera y le contesté haciendo un esfuerzo para sentarme:

—No lo sé.

—La necesito.

—Estamos lejos, primero tiene que mejorarse.

—Por favor, dígale que la amo, que yo no lo maté a propósito, que fue un accidente.

—Listo, yo le digo. Ahora recuéstese y descanse.

—Fue sin querer.

—Ella entenderá, seguro. ¿Quiere un poco de agua?

—Sí, tengo sed.

Me acerqué con la cantimplora en alto para darle de beber, pero el Negro no me respondió. No tenía pulso. Acababa de morir.

—Mierda, Chepe, este tipo se murió —le dije asombrado de no sentir nada. Era como si estuviera contemplando un pollo en un asadero o un mosco muerto en el alféizar de una ventana.

—Antes aguantó —sentenció Chepe desde su camastro.

Yo nunca había tenido la muerte así de cerca y muchas veces la había imaginado como un acontecimiento trascendental que tenía que cambiar por completo la vida de quien la contemplaba. Y no, no había en ella nada interesante ni conmovedor. Era insignificante y hasta ridícula. Me dije que menos mal yo no había estado presente en el instante exacto de la muerte de mi madre. Había fallecido en la habitación de la clínica y la ronda de enfermeras la había descubierto ya sin pulso ni respiración. Más o menos lo mismo había pasado con mi padre.

—¿Lo dejamos aquí? —pregunté con ganas de echarme a dormir de nuevo.

—Déjelo afuera y mañana lo quemamos.

Lo cogí de los pies, lo arrastré unos diez metros y lo dejé sobre la maleza. Luego regresé maldiciendo y apenas cerré los ojos me quedé profundo.

Al día siguiente, el cadáver del Negro amaneció lleno de unas hormigas rojas gigantescas que no me permitieron acercarme a él. Eran miles y miles de ellas formando líneas rojas a su alrededor. Nos dio miedo con Chepe que llegaran hasta nosotros y que nos tocara cambiar el refugio de lugar. Lo que hice fue sacar todo lo que había pertenecido al Negro y prenderle fuego para evitar malos olores y posibles contagios. Los insectos demoraron dos días en devorarlo. Sólo dejaron los huesos y unos cuantos crespos de su cabello ensortijado. Después desaparecieron sin dejar rastro. En el fondo agradecí un trabajo tan impecable, pues no había tenido que prender una fogata ni cavar una fosa para enterrar un cuerpo que ya apestaba a varios metros de distancia. Lo que hice fue abrir un pequeño hueco y meter en él los huesos del hombre. Finalmente, le propuse a Chepe:

—Hay que indicar que aquí hay una tumba.

Él hurgó en su morral, arrancó una hoja de un cuaderno colegial en el cual practicaba ejercicios de redacción y de gramática, me dio un lápiz y me dijo:

—Escriba ahí cualquier cosa, hermano.

—¿Cómo se llamaba?

—Evaristo Sánchez.

Pegué la hoja con un poco de almidón a una tabla, y escribí: «Aquí yace Evaristo Sánchez, cuyas últimas palabras fueron para una mujer llamada Yamile». No estaba tan mal para ser mi primer epitafio.

Chepe empezó a mejorar gracias a la quietud y a la forma correcta como habíamos entablillado su pie. No éramos amigos, pero habíamos logrado crear entre nosotros una camaradería que nos permitía ir pasando los días sin molestarnos el uno al otro. No había vuelto a tomar el fusil y el machete lo utilizábamos para cortar leña o abrir alguno de los cocos que habíamos llevado. Durante la convalecencia le enseñé historia, literatura y nociones básicas de arte y de teatro. Era un hombre inteligente y disfrutaba aprendiendo. En otras circunstancias, con oportunidades y buenas becas de estudio, habría podido ser un gran profesional o un catedrático universitario.

Chepe quedó con una ligera cojera que lo hacía apoyarse en un bastón que él mismo había cortado a su medida. Lo más seguro es que con el paso de los meses recuperaría sus capacidades físicas y que el pie retomaría la flexibilidad normal.

Una mañana levantamos el campamento, empacamos nuestras cosas, dividimos el agua y los víveres justo por la mitad, y nos dispusimos a seguir la marcha. Yo no sabía que Chepe me tenía reservada una sorpresa. Con el cabello y la barba largos, el fusil terciado, el machete al cinto, el morral a la espalda y el bastón en una mano, parecía un explorador extraviado en las intrincadas selvas africanas. Me dijo mirando el piso, como si mi presencia no fuera real o le incomodara:

—Gracias por no matarme, hermano.

—Ya hablamos del asunto —respondí sin darle importancia al comentario.

—Creo que hasta aquí llegamos juntos.

No entendí a qué se refería. Él continuó:

—Usted se ha portado conmigo como si fuera un amigo de verdad. No le puedo pagar mal.

—¿De qué está hablando, Chepe?

—Voy a decir que tuve que dejarlo muy herido justo en este punto. Que con la muerte del Negro, más mi lesión, era imposible cargarlo y encima de eso brindarle las atenciones médicas que usted requería. Que lo más seguro es que usted no haya aguantado y que yo supongo que se murió aniquilado por las fiebres, la mala alimentación y la falta de agua. Que tuve que elegir entre usted y yo, y que por supuesto que mi deber era sobrevivir.

—¿Nos vamos a separar?

—Ellos me creerán. No me harán nada, hermano, tranquilo. Aquí esa es una historia de todos los días. La selva se traga a las personas, así de simple.

—¿Me va a dejar libre?

—Noanamá no está lejos. Lo único que tiene que hacer es devolverse por el camino que vinimos.

—¿Y usted?

—Yo ya me las arreglo, hermano. Caminando despacio y descansando de vez en cuando, no tendré problemas.

Continuaba con la cabeza inclinada. De repente sentí la nobleza del hombre, su capacidad para el agradecimiento. Lo abracé.

—Gracias, Chepe. Quizá más adelante nos volvamos a ver, quién quita.

—No se desvíe de la trocha y listo.

—Suerte.

—Arranque, hermano.

Di los primeros pasos de hombre libre en mucho tiempo y sentí miedo, angustia, como si fuera un niño al que sus padres han abandonado en los gigantescos potreros de una finca deshabitada. Recordé que cuando llegó la liberación de los esclavos en el sur de los Estados Unidos, muchos de ellos se regresaron a las haciendas y querían seguir siendo esclavos, no sabían qué hacer con su libertad, no sabían cómo utilizarla, el terror los paralizaba. Sin embargo, seguí andando y a los pocos metros de camino apreté la marcha. La imagen de Tehura me llegó en toda su intensidad. Me dije: «Se va a poner radiante cuando me vea. No se lo va a creer». Mientras avanzaba a buen paso y concentrado en el suelo para evitar accidentes, la imaginaba lanzándose en mis brazos con los ojos llenos de lágrimas y cubriéndome de besos con sus labios morenos y jugosos. De una cosa estaba seguro: no quería volver a Bogotá, no me importaban los recuerdos amargos de mis padres. Cada quien es responsable de su vida y la termina de acuerdo con lo que elige. Ese no era mi problema, y no lo era porque mi vida tenía ahora un destino estrictamente individual. Yo tenía todavía un futuro pendiente y me hacía responsable de él, claro, pero no allá, en la ciudad infernal, en ese féretro gigantesco de cemento donde cualquier asomo de redención se malograba y se iba a la basura. No, yo no tenía ningún interés en regresar. Me había aprendido la lección completa. Mi más hondo deseo era estar al lado de Tehura y compartir con ella el resto de mis días en Noanamá. Por eso caminaba con rapidez, confiado, tragándome los pedazos de selva a cada paso.

La primera noche fue aterradora. Los ruidos de los animales que salen a cazar aprovechando la oscuridad, los pitidos de los insectos, el movimiento de la hojarasca que delata a las serpientes reptando, el ulular del viento en los ramajes de los árboles, todo parecía confabularse en contra mía. Me maldije por no haberle pedido a Chepe el machete. Mientras él tenía el fusil, una navaja y el machete (más toda su experiencia), yo me había quedado sin nada con qué defenderme. Seguramente pensó que su cojera lo autorizaba a protegerse hasta los dientes. Lo cierto fue que vine a dormirme a la madrugada, cuando los primeros pájaros empezaron a cantar.

En muchos puntos, la trocha se dividía en dos o tres partes. Elegía siempre la más ancha, la que daba la impresión de haber sido más transitada, pero la verdad es que en las horas de la tarde del segundo día no tenía ni idea en dónde estaba. Seguía caminando con determinación pero ningún paraje, ninguna ensenada, ninguna curva me eran familiares. Llegué a la conclusión de que estaba perdido y que no sabía cómo salir del laberinto.

Durante varios días caminé y caminé sin encontrar una choza, un animal doméstico o un camino más amplio que condujera a un caserío o un poblado. Era como si me hubiera convertido en el último habitante de un planeta selvático. Mis fuerzas se iban agotando y las reservas de agua y de comida también. Al fin desemboqué en la ribera de un río. Recordé que Chepe me había contado que los vaqueros que transportaban ganado en el Pacífico, en el Amazonas y en la Orinoquia, metían en los ríos grandes pedazos de carne ensartados en palos antes de cruzar las aguas. Si a los pocos minutos la carne salía intacta, daban entonces la orden de cruzar. Si el palo salía vacío, significaba que en ese lugar el río estaba infestado de pirañas y que había que buscar una posición distinta para atravesarlo. Desconozco si Chepe me tomó el pelo o no con esa historia. Pero cuando estuve en la orilla me acordé de sus palabras y un temblor extraño me recorrió la espina dorsal. Morir devorado por miles de pirañas hambrientas no era un final muy agradable que digamos. El problema era que no tenía cómo ponerme a cazar, y que de haberlo hecho me habría comido la carne en lugar de tirarla al río para comprobar si Chepe me había engañado con sus mentiras. Así que esperé unos minutos, vigilé la superficie y de pronto vi al otro lado, en la ribera opuesta, una bandada de pájaros con las patas metidas entre el agua. La escena me tranquilizó y decidí usar un tronco de buena madera que estaba semihundido entre el fango, empujarlo hasta el borde, poner sobre él el morral, y aprovechar la corriente para llegar hasta algún caserío donde pudieran auxiliarme, darme de comer y al menos informarme dónde estaba. El río era pequeño, tranquilo, y no se veía peligroso ni traicionero. El agua me refrescó y me quitó el sudor y el polvo acumulados. El tronco flotaba a la perfección y la corriente era lenta y segura, y resultaba agradable avanzar sin hacer mayor esfuerzo.

Media hora más tarde cayó un aguacero y el río empezó a crecer aumentando su fuerza y su velocidad. Tuve que patalear y bracear con el brazo que tenía libre para alcanzar la orilla. La luz se desvaneció y una imponente tormenta castigó la selva desde arriba. Dejé el tronco atascado entre los ramajes y busqué refugio debajo de unos matorrales que me permitieron desplegar el plástico de dos metros por dos metros que llevaba entre el morral. Me acurruqué debajo, tal y como me lo habían enseñado los primeros captores al inicio de mi detención. La temperatura bajó y el agua caía con ímpetu, sin parar, con una contundencia que me hizo temer que el plástico se rompiera por la fuerza de los impactos. Y en ese momento se me ocurrió algo absurdo: me pregunté si mi desaparición era de conocimiento público, si las noticias habían comentado el posible rapto de un actor bogotano de teatro después de las protestas de Buenaventura, si mis conocidos, en su hogar o en sus oficinas de trabajo, se habían enterado de lo sucedido por la prensa, por la radio o por la televisión, y si alguien, al ver mi fotografía en las páginas de los periódicos o en los informes televisivos, había recordado los personajes que me habían dado un cierto prestigio en el pasado. Me pregunté, en fin, si alguna persona de las que vivían allá, en el mundo civilizado, se acordaba de mí y le importaba mi futuro.

Salí del cambuche para orinar y a pocos pasos del lugar que había elegido para pernoctar descubrí un lodazal que conformaba un rectángulo entre los árboles. No sé por qué sentí la tentación de hundirme hasta la cintura entre ese fango húmedo que despedía un olor a vegetación descompuesta, pero lo cierto es que apenas la luz empezó a decaer me deslicé suavemente en esa especie de piscina natural de barro y el efecto fue sorprendente: la composición babosa de la tierra me recordó la de una vagina lubricada justo antes del acto sexual, y entonces, como si estuviera penetrando las honduras más femeninas del planeta, cerré los ojos y experimenté ese contacto brutal en el cuerpo entero. Como si una parte de mí se desdoblara y viajara en el tiempo, me vi recorriendo las calles de Bogotá durante mi juventud con escasos veinte o veintidós años, aún imberbe y al lado de un grupo de muchachos como yo que soñaban con convertirse algún día en escritores, filósofos y artistas. Por aquel entonces vagabundeábamos por el centro de la ciudad mientras conversábamos sobre nuestros autores predilectos. Eran caminatas en las cuales buscábamos entre todos, como si fuéramos un cerebro común, el corazón de una metrópolis cuya esencia continuaba siendo un misterio. Una noche me despedí del grupo y antes de coger la buseta que me llevaría hasta la casa entré a un restaurante popular a beberme la última cerveza. Me atendió una mujer de unos treinta y cinco años de edad, morena, voluptuosa, coqueta, que al final no quiso cobrarme la cerveza y que se despidió con una frase que era toda una promesa: «Lo otro que tengo para ti también es gratis». No me amedrenté y volví al día siguiente. Se llamaba Martina y su cuerpo despedía un permanente olor a cilantro, a cebolla, a tomate frito, a ajo, a guisos humeantes, y su sudor sabía a vinagre azucarado, como si uno acabara de pasar la lengua por una ensalada recién preparada. Nos acostamos en unas residencias baratas que quedaban a una cuadra del restaurante. Martina era salvaje, animal, y durante el acto sexual se frotaba junto a uno con violencia, como si quisiera derrotar a su oponente a punta de golpes de cadera. Era lujuriosa y vulgar, desinhibida, alegre, juguetona, descarada, sin ningún tipo de vergüenza. Algunas veces, cuando sus demás compañeras ya se habían ido, yo la acompañaba a cerrar el restaurante y terminábamos en la cocina, sobre los bultos de papa o de arveja, devorándonos a besos, tragándonos a mordiscos, copulando como dos bestias indómitas en la mitad de una pradera. A ella nunca le importó la diferencia de edad y solía decir que le gustaban así como yo, jóvenes y de buena familia, que olieran a jabones aromatizados. Yo había estado antes con una o dos muchachas inexpertas, pero ella fue en realidad mi primera amante, la primera mujer que me condujo al centro de mis pasiones más desenfrenadas. El problema fue que un día conocí a su hija, Paola, una adolescente de dieciocho años que desde el primer momento me miró con la misma voracidad de su madre. A la primera oportunidad que tuvimos de estar solos, Paola me dijo a bocajarro: «Soy virgen. Tú vas a ser el primero». Besaba como Martina, como si estuviera chupando un helado o un chocolate derretido, y nos pusimos una cita en las mismas residencias donde yo me había acostado con su madre. Nunca me había ido a la cama con una mujer virgen. Fue una experiencia curiosa, como si hubiera hecho un trato con alguien de por vida, como si en secreto hubiera sellado un pacto que me iba a unir con alguien a través de los años. La fuerza de Martina no la tenía su hija y la ternura de Paola no la tenía su madre. Yo era consciente de que me había metido en un juego peligroso, donde todos los participantes íbamos a perder. Pero decidí seguir adelante. Hasta que Martina descubrió toda la historia y una tarde me amenazó con uno de los cuchillos de la cocina. «Aléjate de mi hija o te mato. No me va a temblar la mano, te lo aseguro». Me fui a regañadientes y luego, cuando intenté llamar a Paola a escondidas, una voz glacial me dijo que ella y su madre se habían trasteado a otro lugar. No las volví a ver, pero ahí, en medio de ese lodazal selvático, abrumado por olores penetrantes y sustancias pegajosas, sus cuerpos me llegaron como las primeras visitas mágicas que atravesaban el pasado para recordarme las fibras más materiales y animales de mi ser. Me excité y una fuerte erección aumentó la sensación erótica que me recorría la piel, mientras a pocos metros escuchaba la creciente del río arrastrando todo lo que hallaba a su paso.

El segundo oleaje de recuerdos fue tan intenso como el primero. Después de mi experiencia con Martina quedé marcado por los olores de las hierbas y los condimentos, por el aroma de las frutas, por la fragancia que dejan en el aire la albahaca, el tomillo, los pimentones asados o el cilantro hervido entre sopas y caldos. Mi deseo sexual quedó marcado por la comida. Mis fantasías más poderosas giraban siempre alrededor de un espacio que era para mí el templo donde debían oficiarse los ritos más íntimos dedicados al placer de la carne: la cocina. Pero en lugar de ser una sensación positiva que me incentivara a explorar el poder de mis sentidos, lo que sucedió fue exactamente lo contrario: me condujo a las zonas más lóbregas de mis propios instintos, desatados sin ningún control.

Como la cocina y la estufa eran para mí símbolos eróticos, me vi en la obligación de buscar mujeres cuya actividad fuera esa, y emprendí entonces una cacería entre empleadas del servicio doméstico y cocineras de restaurantes y cafeterías. Muchachas solitarias e ingenuas que se rendían fácilmente ante mi clase social y mi educación, de las cuales yo disfrutaba como un sátiro ansioso de consumirse en sus propios deseos, y a las cuales después abandonaba diciendo mentiras o inventando excusas hipócritas. Nunca salía con compañeras de estudio ni con jóvenes elegantes ni distinguidas. Me gustaban las campesinas que trabajaban en casas de familias acomodadas y que llevaban en su piel las marcas indelebles de la cebolla y el tomate. Fue una época sórdida en la que engañé a un centenar de mujeres humildes, con las cuales me fui a la cama como un vampiro alimentándose de sus víctimas. Salía con la una y con la otra, aquí me llamaba Rodrigo y allá Héctor, a todas decía quererlas y, tarde o temprano, las dejaba tiradas en medio de un parque, en un salón de onces o en una calle cualquiera. Eran despedidas rápidas, crueles, en las cuales yo daba la espalda, caminaba unas cuadras, buscaba un teléfono público y llamaba a otra para citarme en un punto distinto de la ciudad. Me volví adicto al sexo, como un yonqui que necesitaba su dosis diaria para tranquilizarse y poder continuar con su periplo por los infiernos. Llegué incluso a estar con dos y tres mujeres en un mismo día. Y cuando en las horas de la noche estaba solo en mi habitación, para rematar, me masturbaba compulsivamente hasta agotar las últimas fuerzas que me quedaban. Así fui descendiendo peldaño tras peldaño en busca de unas tinieblas cada vez más espesas. Jamás hablé de mi bajeza con nadie. Era mi secreto, el horror que me avergonzaba y que debía esconder, una especie de identidad macabra que se había apoderado de todo mi ser para destruirlo poco a poco hasta dejar un cúmulo de jirones inservibles. Y ahora, muchos años después, enterrado en el fango de una ensenada chocoana, alucinado, como si hubiera caído en un trance hipnótico, los cuerpos y los rostros de esas mujeres habían regresado y me tocaban, me acariciaban, gemían y se lamentaban, como almas clamando misericordia desde el fondo de los infiernos. Por un instante pensé que la selva tenía una grieta en la realidad, un punto misterioso que conectaba, en efecto, con el averno, y que yo había caído en esa trampa sin darme cuenta. Empecé a llorar, a pedir perdón, a explicar que no había querido hacerles daño, que había sido víctima de mis propias pasiones malsanas, que yo también había sufrido, pero los fantasmas permanecieron sordos a mis súplicas y continuaron besándome, rozándome, mientras sus sollozos me lastimaban y me abrían heridas que yo creía ya cerradas para siempre. Imploré clemencia, grité toda la culpa que me producían esas evocaciones, agité los brazos en la oscuridad buscando ahuyentar esos rostros femeninos compungidos, hasta que el ruido de la creciente y de los ramajes sacudidos por el viento me trajeron de nuevo a la realidad. Salí del lodazal arrastrándome como un escarabajo, caminé unos cuantos metros hasta la orilla del río y, con sumo cuidado, bañándome en un pozo que no estaba bajo el influjo del torrente, empecé a quitarme el barro adherido a las piernas, la cintura y los brazos.

Entonces cerré los ojos y me encontré otra vez conmigo mismo, luchando contra unos impulsos negros que me habían conducido hasta los peores vicios que yacían en mi alma descompuesta. Un día decidí vencerme para conquistar las virtudes que me otorgarían la redención. No fue fácil, me contradije mil veces, recaí, pero al final logré amarrar esa bestia que había dominado mi vida durante los años de juventud, y controlándome, vigilándome, doblegándome muchas veces a las malas, inicié una relación seria con Julieta, la Beatriz de la historia que bajaba a las profundidades para rescatar a un espíritu perdido. Puse en ese afecto lo mejor de mí mismo, me entregué a conciencia confiando en la pureza de una mujer que era para mí la única forma de evitar esa alimaña maloliente que había decidido instalarse en mi interior. Y fui feliz, sí, me alegré de haber sido capaz de torcerle el cuello a ese otro individuo que también llevaba mi rostro. El problema fue que no tuve la suficiente confianza como para darle un hijo a Julieta, no me sentía seguro de que un hombre como yo tuviera derecho a reproducirse. Aunque parezca mentira, para tener una progenie hay que estar seguro de sí, es preciso haber cultivado antes un ego firme y sin fisuras. Al fin y al cabo tener un hijo es desdoblarse, es verse en otro, es encarnar en otro cuerpo. Y mi caso era exactamente el contrario: yo desconfiaba de mí, tenía miedo de mí, horror de mí, ¿y como iba a reproducir de nuevo ese listado de miserias? Como si esto fuera poco, un actor (y me atrevo a pensar que todo artista) es un ser que ha logrado convertir una esquizofrenia latente en una fuerza creativa, en el motor que alimenta cada una de sus obras. El arte es la capacidad de multiplicarnos en el mundo, de ser otros, de ver y oír y palpar como otros, y si aparte de mi oscuridad espiritual yo además estaba habitado por una suma de fuerzas que me acercaban a la locura, ¿cómo iba a transmitirle semejante herencia a otro ser? ¿No era un acto semejante el colmo de la irresponsabilidad? Así que preferí negarme sin dar muchas explicaciones y con el paso de los meses alimenté la esperanza de que a Julieta le pareciera una buena idea que adoptáramos un hijo o una hija. Razones éticas y sociales, sobre todo en un país como el nuestro, había por montones. Pero no alcancé a proponer esa solución cuando la escuché del otro lado de la puerta gozando en brazos de un hombre a quien nunca pude mirar cara a cara. Y entonces, de nuevo, caí en la zozobra y la desesperación. Pero cuando hablé de este episodio, al comienzo de la historia, no dije toda la verdad. Supongo que quedó la impresión de que yo me había alcoholizado y había terminado en la clínica psiquiátrica por pena moral, por tristeza, por el dolor que me había causado la pérdida de Julieta. No fue así, o al menos no del todo. Lo que más trabajo me costó no fue aceptar su ausencia, sino enfrentarme una vez más a la bestia que se sacudía dentro de mí clamando libertad. Cuando me quedé solo tuve que convivir de nuevo con ese monstruo que los domingos se paseaba por el Parque Nacional y al que se le hacía agua la boca viendo a esas muchachas de provincia con las manos ajadas y las uñas sin arreglar. Decidí ahogar al engendro en alcohol, impedirle la salida a como diera lugar, y esa determinación me costó una reclusión en la clínica y unos estados de ánimo que me acercaron peligrosamente a la depresión y a la muerte. Quizá también esa era una de las razones más poderosas de mi viaje: si no podía exterminar al bicho que esperaba dentro de mí un mínimo descuido para regresar al mundo, aún podía huir de él, escapar, y dejarlo suspendido en el aire contaminado de una ciudad que tal vez era la que en el fondo lo protegía y lo alimentaba. Sí, ahora por fin lo veía claro y había dejado de mentirme. La historia de Jesús me había apasionado tanto porque era la historia de un hombre que había comprendido que no hay pánico comparable al que uno siente cuando se mira en el espejo y sabe que lo que está ahí, reflejado en el azogue, es un ser abyecto que suele revolcarse en la inmundicia. Y también como Jesús, yo venía ahora escapando, corriendo con la esperanza de no ser alcanzado. Me sumergí en el río y dejé que las olas diminutas me purificaran de tanto pasado vergonzoso. Aguanté la respiración en el fondo del agua unos segundos y luego salí a la superficie, llenando los pulmones de bocanadas de aire fresco. Di dos pasos hasta la orilla, me apoyé en unas lianas y puse los pies en tierra firme. Dos relámpagos iluminaron fugazmente la intrincada maraña de la selva y después un par de truenos estremecieron el firmamento.

La lluvia arreció y gruesos goterones empezaron a caer con una contundencia avasalladora. Abrí los brazos y dejé que el aguacero me terminara de lavar de la cabeza a los pies. Finalmente, en esa posición que me convertía en una especie de Cristo vagabundo y extraviado en el complejo laberinto de la jungla, me llegó la imagen de Tehura como una constancia de que el paraíso es posible para aquellos que, tercamente, rompen las puertas del infierno y a punta de constancia y tenacidad atraviesan el limbo y se toman el cielo por asalto. Después de haber navegado por los océanos más siniestros de mi conciencia sin perder el timón y con la severidad suficiente como para no naufragar en los peligrosos remolinos de mis instintos más degradantes, un día, de pronto, me había levantado en una choza junto a una muchacha cuya piel despedía el olor de la yuca, del plátano y del pescado cocinados en estufa de carbón de leña; una joven cuya ternura se expresaba en cada plato de comida y que había decidido rescatarme de una muerte inminente a como diera lugar, y cuyo sudor almibarado, más tarde, me recordó la miel de arce. Cuando me enamoré de Tehura yo ya era otro, estaba hecho una miseria a nivel físico pero me había vencido a nivel espiritual, había sabido derrotar a esa presencia negra que me invitaba a perderme en la concupiscencia de unos deseos tejidos entre engaños, infamias y crueles abandonos. No, a mí el secuestro, sin que lo supieran mis captores, me había librado de mí mismo, me había obligado a enjaular a ese enemigo oculto que tanto me aterrorizaba, y por eso el cautiverio tenía para mí un ingrediente positivo. Algo parecido, creo yo, le habría pasado a un alcohólico irredento o a un drogadicto sin esperanza: el secuestro lo habría liberado de su peor amenaza, él mismo. Cuando tuve a Tehura entre mis brazos y me embriagué con los olores de su cuerpo moreno y jugoso, yo ya estaba seguro de mí, ya sabía que el monstruo había agonizado, y de ahí el amor jovial con que me entregué a ella. Mis impulsos, que antes estaban teñidos de un color sórdido y angustiante, ahora, en el leprocomio de Noanamá, brillaban con una luz pura de la que me sentía muy orgulloso. Jamás, en ningún otro lugar, yo había experimentado una paz espiritual semejante. De ahí que por primera vez la idea de tener un hijo no me angustió: ahora yo era yo y mi descendencia no sería una camada de hombres lobo, sino seres capaces de construir su propio destino lejos de un pasado animal y enfermo. Si Tehura llegaba a quedar embarazada, ese hijo sería el símbolo de un renacimiento que había dejado atrás y para siempre oscuros presagios y profecías nefastas. No, la época del sufrimiento había terminado y ahora, cogido de la mano deforme de Tehura, yo estaba listo para asaltar el paraíso.

El frío me hizo temblar y los dientes me castañeteaban involuntariamente. Volví a refugiarme en el cambuche e intenté agazaparme debajo del plástico para dormir. Las serpientes se arrastraban en las inmediaciones y el río vociferaba su ímpetu incontrolable. «Ya me conquisté a mí mismo, ahora debo formularme la pregunta correcta: ¿qué hay más allá de mí?», pensé.

Al día siguiente amanecí con fiebre, con dolor de estómago y con las amígdalas inflamadas. La lluvia había cesado durante la noche. No me atreví a viajar por el río en esas condiciones. Tampoco me sentía con ánimos de caminar. Arreglé el cambuche lo mejor que pude, rompí un coco contra una piedra y me comí la mitad, y me quedé recostado en posición fetal durante horas. Por primera vez contemplé la posibilidad de morir y lo único que me mortificaba era no haber visto a Tehura de nuevo. El resto de mi vida me parecía una farsa mediocre y penosa.

En esa posición, con el estómago destrozado y con la cabeza a punto de estallar, recordé por enésima vez las enfermedades de mis padres y la manera como los habían ido disminuyendo poco a poco. Desde entonces, morir se había convertido para mí en un hecho, en algo palpable, cercano, quizá en una idea un tanto obsesiva. Y ahora que estaba en pésimas condiciones, enfermo y extraviado en la selva, contemplé cara a cara la posibilidad de morir. ¿Por qué no? Y me sorprendí de la escasa emoción que sentí. No me iba de este mundo con grandes discursos, despidiéndome como lo haría un filósofo o un artista, no. Muy al contrario, la vida me pareció insignificante, poca cosa, ilusoria. Tuve la impresión de que nada era importante y que pasamos el tiempo convencidos de la trascendencia de la realidad, cuando la verdad es que en la gran vastedad del universo nuestra existencia es infinitesimal y que la realidad a la que pertenecemos es pura ilusión, átomos flotando en medio de impredecibles dinámicas elementales. Somos el sueño de unos dioses que partieron hace tiempo y que no tienen la más mínima intención de regresar. ¿Morir? ¿Qué importancia podía tener eso? Era casi ridículo preocuparse por ello. Así que cerré los ojos, aguanté los retortijones en el estómago, la fiebre, las punzadas en las amígdalas, y me dispuse a irme de un mundo que ahora, más que nunca, me parecía una obra de teatro de poca monta, un espectáculo decadente representado por pésimos actores como yo.

Podría seguir hablando del corazón palpitándome en las sienes, del hambre que retuerce el estómago y los intestinos, de la piel lacerada, roñosa y cubierta de escamas, de cómo los pies se van volviendo unos apéndices mugrosos y malolientes, de cómo la dentadura se convierte en un par de líneas amarillentas y cariadas, de los organismos diminutos que empiezan a vivir entre el cabello o en el vello púbico, de las horas nocturnas visitadas por pesadillas que maltratan los escasos instantes de un sueño profundo, pero no, por encima de todo ese horror que significa estar solo en la selva, predominan el desamparo, la sensación de pequeñez, de no ser más que un microbio temeroso que intenta salvar su vida entre una naturaleza exuberante y poderosa. Y entonces uno piensa en esa imagen que nos inculcó el humanismo, la de Adán como centro de la creación, la de un hombre que es el corazón del universo, y de repente se da cuenta de que semejante despropósito no es más que una broma macabra, el resultado de una inferioridad y una ignorancia que elaboraron esa escena grandilocuente para compensar en parte nuestra infinita vulnerabilidad. No, no somos el centro de nada, ni Dios nos hizo a su imagen y semejanza. Somos animales insignificantes que desarrollamos una inteligencia perversa para subsanar tanta fragilidad, y que en el fondo de nosotros mismos hemos guardado un resentimiento criminal que lo expresamos cada vez que podemos agarrando a patadas un perro doméstico, abriendo a mazazo limpio el cráneo de una foca, fumigando hectáreas enteras de bosques naturales o rajando con arpones y cuchillos el cuerpo de una ballena. Somos los señores de la destrucción, los auténticos mensajeros del Apocalipsis.

En las horas de la tarde de un día cualquiera, tambaleante y sudoroso, me acerqué a la orilla del río para orinar y defecar. Sabía que necesitaba tomar una bebida caliente, pero era imposible hacer fuego con las hojas y los árboles empapados y chorreando agua. En ese instante morir sí me pareció horrible, una acción triste y desagradable, un hecho que no tenía por qué suceder en esas condiciones, desamparado, solo, olvidado de la mano de Dios. Imaginé que mi cadáver sería devorado en minutos por insectos y animales carroñeros, y la idea de ver mi esqueleto arrojado entre el fango, utilizado como guarida por bichos y serpientes, acabó por abatirme definitivamente. Entonces vi una canoa y un indio allí, a pocos metros de mí. Me subí los pantalones y grité como un loco varias veces:

—¡Hey, aquí, por favor!

El hombre me vio y remó hacia el sitio donde yo saltaba y manoteaba casi fuera de mí. Lo abracé, le dije que estaba perdido y enfermo, que él me había salvado la vida, que por favor me sacara de ese lugar. Se sonrió de verme tan eufórico y, con la voz pausada, sin alteraciones, me preguntó:

—¿Tiene algo para subir?

—Sí, sí, ya vengo.

Recogí en un santiamén lo que tenía en el cambuche y me subí a la canoa, agradeciéndole al desconocido una y otra vez. Se llamaba Anastasio y vivía a treinta minutos de allí, en un caserío que no tenía nombre y en el que sólo quedaban su mujer, sus dos hijas y su suegra, pues el resto de la gente se había marchado por miedo a las amenazas de guerrilleros y paramilitares. La corriente nos arrastraba a buen ritmo y Anastasio corregía el rumbo de la canoa metiendo el remo a la izquierda o a la derecha, según lo considerara necesario.

Llegamos a una explanada donde había cuatro ranchos abandonados y descoloridos. En el quinto vivía Anastasio con su familia. Su esposa era una india pequeña, de ojos vivaces, que me saludó inclinando la cabeza en un gesto que estaba a medio camino entre la cordialidad y la obediencia. Las hijas tenían trece y catorce años, y me detallaban sonrientes, con curiosidad, felices de tener un visitante que rompiera la monotonía de la familia. Y la suegra era una mujer joven todavía, de unos cincuenta años, que escasamente me dirigió una mirada de soslayo, como si mi presencia le disgustara. Procuré ser amable con todas ellas, decirles que no quería causarles ningún contratiempo, pero cuando estaba en mitad de mi discurso se me fueron las luces y me desvanecí.

Desperté en el suelo de uno de los bohíos, sobre una manta indígena y con la mujer de Anastasio a mi lado ofreciéndome una cucharada de sopa.

—Está muy débil. Necesita comer —dijo ella con su típica actitud de dulzura y sumisión.

—¿Me desmayé?

—Tiene fiebre —movió la cabeza afirmativamente—. Coma y se sentirá mejor.

Recordé la famosa frase de Tennessee Williams en *Un tranvía llamado deseo*: «Muchas veces mi vida ha dependido de la gentileza de los desconocidos».

Estuve una semana acostado y con dolores generales desde el cabello hasta la punta del dedo gordo del pie. Sólo me levantaba para hacer mis necesidades cerca del río y me volvía a echar sobre la manta. Cuando la fiebre disminuyó, me atacó una bronquitis que me tenía hasta la madrugada tosiendo y que me obligaba a sentarme para tomar un poco de aire y no ahogarme. Anastasio me preparó un brebaje con miel de abejas, totumo y borojó. En tres días los pulmones empezaron a fortalecerse y la tos desapareció. Pero la debilidad me impedía sostenerme en pie por más de quince o veinte minutos. Anastasio me dijo que no me preocupara, que no había afán, que lo importante era cuidarme para lograr una recuperación definitiva.

La segunda semana pude levantarme y empecé a caminar por los alrededores de la choza, sin alejarme demasiado. La familia ya había aceptado mi presencia e incluso la suegra de Anastasio me llevaba sopa, arroz, agua de panela con limón y jugo de borojó, preguntaba por mi salud y se despedía afirmando que rezaría por mi pronta mejoría. Pero la visita que yo prefería era la de Inés y María, las dos jóvenes, que me hacían preguntas durante horas enteras: que cómo de grande era Bogotá, que cómo se vestía la gente, que si los edificios eran más altos que los árboles o las palmeras, que si había muchos carros, que cómo era un cine, que si yo tenía novia, que qué era eso de ser actor, que por qué había terminado en el Chocó sin saber dónde estaba y a punto de morirme. Eran alegres y me hacían pasar buenos ratos, hasta que escuchaban el grito de su madre o de su abuela («¡Ya, déjenlo descansar!») y salían despavoridas, secreteándose y muertas de la risa.

Una tarde estaba con las muchachas sentado en la parte de afuera de la cabaña donde dormía y contestando a sus miles de preguntas, cuando a lo lejos divisé la figura de un hombre inclinado que traía un burro cargado con dos estanterías de madera a los lados. No reconocí lo que había en los dos armatostes de madera, pero Inés dijo sonriendo y agitando los brazos en el aire:

—¡Es la burroteca!

—¿Qué? —pregunté intrigado.

—La burroteca —repitió María—. Viene una vez al mes y nos presta libros hasta la siguiente visita.

En efecto, lo que había en los cajones de madera eran libros. Me quedé mudo, atónito ante una imagen tan surrealista. Parecía imposible que en ese lugar un hombre atravesara la selva cargando libros sobre un burro con el único propósito de entusiasmar a la gente con la lectura. Era una locura.

—¿Y la guerrilla y los paramilitares? —dije pensando en voz alta.

—A él nadie le hace nada —me respondió María—. Lo interrogan y lo dejan pasar sin problemas.

Cuando el hombre llegó hasta nosotros pude detallarlo: era flaco, con la ropa sucia y descolorida, un sombrero le cubría la cabeza y le daba un aire como de vaquero en busca de aventuras; tenía la cara tostada por el sol, las mejillas sombreadas con una barba de varios días y los ojos negros y bien abiertos le daban un aspecto como de animal de presa, como si estuviera cazando mientras saludaba y sonreía. Se llamaba Saúl y desde el primer momento sentí por él una admiración extrema.

En la visita anterior les había prestado a las jóvenes *El llano en llamas,* de Juan Rulfo, en una pésima edición pirata, y *El Padrino,* de Mario Puzo, en la vieja edición del Círculo de Lectores. Yo no había visto los libros porque no solía entrar a su cabaña. Me mantenía a buena distancia de su privacidad, en un acto de respeto y de prudencia con la familia que me estaba acogiendo y protegiendo. Ellas regresaron los libros (trajeados, arrugados y con las páginas amarillas por los rigores de la intemperie) e Inés me preguntó con entusiasmo:

—¿Qué nos aconsejas? ¿Qué cogemos?

Eché un vistazo a esa librería ambulante que viajaba a través de la selva chocoana sobre un jumento cansado y muerto de hambre. Casi me echo a llorar cuando vi *El Aleph,* de Borges; *Viaje al centro de la Tierra,* de Verne; *Niebla,* de Miguel de Unamuno; un volumen de poesía de Breton (les leí en voz alta a Inés y a María ese verso que dice «Mi mujer de espalda de pájaro que huye vertical», y les dije que cuando se sentaran tenían que estar firmes, la cabeza inclinada un poco hacia atrás, hasta conformar una ligera curva que recordara la fuga de un pájaro hacia arriba), y una pequeña antología de poetas colombianos del siglo XX. Finalmente, después de ojear uno y de leer unas líneas de otro, extraje dos libros que me traían unos recuerdos extraordinarios de ese actor de teatro que alguna vez había llevado mi nombre y mi rostro: *¿En qué piensas?*, de Xavier Villaurrutia, y *Susana y los jóvenes*, de Jorge Ibargüengoitia. Ambos ejemplares estaban en viejas ediciones de Aguilar.

—Buena elección —dijo Saúl extendiendo la mano para que yo se la estrechara—. Ya casi nadie lee teatro.

—Encantado —respondí mientras le daba un fuerte apretón de manos—. Gerardo.

—¿Cómo llegó hasta aquí? —preguntó Saúl quitándose el sombrero para refrescarse un poco.

—Me perdí. Iba para Noanamá y no supe dar con el camino.

—¿Y le gustan los libros?

—Sí, mucho.

—El resto no vale la pena, es mera ilusión —sentenció él como si fuera un sacerdote precisando el dogma principal de una religión muy antigua. Y como si conversara consigo mismo mientras recorría los caminos empantanados y atravesaba los ríos caudalosos de la zona, remató diciendo:

—La vida sin libros es aburrida, plana, sin gracia. Son las palabras las que nos rescatan siempre del tedio y del sinsentido.

Anastasio y su esposa invitaron a Saúl a tomarse un plato de sopa y le dieron dos vasos llenos de agua de panela con limón. El hombre agradeció la comida y dijo que tenía que marcharse porque aún le quedaban dos caseríos más por visitar. Antes de que partiera le dije en voz baja, como si fuera un secreto que debía quedar sólo entre nosotros dos:

—Saúl, de todos los libros que ha leído, ¿cuál prefiere?

Él se limpió la comisura de los labios y me contestó agarrando un ejemplar amarillo de Editorial Ercilla:

—*El defensor tiene la palabra*, de Petre Bellú. Es un testimonio desgarrador. ¿Quiere que le lea lo que dice de él en el prólogo Panait Istrati, el gran escritor rumano?

—Tengo todo el tiempo del mundo, dele.

Y entonces, con una voz neutra y una pronunciación impecable, Saúl leyó unas líneas:

—Bellú aprende el oficio de carpintero. Pero muy luego se deja arrastrar por la ola de los perdidos. Cae en lo que el «buen mundo» llama con desprecio vagabundeo. Es en realidad el único género de vida que merece ser vivido, pues permite al hombre de pensamiento y de sentimiento ser sincero consigo mismo. Todavía hoy, Bellú vive esta existencia, lo cual quiere decir que no come todos los días. ¿Qué ha producido eso? Del fondo de su arrabal, del fondo de la casucha en que muele sus días, Bellú surge hoy como una de esas fuerzas irresistibles de la naturaleza. Miseria, aislamiento, enfermedad, indiferencia de los hombres, nada ha podido impedirle garrapatear sobre trozos de papel, recogidos a veces de la basura, las páginas llenas de sinceridad de *El defensor tiene la palabra*.

Sentí un estremecimiento que me bajaba por la espalda. Por un momento logré ver la escena desde arriba, como si la estuviera filmando para una película: el burro cargado de libros, Saúl leyendo esas líneas para mí con inmensa generosidad, las dos muchachas indígenas escuchando embelesadas, atrapadas por la fuerza de ese párrafo delirante, yo recuperándome de una crisis que me había dejado a las puertas de la muerte y recordando las mil ocasiones en que me había subido a una tarima para hablar en ese mismo tono que ahora estaba empleando Saúl, y la selva a nuestro alrededor como una escenografía poderosa y sobrenatural. Era demasiado. Se me hizo un nudo en la garganta de la más pura emoción.

—Si quiere se lo presto y después me dice qué le pareció —me dijo el burrotecario con esa ingenuidad que lo acercaba tanto a la infancia.

—No, Saúl, gracias. Ya me voy a ir y no tengo cómo devolvérselo.

—La próxima vez será. Le prometo un rato inolvidable.

Y lo vi perderse en la espesura de la selva con su burro y sus cajones de libros bien amarrados. «Tal vez, en este hombre están reunidas las virtudes más admirables de todo un país», pensé.

Esa misma noche le dije a Anastasio:

—No tengo cómo pagarte lo que has hecho por mí.

—¿Ya se siente mejorcito?

—No sé qué habría sido de mí si no te encuentro ese día en el río.

—No era su hora.

—Anastasio, ¿cómo hago para llegar a Noanamá?

—Eso es sólo para enfermos.

—Tengo que ir.

—Yo lo puedo dejar en Iraque y ahí le dicen cómo llegar.

—¿Cuándo podemos irnos?

—El problema es que hay combates aquí cerquita. No están dejando bajar por el río a nadie.

—¿Cuánto tiempo tenemos que esperar?

—Hum, sin saberse.

Durante los siguientes tres días, Anastasio no se movió de su casa. Arregló su pequeño sembradío de yuca, pescó a la madrugada muy cerca de la orilla lo que pudo, recogió unos racimos de plátano y se dedicó a revisar el techo de su vivienda porque había algunas filtraciones de agua. Yo lo ayudé en lo que pude y procuré ser lo más útil posible. También les dicté clases de español a las muchachas, enseñándoles nuevo vocabulario y expresiones que desconocían. Esos encuentros los hacía delante de la madre y de la abuela para evitar sospechas. No quería que fueran a pensar que yo estaba interesado en alguna de ellas, o en las dos, y que mi amistad era una estratagema para, en cualquier momento, llevarlas a la cama.

Al cuarto día pasó por el caserío un abuelo negro, de cabello y barba tan blancos como copos de nieve. Se detuvo unos segundos, me presenté y le expliqué rápidamente cómo había llegado hasta allí, y después de saludarme y de desearme una feliz mejoría le comunicó a Anastasio que habían asesinado en las horas de la noche a la familia de no sé quién (dio un nombre que ahora no recuerdo).

—¿A todos? —preguntó Anastasio acongojado.

—Me dijeron que los fusilaron frente a sus casas. Lo de siempre. Ya sabemos cómo es esta gente.

—¿Llegó alguien a revisar?

—Nosotros no le importamos a nadie. Ni se tomarán el trabajo de venir —se metió en su canoa de nuevo antes de advertirle a Anastasio—: y no vayas a meter las narices por allá porque la cosa está grave. Quédate quietecito.

Cuando el viejo se fue, me di cuenta de que la noticia había afectado a mi amigo. Me dijo con un tono de angustia que no le había escuchado antes:

—Tengo que ir. Era mi compadre.

—Yo te acompaño.

—Es peligroso.

—No importa, vamos.

—Si dejaron a alguien vigilando, nos pueden disparar.

—Uno tiene que hacer lo que tiene que hacer —sentencié como si estuviera diciendo algo brillante—. Pase lo que pase.

Nos demoramos cuarenta minutos en llegar. Se trataba de dos ranchos construidos el uno frente al otro, un corral y un lodazal para los cerdos, un huerto que había sido destrozado, y un gallinero pequeño donde cabían unas treinta o cuarenta gallinas. Todo había sido saqueado y los cuerpos de las mujeres y de los hombres estaban regados por el suelo con disparos en la espalda o en la nuca. Conté siete: dos hombres, dos mujeres, dos niñas y un niño. La escena era desoladora y mostraba ese otro país que en las grandes ciudades sólo se conoce a través de la televisión, y que ya no le dice nada a nadie por tratarse de una escena que se ha venido repitiendo hasta la saciedad. Sin embargo a mí, que veía cómo los primeros mosquitos revoloteaban encima de los cadáveres, me impactó la crueldad de unos individuos capaces de tirar del gatillo con el cañón puesto en el cuello de un niño que mira indefenso y sin entender lo que está ocurriendo. A diferencia de la muerte del Negro, que me había parecido un proceso normal y hasta desagradable, la masacre de los amigos de Anastasio sí me tocó el corazón y me obligó a sentarme en un tronco sin saber qué hacer.

Anastasio revisó los cuerpos uno por uno y se cercioró de que ninguno estuviera respirando. Cuando se acercó a mí, tenía el rostro desencajado.

—¿Quién hizo esto? —pregunté con la cabeza entre las manos.

—Aquí fueron los paras. Pero da igual. Habría podido ser la guerrilla también. Ambos son iguales. Nos matan porque nos creen del otro bando. Porque no nos queremos ir.

—¿No viene ninguna autoridad a hacer un informe?

—Ellos están ocupados en los combates de Puerto Madera. No tienen tiempo.

—Entonces tenemos que enterrarlos, supongo.

—Falta una.

—¿Cómo?

—Falta una niña, Laura —aclaró Anastasio con un dejo de esperanza en la voz.

—¿Se la llevaron?

—No creo. Está muy chiquita. Seis años apenas.

Nos pusimos entonces en la tarea de registrar los alrededores y de buscarla. La llamábamos por su nombre y Anastasio decía en voz alta, sin gritar: «Soy yo, Laura, Anastasio; venga, ya pasó todo, venga conmigo que nadie le va a hacer daño». Revisamos los matorrales y la orilla del río. Yo no dejaba de pensar en la frase que había escuchado antes de salir, «si dejaron a alguien vigilando nos pueden disparar», y pensaba que lo único que me faltaba era precisamente eso, morirme en un juego de tiro al blanco de algún francotirador aburrido en busca de acción. De pronto, mientras venía de regreso por la orilla repitiendo «Laura, Laura, ven, necesitamos hablar contigo», vi que una de las canoas que usaba la familia para transportarse por el río, y que estaba boca abajo, se movía. Podía ser una serpiente o algún otro animal que había decidido usar la embarcación para pernoctar o como guarida, pero no, una intuición me reveló que la niña, en sus juegos con los otros chiquitos, utilizaba el lugar como escondite, y que al empezar la matanza no se le ocurrió otra cosa sino refugiarse allí donde nunca la encontraban. Me hice a un lado y empecé a tranquilizarla: «Ya pasó todo, Laura, sal de ahí, no te preocupes, estarás bien con nosotros; dale, no temas, ven». En efecto, la canoa se levantó un poco y la pequeña se deslizó hacia afuera. Era trigueña, con los ojos rasgados y el cabello largo, y su boca bien dibujada le daba a su aspecto una seriedad poco común en un rostro infantil. Le sonreí para ahuyentar su temor, la levanté entre mis brazos y llamé a Anastasio para avisarle que ya la había encontrado.

Decidimos cremar los cuerpos para agilizar nuestro regreso. Al fin y al cabo, si los tipos andaban cerca, la familia de Anastasio también corría peligro. Yo me llevé a Laura a un lado y la distraje hablándole de duendes, príncipes y tesoros. Mi amigo reunió los cadáveres en un solo punto y les prendió fuego. Metimos a Laura en la canoa y emprendimos el retorno. La niña alcanzó a ver la fogata y preguntó:

—¿Cuando la gente se muere no hay que enterrarla?

Me quedé sin palabras y pensé que ahí estábamos reflejados los adultos, siempre tratando a los niños como si fueran imbéciles, ocultándoles una verdad que ellos ya sabían, menospreciándolos y creyendo que eran tontos y despistados. Así que, por respeto a su inteligencia y a su sensibilidad, le respondí:

—Casi siempre es así, Laura. Pero en este caso no tenemos tiempo. Los hombres que los mataron pueden regresar en cualquier momento. En casos así, puedes quemar los cuerpos y decir una oración. Sus almas irán al cielo.

La niña miró a Anastasio con seriedad:

—Padrino, ¿usted sí rezó?

—Claro que sí, Laura —la voz le temblaba mientras hundía el remo en el agua—. Oré por cada uno de ellos.

—Yo también quiero rezar para que los reciban en el cielo —dijo Laura haciendo pucheros.

—Muy bien, vamos a rezar juntos —le propuse acercándome a ella para acompañarla en sus oraciones.

Entonces la niña hincó las rodillas en la canoa, se dio la bendición (yo repetía todo lo que ella hacía) y empezó a recitar un padrenuestro y un avemaría. Luego pidió por las almas de los suyos y le rogó a Dios para que les diera un buen lugar en el paraíso. Le dijo que había sido una buena familia y que no se merecía el final que había tenido. Remató pidiendo:

—Por favor, Diosito, diles que me guarden un sitio y que cuando yo me muera iré a reunirme con ellos. Y que les prometo portarme bien.

Desde mis años colegiales, apartado en los recreos pensando en la separación de mis padres, yo no había sentido una tristeza tan demoledora. Ni siquiera con la muerte de mis padres, ni cuando vi lo que habían hecho con Mariano y con Simón, y mucho menos cuando descubrí que el Negro había muerto en medio de sus delirios y sus alucinaciones. Quizá porque esos sucesos, por terribles que fueran, formaban parte del mundo de los adultos, de la crueldad de los adultos, de la ceguera y la estupidez de los adultos. Pero Laura me recordó en un segundo la ingenuidad infantil, esa pureza que tienen los niños y que nos revela nuestra propia estupidez, nuestra más repugnante inmundicia interior. Por eso sus palabras abrieron un hueco en el dique que me impedía expresar mis más sinceros sentimientos, y volví a escuchar el grito de Tehura cruzando la espesura de la selva, ese aullido salvaje con el que me comunicaba toda la fuerza de su amor por mí, y en voz alta, de rodillas y atacado en llanto, hablé con Dios por primera vez en treinta años y le dije:

—Señor, permíteme regresar a los brazos de Tehura. Por favor, salva mi vida para dársela a ella. Nunca te he pedido nada.

He fracasado en todo, todo lo he hecho mal y cada prueba que me has enviado la he aguantado sin quejarme, he aguantado años y años sin decir nada, acatando tus designios. Pero estoy en el límite, Señor, estoy cansado, perdido, y no puedo seguir así. Permíteme volver a su lado, no te pido más. Te ruego por un último abrazo de ella. Y recibe a la familia de Laura en el cielo, pues son muertos inocentes, gente que se merece un puesto junto a Ti.

Anastasio continuó remando y respetó el desplome de mi equilibrio espiritual. No me miró, no dijo nada, y le agradecí en secreto su actitud distante y contemplativa. En cambio, Laura me abrazó y me dijo con su voz aguda y dulce:

—Yo sé que sí nos escuchó. Estoy segura.

Me senté de nuevo y la puse sobre una de mis piernas.

—Sí, nena, yo también sentí que nos oyó.

Era verdad. Tal vez Dios no estaba tan sordo como yo creía.

Anastasio empacó sus cosas y las de su familia en mochilas indígenas y en dos cajas pequeñas de cartón, y decidió que lo mejor era irse por unas semanas mientras se retiraban de la zona las tropas guerrilleras y paramilitares.

—¿Adónde vas a ir? —le pregunté con sequedad.

—Tengo un hermano que vive a unos kilómetros de aquí, selva adentro. No llegarán hasta allá.

—¿Y yo?

—Lo dejaremos en un camino principal. En tres horas estará en un pueblo que se llama Norodó. De ahí le quedará fácil buscar transporte a Noanamá.

—¿No me perderé?

—Es una carretera transitada. A cada rato pasan campesinos con burros y caballos. No tendrá problemas.

Así fue. Unas horas más tarde me despedí de Anastasio y de su familia. Curiosamente, lo que más trabajo me costó fue separarme de Laura. Había un candor y un desamparo tan grandes en esa niña, que despertaba en mí de inmediato todas mis inclinaciones paternales. Le dije a Anastasio estrechándolo entre mis brazos:

—Gracias, viejo. Te debo la vida. Si algún día me necesitas, búscame en Noanamá.

—Que le vaya bien.

No me dijo nada más y lo vi partir con las cajas y las mochilas al hombro. Detrás de él iban todas sus mujeres, como si fuera un jeque árabe viajando con su harén, sólo que en este caso no se trataba sólo de esposas, sino también de suegra, hijas y ahijada.

El camino tenía entre un metro y medio y dos metros de ancho. Como me había aclarado Anastasio, me tropecé con agricultores que llevaban sus productos al pueblo sobre burros, mulas y caballos de carga. Fue grato volver a ver gente y cruzar aunque fuera un saludo y unas palabras de despedida. Cuando llegué a Norodó, me di cuenta de que era otro caserío junto al río, sin iglesia, ni alcaldía, ni nada de lo que yo me había imaginado. Lo que ocurría era que en el pequeño embarcadero esperaban las largas canoas que llevaban las frutas y las verduras hacia pueblos más grandes para negociarlas. Y por sorprendente que parezca, no bien entré al caserío escuché una explosión, seguida de varios disparos que barrieron indiscriminadamente a las personas que estaban cargando o descargando, que esperaban o charlaban o estaban a punto de embarcarse. Luego vino otra explosión y después una tercera.

—¡La guerrilla, la guerrilla! —advirtió una voz masculina.

Caí al piso herido y escuché disparos y ráfagas de ametralladora surcando el aire húmedo que subía del río. Una punzada me atravesó el costado derecho y perdí el conocimiento.

Cuando desperté, tenía la boca llena de barro y no me podía mover de la cintura para abajo. Las casas habían sido incendiadas y los cadáveres y heridos se contaban por decenas. No vi a los causantes de la masacre. Habían actuado con rapidez, ocultos entre la maleza y los árboles, y no se habían quedado ni siquiera para rematar a los sobrevivientes. Vi que a tres o cuatro metros de los charcos donde yo había caído, un joven negro se arrastraba por el suelo sin mostrar señales de estar herido.

—¡Hey, hey! —lo llamé mientras escupía grumos de barro que se me habían metido entre la boca.

El tipo se volteó y me dijo tartamudeando y con los ojos desorbitados de pavor:

—Me voy, no me quiero morir.

—¿Puede pedir ayuda?

—No me quiero morir, no me quiero morir —repetía el mulato fuera de sí.

—Estoy herido en la espalda. No puedo caminar.

—Lo siento, no quiero morirme aquí, adiós.

—Espere, no puede dejarme así. Ayúdeme —intenté ponerme aunque fuera de rodillas, pero las piernas no me respondían.

El tipo se levantó y empezó a caminar sin mirar hacia atrás. La indignación me hizo estallar de la ira:

—¡Cabrón de puta mierda! ¡Cobarde! ¡Malparido! ¡Ojalá se muera, maricón hijueputa!

Pasaron los minutos y ningún otro sobreviviente daba señales de vida. De un lado estaban tres de las casas echando fuego todavía, y del otro lado el río y la selva tupida y amenazante. Recordé a Tehura y me dije que era una estupidez terminar de esa manera, lejos de ella y asesinado en una guerra absurda donde los bandos en conflicto matan por el placer de doblegar a la población civil o por quedarse con un corredor más para sacar droga hacia el mar. Y lo peor es que cuando matan lo hacen sin entender muy bien quién es su verdadero enemigo. «Tehura, mi esperanza, mis últimas ganas de vivir. Tehura, una voz amiga en los infiernos, mi último grito de libertad», me dije mentalmente.

Y entonces, como si se hubiera abierto una brecha en la realidad y yo estuviera ingresando en una dimensión inédita, misteriosa, fractal, vi que un grupo de indígenas compuesto por tres mujeres, tres hombres de edad indefinida, dos adolescentes y cuatro niños, salía de la selva por unos segundos y contemplaba el fuego de las casas, la sangre, los cuerpos tirados en el piso o flotando en el embarcadero, la desolación, el sacrificio inútil, la violencia ciega. Lo que más me impresionó fue su flacura, su aspecto amarillo, sus ojos hundidos, sus huesos marcados en la piel, el rostro demacrado y cadavérico de sus hijos famélicos. Supe que no habían tenido contacto con la civilización porque miraban todo con expresión de extrañeza, como si fueran seres de otro planeta observando con temor el comportamiento impredecible de unos terrícolas que más valía tener lejos de sí. Iban vestidos con taparrabos, collares, pulseras, pantorrilleras y brazaletes, y las mujeres llevaban los senos al aire. Los adultos cargaban unos cestos amarrados a la cabeza, y su corta estatura y su delgadez los hacían parecer unos jóvenes más que acompañaban a los otros adolescentes y niños. Sólo su rostro los diferenciaba: las líneas de expresión marcadas, las huellas del cansancio de muchos años, la piel ajada y manchada. Fue de tal magnitud el asombro que me invadió, que no se me ocurrió pedirles ayuda, llamarlos, gritarles que estaba con vida y que no me quería morir así, como un perro sarnoso abaleado en un rincón miserable y casi anónimo que no aparecía en los mapas. No, me quedé inmóvil, en silencio, dudando de si esa imagen que me llegaba a través del humo sería una alucinación, el producto de un cerebro débil a punto de desconectarse para siempre. Luego pensé en ese muchacho llamado Fabio Acevedo, que había desaparecido quién sabe dónde, que había creído en estos hombrecitos de la jungla con una fe demencial, estos seres que desde hacía quién sabe cuántos cientos o miles de años se bañaban en las aguas cristalinas e incontaminadas de sus ríos, cazaban sólo para sobrevivir, oían la caricia del viento en las copas de los árboles y dormían protegidos bajo el arrullo de las matas de plátano. Recordé ese mundo del cual yo provenía, el ruido insoportable de la ciudad con sus millones de carros y de buses, sus pitos, sus equipos de sonido anunciando productos inútiles, sus taladros y sus maquinarias de construcción, sus vendedores ambulantes ofreciendo a gritos dulces y cordones para zapatos, sus aviones atravesando el cielo y ensordeciendo a los ciudadanos con los estruendos de sus motores, y por contraposición admiré el silencio implacable de estos indígenas que sólo se limitaban a caminar sin emitir el más mínimo sonido. Tal vez era ese silencio el que les otorgaba un aire fantasmal, de seres que no rozaban la materia y que de alguna manera misteriosa parecían no tener contacto con ella, como si pudieran existir en una dimensión paralela en la cual el mundo real era apenas un apéndice insignificante. Pensé también en el viejo Jesús, en sus ansias de aventura y en el precio terrible que estaba pagando en esa sección de cuidados intensivos en la que enfermos mentales veían pasar las semanas y los meses desde oscuros universos donde la euforia y la desdicha estaban multiplicadas hasta niveles tortuosos, y recuerdo que al final pensé en el atardecer magnífico reflejado en las aguas serpenteantes de ese río que cruzaba las inmediaciones de Armenia, y murmuré en voz baja, temblando, con la conciencia de que quizá esas fueran mis últimas palabras:

—La tribu de los hombres invisibles.

La comunidad indígena volvió a internarse en la selva y desapareció. Intenté arrastrarme hasta el embarcadero pero no pude, estaba muy débil y la cabeza me daba vueltas. Hundí la mejilla derecha en uno de los charcos y entrecerré los ojos pensando en los senos de Tehura, en su piel morena y brillante, en su sexo negro y húmedo. Entonces sentí que me alzaban en el aire y que unos bracitos y unas manos diminutas depositaban mi cuerpo sobre un camastro vegetal. Otra vez mi memoria se activó en un carrusel caótico y recordé los instantes precisos en los que el bachiller Hernández había sido rescatado por los ancestros de estos hombres que ahora me estaban rescatando a mí, y recordé a Sebastián de Palma después de sus expediciones con Humboldt, y a Santiago Rosero con una pierna recién amputada, y a Joaquín Grimaldi tajado y sangrante en una zanja chocoana, y a Oswaldo Estévez cuando ya estaba rezando para preparar su espíritu antes de la muerte que se le avecinaba entre su improvisado cambuche selvático. Sí, todo lo que habían dicho esos hombres era verdad, y ahora mis propias manos que se aferraban de modo inconsciente a los tallos gruesos que conformaban los bordes de la camilla y mis ojos entrecerrados que divisaban entre penumbras cómo me trasladaban con premura hacia la selva espesa, podían comprobarlo sin la menor sombra de duda. Enseguida una voz tenue les indicó algo a los que me estaban cargando y se adelantaron hasta producir una distancia con respecto a los niños y las mujeres. No pude ver más porque el cielo, arriba, empezó a girar a mi alrededor y la selva adquirió de pronto un tono opaco, como si acabara de presentarse un eclipse o alguien allá arriba estuviera disminuyendo la luz del universo, y una debilidad general se tomó mi cuerpo y perdí el conocimiento.

Desperté un tiempo después y era ya noche cerrada. Estaba recostado en una hamaca de tejido vegetal y el chirrido de miles de insectos se escuchaba en los alrededores. Una fogata crepitaba muy cerca de nosotros y me di cuenta de que los demás integrantes de la tribu dormían en semicírculo, con el fuego en el centro. Los hombres descansaban en las hamacas más altas y las mujeres y los niños en las hamacas que estaban casi rozando el suelo. No había ancianos. Me habían untado en el cuerpo entero, incluso en la cara y los labios, una sustancia pegajosa cuyo hedor me disgustó y me produjo ganas de vomitar. Pero supuse que gracias a ello era que los zancudos y los mosquitos no se me acercaban, pues estaba sin mosquitero y no sentía revolotear ningún insecto en el espacio que me rodeaba. Intenté moverme dentro de la hamaca y no pude: las piernas no me respondían. Comprobar esa incapacidad me llenó de pánico y me dije que no estaba sólo herido, sino paralítico de por vida. La idea de tener que depender de una silla de ruedas me hizo sentir un vértigo que casi me lleva hasta las lágrimas. Menos mal uno de los hombres que estaban cerca de mí se inclinó y me puso la mano sobre la frente en un gesto de absoluta ternura, un gesto dulce que, en medio del mareo y del sopor que me seguían embotando la mente, me calmó y me hizo cerrar los ojos y volver a dormirme.

A partir del segundo día los sucesos se comienzan a mezclar en mi memoria y no sé exactamente cuántos días estuve con ellos ni qué hora era cuando sucedía un hecho u otro. Sólo sé que a lo largo de los trayectos, y siempre durante unos breves minutos, yo despertaba jadeante, con sed, con la sangre retumbándome en las sienes y con la visión perturbada quizá por una fiebre que me consumía internamente. En cuencos de madera me ofrecían caldos ahumados, yuca, plátano y frutos silvestres cuya jugosidad me refrescaba la boca y la garganta. Me daba cuenta, entonces, de que los hombres cazaban pájaros y micos con sus cerbatanas y sus dardos envenenados con curare, que las mujeres cuidaban de los niños y que no existía entre la tribu el concepto de vida privada, pues todos los sucesos se llevaban a cabo frente a los demás, delante de los otros, incluso el acto sexual y las acciones de orinar y de defecar. A veces, si había algo de tiempo libre, las mujeres preparaban una mezcla de achote y eoro con aceites vegetales, y pintaban sus cuerpos y los de los hombres en trazos rectos que nunca supe qué significado podían tener. También tejían pulseras y hamacas de fibras vegetales que previamente pasaban por una cocción de varias horas. Los campamentos, hechos con tallos, lianas y hojas de palma, los abandonaban de un momento a otro. Antes de hacerlo sembraban semillas para regresar a la tierra, supongo, lo que habían recogido de ella para sobrevivir. Una escena que me causó estupor fue cuando descubrí que las mujeres amamantaban a las crías de los simios hembras que ellos habían asesinado y que los cuidaban y los protegían con esmero, como si fueran sus propios padres.

En una de las primeras cacerías me desperté con la camilla recostada contra un árbol y a mis pies había cinco o seis simios despellejados. Como producto de la fiebre y de la debilidad que me dominaban el cuerpo por esos días, creí que se trataba de cuerpos humanos, de niños que habían cazado en alguna aldea cercana para satisfacer sus deseos antropófagos, y pensé que estaban ayudándome a mejorar sencillamente para al final condimentar conmigo algún suculento festín de caníbales hambrientos. El hecho de verme como un embutido paralítico me llenó de horror y empecé a arrastrarme como pude por entre los matorrales para intentar escapar. Sólo pude desplazarme unos pocos metros y ellos llegaron, me tranquilizaron con gestos y ademanes de amistad, y me regresaron a la camilla sonriéndose por el miedo que me habían causado esos cadáveres de micos esparcidos por el suelo.

Después de las comidas, con los mismos huesos de los simios, las mujeres y los niños hacían flautas y pitos con los cuales entonaban melodías nostálgicas, como si les hubieran comunicado un lamento milenario de generación en generación en medio de la espesura de la selva.

Aprendí a reconocer algunas de las palabras que repetían constantemente, como «aua» (mico), «kio» (tucán), «mein» (trampas para pescar), «wapji» (refugio doméstico) o b'rup (canastos tejidos de palma real en los cuales transportaban alimentos). Me sorprendía la forma en que asimilaban el silencio, como un ingrediente más de la vida nómada entre la selva. No sufrían de esa necesidad nuestra de tener que hablar, de ese parloteo constante alrededor de fruslerías, de ese ruido que generamos y a través del cual ya no comunicamos nada. No, en ellos el lenguaje no estaba tan gastado y guardaban una sana amistad con el silencio. Incluso recuerdo que uno de ellos, mientras avanzábamos lentamente, iba recitando en su lengua una letanía incomprensible para mí. Entendí enseguida que no se trataba de palabras-intercambio, de palabras-moneda (las que usamos y manoseamos en la cotidianidad), sino del antiguo lenguaje que nos conducía hacia la divinidad, vocablos que nos transportaban, que nos permitían entrar en contacto con estados alterados de conciencia, invocaciones que propiciaban el ingreso en un mundo que estaba más allá del mundo. El lenguaje como vía de éxtasis, como religión pura, como trance, como mecanismo que nos recuerda que una parte de nosotros aún puede viajar lejos de la materia que nos aprisiona.

En las noches era evidente que casi todos ellos, tanto los niños como los adultos, tosían y se quejaban de sus dolencias pulmonares, como si toda la tribu estuviera infectada y le hubiera quedado imposible curarse a sí misma. Les atribuí a esas enfermedades pulmonares la muerte de los ancianos, pues entre ellos no había ningún integrante mayor de cuarenta o cuarenta y cinco años.

Una tarde, las mujeres y los niños prepararon tinturas de aceites vegetales y se tatuaron las mejillas, la frente, el pecho y los brazos. Eran trazos rápidos, pinceladas geométricas que conformaban unas figuras cuyo significado era completamente desconocido para mí. Se tatuaron los unos a los otros entre risas, divirtiéndose, como si fueran niños perdiendo el tiempo entre matorrales y helechos gigantescos. En un momento en el que se dieron cuenta de que yo los miraba con curiosidad y con la tristeza evidente de estar por fuera del juego, una de las jóvenes se me acercó y me hizo señas de que si quería que me tatuaran a mí también. Asentí con la cabeza y, desde el camastro vegetal donde permanecía acostado, dibujé con un palo en el piso de tierra una culebra enroscada con la cabeza hacia fuera y la cola en el centro, como si fuera un laberinto circular. No sé por qué recordé en ese preciso instante que la serpiente griega, al devorarse su propia cola, condena al universo al eterno retorno de lo idéntico. Es decir, desde esa perspectiva, yo volveré infinitas veces a tropezarme el diario de Jesús, y viajaré a la selva y conoceré a Tehura y escribiré otra vez este mismo libro con iguales palabras. Y tú, lector, por ejemplo, también volverás en el transcurso del tiempo infinitas veces a tropezarte con este libro y lo leerás sintiendo exactamente lo mismo que estás sintiendo ahora. Todo ha sucedido infinitas veces y seguirá sucediendo de manera igual sin que exista una mínima variación en el universo. En cambio la serpiente emplumada de las tribus precolombinas en México, Quetzalcóatl, distingue la cabeza de la cola. Está enroscada, sí, pero no se devora su propia cola, sino que en cada vuelta produce una variación. Es el eterno retorno de lo no idéntico. El universo tiende a repetirse, sí, pero en cada nuevo giro hay una variación. Desde esta hipótesis, en una vida siguiente yo quizá vuelva a viajar a la selva y quizá también escriba un libro, pero entonces no me llamaré igual, ni tendré este rostro, ni estaré tan desesperado buscando una salida. Y tú, lector, también serás otro, con otras ideas y otros afectos, y lo más seguro es que no recuerdes nada de que en una vida pasada, justo en estas páginas, ya nos habíamos encontrado. En el tiempo azteca hay una tendencia circular también, pero acompañada de una fe absurda y brutal en el cambio, en la mutación, en aquellos giros que modifican toda existencia. Si he de volver a este mundo, confío en esa transformación que me salve de una repetición inocua. Por eso dibujé esa serpiente en el suelo y, arremangándome la camisa, le señalé a la joven indígena la parte externa del brazo, entre el codo y el hombro, y le insistí con muecas y gestos teatrales que ahí quería que me hiciera el tatuaje. Entendió sin problemas, y con una habilidad sorprendente me dibujó la serpiente sobre la piel y sopló varias veces para que la tintura se secara cuanto antes. Me encantó llevar una marca corporal de mi viaje por la jungla chocoana junto a la tribu de los hombres invisibles, por si algún día, cuando recobrara la salud y pudiera volver a caminar, yo dudaba de mi lucidez. Entonces me bastaría con subir la manga de la camisa y con observar ese tatuaje que era todo un símbolo y una promesa.

Un par de veces fui testigo del encuentro de la familia que me había recogido con otras familias, lo cual significaba que la tribu estaba desperdigada en distintos clanes que vagaban por la selva trazando cada uno su propio camino, y que por eso era fácil verlos un día en el Caquetá, al siguiente en el Guaviare y al otro en el Amazonas, porque no era un grupo compacto sino varias familias distintas de la misma etnia recorriendo los departamentos del sur colombiano y, supongo, los de los países limítrofes también. No sé por qué viajaban así, separados, pero una hipótesis posible es que resulta más fácil sobrevivir de ese modo que someterse a un exterminio en masa, todos juntos.

En más de una oportunidad, viéndolos desde mi camilla tejiendo sus canastos, puliendo cañas para hacer cerbatanas, extrayendo hilos finos de cogollos de chumare, tocando sus flautas de hueso o de guaduas finas, desplumando alguna cacatúa o sencillamente durmiendo unos junto a otros en sus hamacas de fibra vegetal y bajo techos de hoja de platanillo, tuve la impresión de que estaba ingresando en un secreto ancestral, milenario, en una paz espiritual que atravesaba los tiempos y llegaba hasta la prehistoria, cuando vagábamos por el mundo sin conocer aún ciertos estados de ánimo que nos llegarían con el avance de nuestra torpe civilización. Ahí, con el ulular del viento entre las ramas de los árboles, viendo cómo los pájaros volaban entre el follaje, escuchando los sonidos de la selva y sintiendo a toda la tribu junto a mí callada, en esa cotidianidad atávica, compartiendo la perfección de un instante de profunda amistad con el mundo, me dije que el lenguaje sólo abarca una parte de la realidad, un porcentaje determinado, y que quizá los aspectos más inquietantes y trascendentales de la existencia pertenezcan al silencio, a esa zona de nuestra percepción donde el lenguaje fracasa y donde las palabras lo único que hacen es mancillar la pulcritud del mutismo. Y pensé también que los primeros hombres prehistóricos, en África, habían vivido en una selva muy parecida a la nuestra. De ahí que la naturaleza tropical americana no sea un espacio, sino un tiempo, un tiempo anterior a todos los tiempos.

Por momentos, la familia con la que yo viajaba evidenciaba un cierto temor, se agitaba al caminar, miraba hacia atrás como si una amenaza la estuviera persiguiendo, se quedaba inmóvil, en silencio, hasta que sentía que el peligro había pasado y entonces volvía a caminar por el entramado de unas rutas invisibles que sólo ella podía reconocer. Yo sabía que lo que tanto los asustaba era la presencia del hombre blanco, lo intuían a veces en las cercanías y entonces cambiaban de rumbo o se adentraban aún más en la selva, como quien escapa de un depredador enloquecido. Y cuando pasábamos por una situación así, no dejaba de preguntarme por qué me habían recogido y salvado, por qué me cuidaban, por qué me cargaban si ello les implicaba un esfuerzo adicional; por qué, en suma, no me habían dejado morir en aquel embarcadero miserable si yo también era uno de ellos, una bestia mañosa y traicionera, un animal de presa que en cualquier momento podía lanzarse sobre sus mujeres o sus hijos y desangrarlos a dentelladas. Y nunca encontré una respuesta a esa pregunta.

Un tiempo después que no puedo precisar porque no sé exactamente cuántos días viajé con ellos por la selva, me dejaron cerca de un embarcadero donde parecía que se estaba llevando a cabo un operativo de rescate después de algún enfrentamiento con la guerrilla o con los paramilitares. Se veía en sus ojos el pánico que les producían el ruido de los motores y la algarabía de los soldados que corrían de un lado para otro. Me miraron con esa complicidad y esa camaradería con la que me habían tratado durante todo el trayecto, me pusieron sus manos en la frente en señal de despedida y se internaron de nuevo en la selva con las pasos firmes y regulares. No pude moverme y, contra mi voluntad, perdí el conocimiento otra vez.

Cuando volví en mí había ruidos de helicópteros y de lanchas de motor por todas partes. Voces de mando solicitaban la presencia de médicos y de enfermeros allí donde encontraban un sobreviviente. Varios soldados patrullaban el sector con sus fusiles listos y sus dedos en los gatillos. Dos uniformados me estaban trasladando a una camilla metálica para llevarme a uno de los helicópteros que habían aterrizado en un potrero despejado, a pocos metros del río. El viento de las hélices me refrescó. Pedí agua y me dieron de beber de una cantimplora militar. Ya dentro del helicóptero agarré los bordes de la camilla con fuerza, apreté las mandíbulas hasta hacerlas crujir, pensé en Tehura y me dije: «Tengo que vivir, tengo que vivir». Y de uno de los recovecos más intrincados de mi cerebro, me llegó la respuesta a la pregunta («¿Qué hay más allá de mí?») que me había hecho en medio de la selva, cuando estaba cerca de morir. La respuesta era contundente: «Los otros». Invertimos media vida en conocernos, en pensarnos, en entendernos por qué somos así y no de otro modo. Es un lento proceso de navegación hacia las aguas más cristalinas de nuestra intimidad, y cuando ya hemos comprendido las razones por las cuales nuestras ideas, nuestras inclinaciones y nuestros afectos nos han sumido muchas veces en la torpeza y el sufrimiento, cuando por fin empezamos a hacernos responsables de cada concepto y de cada emoción que sentimos y que generamos, es cuando de verdad estamos listos para desplegar nuestra fuerza en el mundo y transformarlo de buena manera. ¿Qué hay más allá de nosotros mismos? Los otros, que están ahí esperándonos con los brazos abiertos. Y mientras los soldados corrían de un lado para otro y gritaban que teníamos que despegar ya para evitar un posible ataque sorpresa, recordé los dibujos de un viejo retablo japonés. Eran cuatro escenas pintadas en tinta negra. En la primera se veía a una muchedumbre en una taberna divirtiéndose, bebiendo de jarros de cerveza, gritando y bailando entre el entusiasmo general, y al fondo, sentado en una mesa aparte, se alcanzaba a divisar a un hombre que estaba haciendo mala cara y que miraba con desprecio las manifestaciones de alegría de los demás pobladores. En la segunda escena ese mismo hombre caminaba por en camino empinado que conducía a un monasterio ubicado en la cima de una montaña. Era claro que había elegido la vida contemplativa y que se retiraba de la convivencia con los otros hombres. En la tercera escena el individuo estaba encerrado en una celda en posición de meditación y varios libros descansaban sobre una mesa. Era fácil deducir que llevaba años leyendo y dedicado por completo a la vida espiritual. Y la cuarta escena era idéntica a la primera, en la misma taberna y con la misma gente, sólo que esta vez el hombre estaba entre la multitud dichoso, sonriente y bailando feliz junto a los que antes detestaba y despreciaba. Y entre los recuerdos mezclados de ese retablo japonés, farfullé entre mis adentros: «¿Qué hay ahora más allá de mí mismo? Los otros. Me falta alcanzar ese último recuadro, estar entre los demás, gozar de su compañía, servirles, colaborar, saber que no estoy solo, que no soy la clave de nada, sino que hago parte de un todo que me complementa y me engrandece».

El aparato despegó, alcancé a oír a uno de los enfermeros que decía «qué raro, este tipo tiene las heridas ya cicatrizadas», y dejé que el mundo se fuera borrando poco a poco hasta convertirse en un punto insignificante y remoto.

Epílogo

Estuve en el Hospital Militar de Bogotá durante tres semanas exactas. El disparo produjo una lesión muscular grave, pero el proyectil no tocó órganos importantes ni hirió la columna vertebral. Los médicos me dijeron que no sabían cómo se había curado la herida sin infectarse, que el traumatismo que había sufrido en las piernas era momentáneo, y que con el paso de los días y una buena fisioterapia iría recuperando la movilidad poco a poco. Pude comprobar que no me habían mentido (temía que se tratara de una parálisis definitiva), pues a los ocho días empecé a dar mis primeros pasos apoyado en un caminador especial, luego apoyado en muletas y finalmente en un bastón metálico. Hacía ejercicios todos los días metido en una pequeña piscina de agua caliente, y los músculos fueron restableciendo su funcionamiento y recobrando su agilidad y su fuerza. A veces, en las horas de la noche, me sentaba a ver la ciudad desde mi habitación y me parecía mentira haber regresado a un lugar en el que nunca había sido feliz y que tanto daño me había hecho en el pasado. Bogotá, con su clima invernal y su ambiente de convento construido en medio de las neblinas de los páramos andinos, nunca había sido para mí un espacio propicio para la amistad y la alegría. Con el paso de los años me había convertido en un marginal que no encontraba el camino de retorno. Bogotá la ensimismada, como había dicho un poeta mexicano.

La prensa me acosó en el hospital con sus preguntas sosas y repetitivas. Los periodistas estaban detrás del gran reportaje de sus vidas y creían que mi historia les iba a alcanzar para ganar prestigio o incluso para ser nominados a algún premio importante. Dije lo mínimo, me excusé por mi falta de memoria y oculté por completo mi encuentro con «los hombrecitos de la selva», mi estadía en Noanamá y mi relación con Tehura. No pensaba prostituir de esa manera la única zona sagrada de mi vida. Terminaron por desilusionarse y finalmente me dejaron en paz.

En el hospital recibí la visita de Marcos Salamanca, un fotógrafo que estaba exponiendo parte de su obra en la Alianza Colombo Francesa, y que me recordó nuestra amistad cuando éramos jóvenes universitarios. Había pertenecido también al taller de escritores donde estaba Simón. Le dije que había visto su cadáver en Buenaventura y me contesto que sí, que lo sabía todo por la prensa, que era fotógrafo de un diario capitalino y que estaba al tanto de lo que pasaba en el país. Me gustó ver en él ese aire de lucidez distante que tienen algunas personas que sospechan permanentemente de las trampas del presente. Antes de salir me dejó una foto suya perteneciente a una serie titulada *Odios,* en la cual se veía a un joven universitario enfrentando furibundo a un pelotón de soldados antimotines. Le dije que la guardaría como un símbolo de la civilización que pensaba dejar atrás apenas pudiera levantarme.

Recordé una y otra vez la enfermedad y la muerte de mi padre. Me pareció, claro, un final triste, pero él lo había elegido así, no yo. Su avaricia económica terminó por transformarse en avaricia afectiva, y se había muerto como mueren todos los avaros: solos, apartados, encerrados en una vida miserable que sólo tiene importancia para ellos mismos. Y lo peor, como ya lo he dicho antes, es que detrás de ese avaro solitario había un hombre extraordinario cuyo afecto llevaría yo dentro de mí hasta el último minuto de mi vida. Sus cenizas estaban en casa de un primo con el cual habíamos sido amigos desde niños y que me había hecho el favor de guardarlas. Lo llamé y le dije que apenas saliera del hospital pasaría a recogerlas.

Por pura casualidad, mi viejo amigo del Teatro Libre, Iván Quintero, se encontraba por esos días en Bogotá y fue a visitarme al hospital. Le conté mi odisea (incluido el episodio en el que supuestamente lo había delatado) y nos reímos de imaginarnos qué habría sucedido si los tipos me hubieran dado la posibilidad de trabajar, en efecto, como un agente doble. Iván me ayudó a salir del hospital y me llevó de un lado para otro a hacer los infinitos trámites que tenía pendientes (en las corporaciones bancarias, en la Registraduría Nacional, en las comisarías de policía donde tuve que dejar constancia de la pérdida de mis documentos). También me enteré por un abogado amigo de mi padre de que él me había dejado una herencia: una buena suma que no me alegré de recibir, pues era producto de una actitud negativa y resentida con la vida. Habría preferido que el viejo se gastara el dinero en viajes, en ropa, en libros, en mujeres, y que hubiera sido más feliz en sus últimos años. Para terminar, reclamé en casa de mi primo las cenizas de mi padre y me dije que si quería rehacer mi vida tenía que despedirme de él, del sufrimiento que implicaba su recuerdo permanente, y dejar atrás y para siempre esa constante memoria de su dolor y su agonía.

La ciudad me pareció una cosa ajena, distante, como si yo nunca hubiera vivido en ella. Me sentí como cuando nos encontramos con una mujer que hemos amado con locura y nos parece mentira que ella haya ejercido semejante influencia sobre nosotros. En esos encuentros la antigua amada nos parece horrorosa, le vemos todos los defectos y sin que se dé cuenta suspiramos de alivio cuando nos despedimos y nos alejamos del todo. Así me pasó a mí con Bogotá: la vi como una novia fea que me había tenido atrapado a punta de artimañas, juegos sucios y grandes mentiras.

Mientras me tomaba un capuchino en una cafetería del centro de la ciudad, abrí el periódico del local y vi un aviso donde anunciaban la obra de teatro *Ricardo III*. Me sonreí. A mi cabeza llegaron los parlamentos de ese personaje que yo había querido encarnar y que había repetido infinitas veces a lo largo de muchas semanas. «Las lágrimas de compasión no se conciben en mis ojos». «Mi conciencia tiene millares de lenguas, cada lengua cuenta una historia, y cada historia me condena como un miserable». Ahora todo eso pertenecía a la vida de un hombre que ya no existía, un hombre que había desaparecido para siempre. Contemplé incluso la posibilidad de cambiarme el nombre para que quedara claro que el actor Gerardo Montenegro no tenía nada que ver conmigo. Aunque alguna vez hubiera vivido en mi cuerpo.

Por esos días me hospedé en un apartamento que Iván había arrendado por tres meses, mientras terminaba una investigación sobre la difusión del budismo en América Latina y se regresaba a su monasterio zen en Valencia. Fue grato compartir con él y saber que contaba aún con un amigo de semejante envergadura. Bebíamos cerveza o tequila hasta altas horas de la noche, y me pedía que le contara, por enésima vez, la escena de la tribu atravesando como si fuera una línea de fantasmas las ruinas de Borodó y los cuerpos sin vida de sus pobladores y visitantes.

Un sábado en las horas de la mañana me acerqué a la Clínica Montserrat y pedí una autorización especial para visitar a Jesús María Castelblanco. Lo encontré liquidado por completo, con el cerebro destrozado por la droga psiquiátrica, embrutecido, con la mirada perdida en el vacío. Habría querido contarle mi increíble aventura, susurrarle al oído que en un extraño momento de epifanía había visto a unos seres famélicos con la mirada fatigada y asustada, y que después, durante varios días, había viajado con ellos a lo largo de la selva ecuatorial, pero era inútil, él ya estaba del otro lado, donde la vida es una niebla oscura y sin sentido. Lo vi sentado en el patio de cuidados intensivos, con la espalda recostada contra una pared, y una baba espesa le escurría por la barbilla. Lo único que habían hecho los médicos era empeorarlo y dejarlo como un muñeco inservible. Esa visita incrementó mis deseos de partir, de largarme bien lejos, de volver a Noanamá cuanto antes, a los brazos de Tehura. Me dije que la palabra civilización era tan fácil de cuestionar que no se necesitaban palabras para ello, bastaba con tres o cuatro imágenes: unos niños buscando comida en un gigantesco basurero, una abuela africana agonizando de hambre con los moscos revoloteando sobre su rostro, un pájaro chapoteando entre charcos de petróleo o un enfermo psiquiátrico babeando al fondo de un manicomio. Si a eso llamábamos avanzar, progresar, la verdad era que la humanidad tenía un macabro sentido del humor.

Más tarde visité la tumba de mi madre y le llevé flores. Me senté unos minutos en el césped y le conté que me iba, que por fin había hallado un lugar para mí en este mundo, que la llevaría en mi recuerdo, que ya no regresaría nunca más y que mis restos serían sepultados en otra tierra. Moriría como había vivido: lejos de mí.

Me encantó escuchar un día en la radio una canción titulada *El hijo del hijo*. El presentador habló del éxito que estaba teniendo el nuevo grupo de rock La Tribu y de la solidez de sus letras impactantes. Recordé a esos muchachos que se habían visto con Jesús y que le habían prometido respetar la autoría de los poemas de su discípulo. En efecto, el presentador comentó enseguida que el compositor de este grupo había desaparecido entre la selva chocoana, que no se había vuelto a saber nada de él y que les había heredado sus canciones a sus viejos compañeros de banda. Era una lástima que el viejo, en la clínica, no pudiera enterarse de nada.

Una tarde visité la vieja librería Merlín, en el centro de la ciudad, y le pregunté a su dueño, Célico Gómez, si allí conseguía un ejemplar de *El defensor tiene la palabra*, de Petre Bellú. Como todo un experto, Célico, con la misma propiedad que le había visto a lo largo de muchos años, sacó de una de las estanterías la edición de Ercilla que yo había visto en la burroteca de Saúl. Sentí una alegría inmensa al verlo. También, en homenaje a la memoria de Simón, compré dos de sus libros: *La ciudad de los umbrales* y *Scorpio City*. Eran novelas sobre Bogotá, duras, pesadas, con una belleza cruel que implicaba una percepción artística desesperada, como si el autor, en cada página, estuviera permanentemente al borde de la locura o de la muerte. Entendí por qué ese hombre había terminado huyendo de sí mismo para refugiarse en un barrio miserable de Buenaventura. Después de haber llevado una memoria de la parte más dolorosa de la ciudad, sólo le quedaba, como opción final, la clínica psiquiátrica o el cementerio. De alguna manera, había un paralelo entre la historia de Fabio, la de Jesús, la de Mariano, la de Simón y la mía: hombres que hacen un corte definitivo para inventarse una segunda vida. El único que no lo había logrado era Jesús, y tal vez por eso mismo me atraía ese final terrible: porque era injusto y porque detrás de aquel paciente psiquiátrico se escondía un hombre al que le faltaban aún veinte o veinticinco años de aventuras lejos de sus congéneres.

Esa misma noche compramos con Iván una botella de tequila y celebramos la extraña libertad que me embargaba. Porque al morir mi padre y saber que yo no iba a reemplazarlo, es decir, que no iba a convertirme en padre yo mismo, sentí que era dueño y señor de mi historia. No tenía vínculos hacia atrás ni hacia adelante, era artífice por completo de mi presente, podía decidir con absoluta libertad el rumbo que tomaría mi vida. Mi padre y mi madre ya estaban dentro de mí, los había incorporado no como recuerdos familiares, sino como estructuras psíquicas, como sistemas dinámicos de relación con el mundo. Había recibido una determinada información de cada uno (elementos tanto positivos como negativos), la había procesado y ahora los resultados de toda esa elaboración marcarían el rumbo de mi destino.

El rompecabezas estaba armado y las fichas componían las verdaderas líneas de mi rostro.

A medianoche, completamente ebrios, sacamos la urna y nos fuimos con Iván a caminar por la carrilera. Esparcimos las cenizas entre los rieles del ferrocarril y me di cuenta de que lo que deseaba por encima de todo era perdonar a mi padre y que él me perdonara. Perdonarlo por su alejamiento, por su terquedad autodestructiva, por su avaricia, por su resentimiento infantil, y que me perdonara por haberlo dejado solo cuando más me necesitaba, por mi arrogancia, por mis posiciones intransigentes, por no haber sido al final más amoroso y menos crítico. Así que terminé de tirar las cenizas, dejé la urna a un lado y le dije mentalmente: «Ya, viejo, no más. No peleemos más. Más bien démonos un abrazo». Y de sólo imaginar que lo estrechaba entre mis brazos se me llenaron los ojos de lágrimas.

Le conté a mi amigo que no me quedaría en Bogotá, que la cultura que nos había tocado vivir me asfixiaba y me aburría. Le dije que me largaría en busca de Tehura, que construiría con la plata de mi padre un modesto centro de salud que prestara aunque fuera los primeros auxilios y que me quedaría a vivir entre los leprosos de Noanamá. Había llegado el momento de salir al escenario, hacer una venia, agradecerle al público su asistencia y retirarse del teatro. El *show* había terminado.

Con la certeza entonces de que no me iba a quedar atrapado en la ciudad y que muy pronto regresaría a Noanamá, recité en voz alta los terribles versos de Kaváfis:

La ciudad es una jaula.
No hay otro lugar, siempre el mismo
puerto terreno, y no hay barco
que te arranque a ti mismo. ¡Ah! ¿No comprendes
que al arruinar tu vida entera
en este sitio, la has malogrado
en cualquier parte de este mundo?

No, le dije a Iván, esa no sería mi historia. El poema no se cumpliría. No terminaría prisionero en la misma celda de cemento ni había arruinado mi vida en todos los lugares del planeta. Mi destino estaba muy lejos de la ciudad, en medio de la selva, entre los brazos leprosos de Tehura.

Por momentos, caminando por las calles del centro de la ciudad, recordaba frases del diario de Jesús o letras de las canciones de su estudiante. Tenía muy presente que el origen de mi aventura había sido esa lectura, que en esas páginas yo había recibido algo así como una revelación, una epifanía. Jesús había visto cómo la ciudad se tragaba a su discípulo, cómo lo trituraba, y cuando descubrió los mecanismos perversos mediante los cuales eso había sucedido, ya era tarde y Fabio había desaparecido. Era la historia de un padre reclamándole a Bogotá la vida de su hijo adoptivo y sintiéndose culpable por no haber podido defenderlo a tiempo. Mi caso era exactamente el contrario: un hijo que había sido testigo de la destrucción física y moral de su padre en medio de una ciudad déspota que, en lugar de rescatarlo, se había encargado de hundirlo cada vez más. El alcoholismo de Fabio y el de mi padre era una enfermedad ocasionada por la crueldad de la ciudad, por la infinita soledad que padecen sus habitantes, por esas ráfagas de frío que se meten en el alma de los bogotanos y que los convierten en ciudadanos mustios, aislados y silenciosos a quienes les importa un bledo lo que les está pasando a los demás. Y obviamente, como le sucedía a Jesús con su estudiante, yo también me sentía culpable por no haber estado junto a mi padre más tiempo y por no haberle dado los ánimos suficientes cuando más acabado y más deprimido estaba. Por eso también quería largarme cuanto antes, porque no iba a permitir que Bogotá hiciera lo mismo conmigo y terminara machacándome a su antojo. Jesús había sido el primero en volarse de la prisión, pero no había alcanzado a dejar atrás su malsana influencia, y ahí estaba, arrojado en un rincón de una clínica psiquiátrica. Yo no terminaría igual, no sería despedazado por las entrañas del monstruo. La nuestra era en realidad la crónica de una fuga, el relato de dos hombres que intentan ir más allá de los muros de una ciudad que, como en el poema de Kaváfis, es una cárcel. Uno de ellos era recapturado y nunca más podría volverlo a intentar. El otro recluso lograba su objetivo y era acogido por una comunidad de leprosos. El padre (Jesús) enloquecía, el hijo (yo) sobrevivía para contar la historia.

Dos días después nos despedimos con mi viejo amigo en el aeropuerto. También renunciando a una identidad pasada (la de actor profesional al que lo esperaban la fama y la fortuna), Iván se regresaba al monasterio de Valencia a seguir las enseñanzas de su maestro. Fue extraordinario saber que los lazos con él seguían intactos, y que nuestro afecto y nuestro respeto se mantendrían incólumes aunque el tiempo y el espacio no nos fueran propicios. Entré al muelle nacional y tomé el vuelo hacia Quibdó. Cuando el avión despegó, tuve la certeza de que esa imagen aérea era la última que yo vería sobre Bogotá. Me sonreí al recordar la expresión popular «Fulanita tiene un buen lejos», que aludía a esas mujeres que uno ve preciosas a cierta distancia, pero que cuando se acercan van mostrando poco a poco todos sus defectos: las manchas en la piel, las verrugas, las estrías, los dientes cariados. Bogotá era igual. Las fotografías aéreas la hacían resplandecer, pero ya abajo, aventurando de calle en calle, uno descubría la miseria, la desesperación, las avenidas rotas, los tugurios, la población famélica, la acumulación de basuras, la prostitución infantil, la rabia sorda de una población que se sabía engañada y estafada por una clase dirigente que desde siempre había sido mafiosa y corrupta. Sí, la ciudad tenía un buen lejos, pero de cerca era un laberinto desagradable y maloliente que ya no quería volver a ver.

El día que llegué en la lancha del correo, Tehura se arrodilló, levantó las manos maltrechas al cielo y empezó a llorar. Me hice a su lado, también con los ojos arrasados en lágrimas, y le murmuré al oído:

—Te dije que regresaría.

Nos abrazamos y nos quedamos así varios minutos, sintiéndonos, oliéndonos.

Desde entonces vivo aquí, en Noanamá, y no sufro de la menor nostalgia por ese hombre que fui alguna vez. Nuestra cabaña da al río, entre flores y matas de plátano. Tengo mi propia huerta en la que cultivo lechuga, tomate y cebolla cabezona, árboles de naranja, limón, maracuyá, lulo y guayaba, y una canoa para salir a pescar y para transportarnos cuando vamos a algún caserío cercano. Aún no hemos tenido hijos. El centro de salud está bien avanzado, con un espacio para dos consultorios, una sala para hospitalizar a diez o doce pacientes, y un dispensario donde se clasificará y se almacenará toda la droga que nos llegue. Estoy seguro de que prestará un gran servicio a la comunidad. Hemos trabajado en él con ahínco, siendo conscientes de que en el fondo es un símbolo de nuestra propia redención.

Vale la pena resaltar que todos los enfermos han participado en la obra y que hemos celebrado cada muro y cada ventana entre juergas, en las cuales bailamos y bebemos ron hasta la madrugada. Al día siguiente, con la cabeza a punto de estallarnos, seguimos trabajando igual, con la misma fe en que pronto terminaremos y que el centro de salud será exactamente eso: un centro a partir del cual cada uno de nosotros se sentirá mejor. A veces, cuando estoy poniendo ladrillos o cuando estoy subiendo una teja para ubicarla sobre algún muro que ya está seco, me da la impresión de que no estamos construyendo un pequeño hospital, sino una iglesia, un sitio donde estarán depositadas nuestras más firmes creencias. Y entonces, por enésima vez, vuelvo y me digo: «Los otros, lo importante son los otros. Nunca más caeré en la trampa del "yo", del "mí mismo"». Cuando estoy en días así, reflexionando sobre nuestro propio trabajo, me llega a la memoria ese poema de sólo dos palabras que Muhammad Alí dijo ante unos graduandos de la Universidad de Harvard: «Yo, Nosotros». No dijo más, y ahí estaba condensada toda su potencia: cuando se subía al ring, cuando se enfrentaba ante monstruos como George Foreman, Alí tenía claro que él era más grande que él mismo, que hacía parte de un pueblo, de una comunidad, de una raza a la que también pertenecían Martin Luther King o Malcolm X, y que si perdía o ganaba, detrás de él perdía o ganaba también toda su gente. Yo, Nosotros. Era un poema que resumía los mil vericuetos que había tenido que dar alguien para superarse de verdad, para ser más grande que sí mismo. Lo he propuesto para escribirlo en una placa que pondremos a la entrada del centro de salud y a todo el mundo le ha parecido magnífico.

El tatuaje de la serpiente enroscada que me pintó en el brazo la joven de la tribu se destiñó con el paso de las semanas y entonces le pedí a Tehura que me lo tatuara de verdad, con agujas, pues no quiero olvidar que tal vez en el siguiente giro que dé el tiempo, cuando nos volvamos a encontrar, tanto para ella como para mí todo será más justo y menos doloroso.

En los últimos seis meses me ha dado también por escribir mi historia. Quizá para quitármela de encima para siempre. En pequeños cuadernos de colegio he venido contando la forma como encontré la puerta que salía de los infiernos, comunicaba con el purgatorio y daba finalmente al paraíso. Ha sido maravilloso descubrir el poder avasallador de las palabras, su efecto mágico, su poder simbólico en el alma de quien lee y de quien escribe. No hay mayor fuerza que la del lenguaje. A través de estas páginas he rastreado las coordenadas más secretas de mi ser y he llegado al cielo con la inmensa serenidad de quien no tiene deudas pendientes consigo mismo. Me bastan mi cabaña, el río, las flores, la amistad de los enfermos, los libros de Simón y la novela de Petre Bellú, la fotografía de Marcos Salamanca y el amor inconmensurable de Tehura para poder afirmar que soy feliz y que no carezco de nada.

Bienaventurados aquellos que se alejan de la manada, que conviven consigo mismos hasta vencerse, y que después regresan purificados para fortalecer a los demás.

Ah, una cosa más. A veces, en las noches, cuando el viento agita las ramas y produce sonidos como de pasos sobre hojas secas, miro la selva atentamente, concentrado, con la esperanza de ver una fila de seres fantasmales caminando en la oscuridad. Pero no, pronto descubro que son sólo ráfagas de aire y que lo más seguro es que nunca más vuelva a tener el privilegio de ver a la mítica tribu de los hombres invisibles.

Nota del autor

En las descripciones de la tribu indígena que se menciona en esta novela los lectores habrán reconocido ya a los nukak makú. Quiero aclarar que todo lo narrado pertenece al territorio de la ficción, aunque algunas de las acciones estén documentadas. La existencia de los nukak makú se confirmó sólo hasta 1988, cuando un grupo de cuarenta y tres miembros se vio obligado a salir de la selva cerca de la población de Calamar, en el departamento del Guaviare, debido a una serie de masacres de las que habían sido víctimas por aquellos meses. A partir de ese momento su cultura tiende a la extinción. Hoy en día son considerados uno de los últimos y más interesantes pueblos nómadas del planeta, pero la realidad es que están diezmados por el alcoholismo, la guerra y múltiples enfermedades pulmonares, gastrointestinales y de transmisión sexual. Durante los meses de escritura de esta novela, la prensa tanto nacional como internacional reseñó la forma como 138 de ellos, huyendo otra vez de persecuciones y fusilamientos, habían salido de la selva asustados y se habían instalado en una pequeña finca en las afueras de San José del Guaviare. Las fotos mostraban unas miradas transparentes y, mientras terminaba de narrar esta historia, volví a intuir, no sin cierta tristeza impotente, que esos seres traen un mensaje muy antiguo que aún no estamos preparados para descifrar.

ÍNDICE